Die Prinzessin von New York

Jane Christo

JC Thomas

Die Prinzessin von New York
Jane Christo
1. Auflage Februar 2016

Impressum
Lektorat: Christine Hochberger
Korrektorat: Buchreif.de
Covergestaltung: © by OrangeShell

Calle Sierra des Maria, Cuidad Quesada, Spain
ISBN-13: 978-1523423781
ISBN-10: 1523423781
Printed by CreateSpace

heartbeat-books.blogspot.com

Urheberrechtshinweis:

„Mit einem freundlichen Wort
und einer Waffe erreicht man mehr,
als mit einem freundlichen Wort allein."

Al Capone

Prolog

Der Traum beginnt immer gleich. Ich bin wieder ein Kind, nicht älter als sechs Jahre, und kann nicht schlafen. Draußen tobt ein Sturm, es blitzt und donnert wie verrückt, und ich habe Angst. Nicht wegen des Gewitters, das wird mir klar, als ich mit nackten Füßen über das Parkett des Flurs laufe, sondern wegen der Geräusche, die aus dem Schlafzimmer meiner Eltern kommen. Etwas stimmt nicht. Ich kann praktisch fühlen, wie sich die Energie im Haus verschoben hat. Mein Magen geht auf Tauchstation und die feinen Härchen in meinem Nacken stellen sich auf.

Als ich vor der Tür zum Zimmer meiner Eltern stehe, klopft mir das Herz bis zum Hals, und ich begreife, dass es nicht meine Furcht ist, die ich spüre, sondern die meiner Mutter. Ich höre sie weinen, bitten – flehen.

Manchmal steht die Tür im Traum einen Spaltbreit offen, und ich sehe sie in ihrem champagnerfarbenen Seidenbademantel. Ihre blonde Mähne, die sie normalerweise immer gezähmt und hochgesteckt trägt, fällt in wilden Locken über ihre Schultern. Ihre Augen sind vom Weinen geschwollen, eine Hand hat sie auf die Wange gepresst, als hätte sie Zahnschmerzen.

Nachdem ein weiterer Blitz das Zimmer erhellt, geschieht das Unfassbare. Ein ohrenbetäubender Donner folgt, der sich sekundenlang dehnt und dehnt und nicht aufhören will. Doch es ist nicht der Krach, der mein Herz auf Rosinengröße zusammenquetscht, sondern der rote Fleck, der sich auf Mamas Bademantel ausbreitet. Auf ihrer Brust und er wächst schnell.

Das ist der Moment, als sie mich bemerkt. Langsam, wie in Slomo, wendet sie den Kopf in meine Richtung. Der Blick, den sie mir zuwirft, ist nicht in Worte zu fassen. Panik, Schmerz, Bedauern, Trauer und Furcht. Warum ich weiß, dass sie mir gilt, kann ich nicht sagen. Als es abermals kracht, diesmal nicht vom Donner, fliegt sie zurück und landet auf dem Boden.

Ich erwache aus meiner Schockstarre, springe von der Tür zurück und laufe den Gang entlang, so schnell mich meine kurzen Beine tragen können. Mein Zimmer soll ich nie erreichen. Ich renne gegen eine solide Wand aus Muskeln, werde in die Luft gehoben, und gebe einen markerschütternden Schrei von mir, den nur kleine Mädchen in sich haben.

Und dann erwache ich, jedes Mal.

Kapitel 1

Das Langweilige an Familientragödien ist, dass es so viele davon gibt. Wenn es um die eigenen Leute geht, hat jeder eine traurige Geschichte beizutragen. Ich bin keine Ausnahme. Meine Mutter Emily starb, als ich noch klein war. Wenige Wochen danach kamen meine Brüder um. Ich habe immer geglaubt, ihr Tod wäre der Grund dafür, dass mein Vater zum Psycho mutiert ist. Mittlerweile ist mir klar, dass er schon immer einer war. Das Massensterben in unserer Familie hat er lediglich als Anlass für sein Coming-out genommen. In jedem Fall hat das Ableben von Frau und Kindern nicht dazu beigetragen, seinen Familiensinn zu stärken, im Gegenteil.

Obwohl ich Silvio Rossis einzige Tochter bin, habe ich ihn nur dann zu Gesicht bekommen, wenn er etwas brauchte. Mich, um vor der Presse in Kameras zu lächeln während ich Schecks an wohltätige Einrichtungen überreichte. Hinter der Kamera profitierte er von meinen exzellenten Fälscherqualitäten, mit denen ich seine Mitarbeiter mit neuen Papieren ausgestattet habe. Geburtsurkunde, Führerschein, Kreditkarten – was man eben so braucht.

Ich besitze viele Talente. Eines davon liegt im – nennen wir es *künstlerischen* Bereich. Auch wenn das FBI eine andere Bezeichnung dafür hat, aber das ist ein anderes Thema.

Ihr seht, ich bin nicht das Opfer in der Seifenoper, die ich mein Leben nenne. Ich hab selbst einiges auf dem Kerbholz und obwohl mir nie etwas nachgewiesen werden konnte, werde ich vom Federal Bureau gesucht. Nur zur Befragung, versteht sich.

Die müssen sich allerdings eine Nummer ziehen und hinten anstellen, denn sie sind nicht die Einzigen.

Wie ihr euch denken könnt sind die nicht wirklich an mir interessiert. Sie wollen an den dicken Fisch, Silvio Rossi, den Paten von New York City. Einer der drei Großen im Land, in jedem Fall der mit der größten Macht.

Und da komme ich ins Spiel. An meinen Vater heranzukommen, ist so gut wie unmöglich. Er ist wie Teflon, an ihm perlt alles ab. Obendrein ist er ziemlich rücksichtslos. Das macht ihn so gefährlich.

Normale Menschen locken ein Kaninchen aus dem Bau, indem sie seine Höhle ausräuchern. Silvios Version einer Rauchbombe ist, jeden zu töten, den das Kaninchen je gekannt hat, bis zur Cousine zweiten Grades, und dass das Kaninchen am Ende in sein Büro hoppelt, um sich von ihm abmurksen zu lassen.

Jetzt wisst ihr, warum ich keine Freunde habe. Aber ich brauche Freunde, Verbündete, um genau zu sein. So etwas findet man nicht an jeder Ecke. Das ist der Grund, warum ich in einer Schrottkarre sitze und durch die Slums von Los Angeles fahre, auf der Suche nach jemandem, der mir Freunde beschaffen kann. Und Schutz. Ich brauche eine Garantie für meine Sicherheit, vor meinen Feinden, den Bullen und meinem Vater. Das kann mir nur jemand geben, der ein noch größeres Dreckschwein als Silvio ist. Jemand, der in Topform ist, der das Business und sämtliche miesen Tricks kennt, der skrupellos ist und sich nicht um Regeln schert.

Ich brauche J. aka Julin aka *The Killer*.

Ich war lange auf der Flucht und habe keine Lust mehr, mich zu verstecken. Nachdem ich auf fünf Kontinenten Spuren hinterlassen habe, um meine Verfolger in den Wahnsinn zu treiben, fühle ich mich sicher genug, hier einen Neustart zu wagen. Nur Feiglinge verstecken sich. Ich bin es leid, einer zu sein.

Wir Rossis sind stark. Wir regieren die Ostküste mit fester Hand und tun das mit einem Lächeln. Wir haben Geheimnisse, die euch die Haare zu Berge stehen lassen würden, und die ihr euch nicht vorstellen wollt. Doch ich bin nur zur Hälfte eine Rossi, meine Mutter war eine De Luca. Die De Lucas sind klug und lassen sich nicht brechen. Das hat mir meine Mutter beigebracht. Ich hoffe, sie hat sich nicht geirrt, denn ich muss klug sein, Fehler kann ich mir nicht erlauben.

Damit ich mich frei bewegen kann, habe ich ihren Mädchennamen angenommen und mich als Kylie De Luca an der Universität von Los Angeles, kurz UCLA, eingeschrieben. Skyler Rossi ist in meinen Kreisen ein prominenter Name, der zudem seit beinah einem Jahr auf den Fahndungslisten der großen Kartelle in den Staaten steht. Ich gehe allerdings davon aus, dass die Suche nach mir abgeflaut ist. Die Familien haben andere Probleme, als Silvios Tochter einzufangen, das steht mal fest.

Mein Dad lässt mich nicht aus sentimentalen Gründen suchen. Für ihn bin ich eine Investitionsanlage, die ihm durch die Finger geschlüpft ist. Mich zu verlieren, kann er sich nicht leisten. Ganz zu schweigen von der Blamage, dass ihm das eigene Kind abhandengekommen ist. An einem Tag war ich noch da, am nächsten Morgen – *puff* – weg. Ganz schön peinlich.

Keine Ahnung, wie er das seinen Partnern erklärt hat, ganz zu schweigen meinem Verlobten … Ähm, okay, ich habe eine Ahnung, eine ziemlich präzise sogar, da ich Silvios E-Mail-Verkehr auf dem Monitor habe. Darum weiß ich, wie sehr mich mein Vater vermisst. Also, im Geschäft, nicht weil der Stein, den er sein Herz nennt, gebrochen ist.

Das ist keine große Überraschung. Mit sechzehn war ich eine der besten Fälscherinnen der Ostküste. Heute, mit einundzwanzig, kann man meine getürkten Pässe nicht vom Original unterscheiden. Das ist der Grund, warum ich unbehelligt durch die Weltgeschichte jetten konnte, ohne von Beamten in Uniform behelligt zu werden – oder von Silvios Leuten.

In Ermangelung von Freunden habe ich mich früh in die Welt der Einsen und Nullen zurückgezogen und gelernt, wie man Passwörter knackt. Mein erstes Programm habe ich mit dreizehn geschrieben, den ersten Virus mit fünfzehn ins Netz gespeist. Bei der Erinnerung, wie ich Brooklyn während des Superbowls den Strom abgeschaltet habe, muss ich noch heute lächeln. Nur für zehn Minuten, aber ich war noch jung und unerfahren. Heute könnte ich die ganze Stadt vom Netz nehmen ohne in Schweiß auszubrechen.

Aber zurück zur Gegenwart. Die Halle, die ich suche, liegt in Watts, östlich von Compton, dem finstersten Loch dieser Stadt, das ausschließlich von Ratten bewohnt ist – die menschliche Sorte. Wenn in Hip-Hop-Songs von Schießereien in L.A. die Rede ist, von Gangs, die sich gegenseitig abknallen oder sich in Drive-By-Shootings die Birne wegballern, hat das vermutlich hier stattgefunden. Brennende Autos gehören zum Stadtbild, Kids mit Knarren sind nichts Besonderes. Wer nicht mit einer Kugel im Kopf enden möchte, sollte einen Schnellkurs in Symbolik belegen, um die Graffiti an den Straßenecken lesen zu können, die die Gangbezirke markieren. Denn wenn du in das Gebiet der *Blood-Gang* eindringst, trägst du besser kein blaues Tuch. Das blaue Bandara ist das Markenzeichen der *Crips*. In Touristenführern gibt es regelrechte Gangster-Guides, damit Touris nicht im Leichensack enden, nur weil sie sich verfahren haben.

Als ich auf die Straße vor der Halle einbiege, werde ich das erste Mal angehalten. Der vermutlich hässlichste Mensch diesseits des Äquators klopft gegen meine Scheibe und starrt mich mit toten Augen an. Keine Ahnung worauf er wartet, ich kenne weder das Codewort, falls die so was haben, noch den Gang-Handshake.

„Wohin", fragt er, nachdem ich mich nicht rühre.

„Ich will zu J."

„Zu wem?"

„The Killer!"

„Das wollen viele."

Sehr witzig. „Sag mir, wo ich parken kann."

Wie aus dem Nichts taucht ein zweiter Posten auf, umrundet den Wagen und leuchtet mir mit einer Stabtaschenlampe ins Gesicht. Er grinst, als wäre es witzig, dass ich geblendet die Lider zukneife und ein paarmal blinzle, um die Punkte vor meinem inneren Auge loszuwerden. Anschließend hält er die Lampe in den

Innenraum meines Chryslers. Er checkt den Beifahrersitz, die Rückbank, Fußräume und öffnet den Kofferraum. „Sauber“, brummt er und klingt beinah enttäuscht. Er knallt den Deckel zu und gibt ein Leuchtsignal an einen der Posten, der zwanzig Meter weiter vorn steht und ein Eisentor zu einem überfüllten Parkplatz öffnet.

Wie es aussieht, ist mein Auto nicht die einzige Rostlaube auf dem Gelände. Hier stehen Karren in deutlich schlimmerem Zustand als mein Baby. Gut, dann kriegt er wenigstens keine Depressionen.

Als ich aussteige, fliegt mir das Gebrüll hunderter Stimmen entgegen, was bedeutet, dass der Kampf bereits begonnen hat. Mist! Vor der Halle werde ich ein weiteres Mal angehalten. Der Kerl sieht wie JJ Watt aus. Ihr wisst schon, der Defensive End der Houston Texans. In jedem Fall ist er riesig, mit einem Bizeps, der den Saum seines Shirts an seine Grenzen bringt. Er hat militärisch kurzes Haar, kalte blaue Augen und hält seine Schaufelbaggerhand auf, vermutlich weil er glaubt, ich wäre blöd genug, ihm Kohle zu geben.

„Wir sind hier nicht im Country Club.“ Ich versuche mich an ihm vorbeizudrängen, doch er packt mich an der Schulter und wirbelt mich herum, bis ich mit dem Rücken gegen den kalten Stein der Halle lande. Er beugt sich vor, seine Nase fährt meinen Hals entlang, während er langsam einatmet. „Bitches nehmen den Hintereingang“, haucht er gegen meine Haut. Seine Stimme ist tief, fast melodisch. „Für einen Blowjob drücke ich ein Auge zu.“

Echt jetzt? Ich reagiere mehr, als dass ich eine bewusste Entscheidung treffe, und ramme ihm ohne Vorwarnung das Knie zwischen die Beine – hart.

Der Kerl gibt ein würgendes Geräusch von sich, wird weiß wie eine Wand und beugt sich jaulend vor, eine Hand Halt suchend an der Wand.

Wie ihr spätestens jetzt sehen könnt, gehöre ich nicht zu den Guten. Aber mal ehrlich, ich zahle doch keine Kohle, um mir einen Typen anzusehen, von dem ich weder weiß, ob er der Richtige ist, noch, ob sich das Risiko lohnt.

In der Halle schlägt mir der Gestank von Schweiß, Hochprozentigem und Alphamännchen entgegen. Die einzige Lichtquelle ist ein halbes Dutzend Industriescheinwerfer, die auf einen Boxring in der Mitte der Halle gerichtet sind. Die Atmosphäre ist aufgekratzt, das Gebrüll lässt mein Trommelfell protestieren. Hunderte Männer feuern zwei Typen an, die sich einen brutalen Zweikampf liefern. Ihre nackten Oberkörper sind schweißgebadet, statt der üblichen Boxershorts tragen sie gewöhnliche Trainingshosen, die tief auf ihren Hüftknochen sitzen. Ihre Hände sind bandagiert, Boxhandschuhe Fehlanzeige. Das ist bei Untergrundkämpfen üblich, auch, dass hier nicht nur mit Fäusten aufeinander losgegangen wird, sondern zwischendurch ein Fuß unterhalb der Gürtellinie landet. Underground Combat Fights sind eine Mischung aus Mixed Material Arts und Bare Knuckle Fight.

J's Kampfname ist „The Killer". Wie Killer sehen beide aus, obwohl sie nicht unterschiedlicher sein könnten.

Der Fight erinnert ein bisschen an David gegen Goliath. Der glatzköpfige Riese ist mindestens zwei Meter groß, wenn das mal hinkommt, mit Stiernacken und einem mörderischen Blick, der seinen Gegner regelrecht aufspießt. Obendrein sieht er wie das Michelinmännchen aus und ist so muskelbepackt, dass er Schwierigkeiten hat, die Arme anzuwinkeln. Ich schwöre, selbst seine Ohren haben Muskeln. Trotz seiner Größe ist er schnell, aber nicht schnell genug für seinen Rivalen.

Der ist einen Kopf kleiner, vermutlich um die eins fünfundachtzig, mit definierten Muskeln und teuflischen Reflexen. Seine Bewegungen sind geschmeidig, wie die eines Raubtiers, das sich nach jedem Angriff außer Reichweite seines Gegners begibt. Oberkörper und Arme sind mit Tattoos bedeckt, die auf dem schweißbedeckten Körper dunkel schimmern. Das kurze blonde Haar wirkt im fahlen Hallenlicht golden wie sein Bartschatten. Man könnte ihn als gut aussehend bezeichnen, wäre da nicht die Nase, die ein paarmal gebrochen, und nicht gerichtet wurde.

Je mehr ich mich dem Ring nähere, desto mehr Details mache ich aus. Zum Beispiel die vielen kleinen Narben, die sein Gesicht durchziehen, dünne Linien, die sich im Scheinwerferlicht weiß abheben. Er hat Augen, die aus der Distanz wie flüssiges Silber aussehen und einen gemeinen rechten Haken, der Goliath in diesem Moment zurückstolpern und unter dem Gebrüll der aufgepeitschten Zuschauer in die Seile taumeln lässt. Doch der Kleine ist noch nicht fertig. Jetzt, da der Riese Schwäche zeigt, zerlegt er ihn in seine Einzelteile. Jab, Jab, Jab, Punch, Uppercut, Punch, ein Tritt in den Magen und zum Abschluss ein sauberer Aufwärtshaken – wow!

Das Gesicht des Hünen sieht wie ein rohes Stück Fleisch aus. Blut tropft aus einer Platzwunde auf seinem Jochbein, beide Augen schwellen bereits zu. Keine Ahnung, warum der noch steht.

Das Publikum ist komplett aus dem Häuschen. Ein Sprechchor schwillt an, die Leute rufen den Namen des Mannes, der Goliath zu Kleinholz verarbeitet. Ich schätze, dass ihr allmählich eine Ahnung habt, wer von beiden „The Killer" ist.

Sein Ellbogen landet ein weiteres Mal im Gesicht des Riesen, dessen Nase bricht und ekelerregend blutet, gleichzeitig kracht die Ferse gegen sein Knie. Es folgt ein Southpaw, ein weiterer Kick, dann landet der Hüne wie ein gefällter Baum auf den Brettern.

Hammer!

Das Ganze läuft so schnell über die Bühne, dass es in der Halle für einen Herzschlag mucksmäuschenstill ist, ehe sich das Geschrei der Zuschauer überschlägt.

Dass ich den Atem angehalten habe, merke ich erst, als ich nach Luft schnappe. Schweißige Geldbündel wechseln die Besitzer, überall werden Scheine getauscht. Jetzt, da die Blicke der Männer nicht länger auf den Ring gerichtet sind, registriert mein Umfeld, dass sich eine Frau in ihren Testosteron-Tempel verirrt hat. Das ist mein Stichwort, zu verschwinden.

Bevor ich mir einen Weg Richtung Ausgang bahnen kann, spüre ich ein Kribbeln im Nacken. Die kleinen Härchen stellen sich auf, als ich den Kopf wende und in die hypnotisierenden Quecksilberaugen des neuen Champions blicke. Für einen Moment wirkt er überrascht, doch das kann ich mir auch eingebildet haben. In jedem Fall erholt er sich schnell. Seine Mundwinkel wandern in die Höhe, während seine Augen meinen Körper entlangwandern. Als sich unsere Blicke abermals treffen zwinkert er mir zu, dann sieht er über meine Schulter und scheint jemandem hinter mir ein Zeichen zu geben. Schließlich hebt er die Fäuste in die Luft und die Halle erbebt vom eruptiven Gejohle der begeisterten Menge.

Ich nutze die Ablenkung, tauche ab und stehle mich aus der Halle. Für mich gibt es hier nichts mehr zu tun und ich möchte möglichst unbemerkt zu meinem Wagen kommen. Meine Fragen wurden beantwortet, der *Killer* ist tatsächlich der Beste. Doch was ich vorhabe, hat seinen Preis, und ich muss davon ausgehen, dass Menschen sterben werden. Ich bin nicht wie mein Vater und habe nicht vor, über Leichen zu gehen, um mein Ziel zu erreichen.

Innerlich schüttle ich den Kopf. An diesem Punkt war ich schon hundertmal, und wie immer bekomme ich Skrupel. Dennoch, es muss noch einen anderen Weg geben. Bin ich wirklich bereit, jemanden für meine Freiheit zu opfern?

Könnte ich damit leben?

Kapitel 2

Am nächsten Morgen fällt mir als erstes der Kampf ein und J's Lächeln. Es war ein seltsames Lächeln, das so gar nicht zu dem Typen passt. Zu seiner schiefen Nase, den Narben und den harten Augen. Stahlaugen. Dazu die Tattoos. Ich stehe nicht auf die tätowierten Typen, ich hab immer das Gefühl, die haben was zu verbergen. Warum sonst sollten sie sich mit Sprüchen und Symbolen zukleistern? Aber vielleicht haben sie auch einfach nichts zu sagen und lassen ihren Körper für sich sprechen.

Seufzend schwinge ich die Beine aus dem Bett und mache mein Morgending. Stretching, Liegestütze, Push-ups – das übliche Workout. Eine halbe Stunde später gönne ich mir eine heiße Dusche und lasse meine Ängste und Sorgen im Ausguss verschwinden.

Furcht ist nichts Neues für mich, doch erst auf meiner Flucht habe ich die Wut zugelassen. Und, Mann, ich habe Grund, zornig zu sein. Mein ganzes Leben habe ich wie eine Gefangene unter dem Daumen meines Vaters verbracht. Und obwohl ich mich aus seinen Klauen befreit habe, der Enge unseres Zuhauses, der Begrenztheit seines Denkens, bin ich noch viel wütender als vorher.

Wenn man jahrelang in einem Käfig wohnt, hat man es irgendwann akzeptiert. Ich kannte es nicht anders und es ist ja nicht so, dass ich Freunde hatte, mit denen ich mich vergleichen konnte. Jetzt, da ich weiß, dass ich in einem Käfig saß, und mir mehr und mehr klar wird, was ich verpasst habe, was Silvio mir vorenthalten hat … Ich formuliere es mal so: Meine Wut ist wie eine tickende

Bombe mit genügend Giftgas, um die ganze verdammte Stadt auszulöschen.

Ich schnappe mir das Handtuch von der Ablage und rubble mich trocken. Vor dem Spiegel halte ich einen Moment inne und betrachte meine Reflexion.

Ich habe in den letzten Monaten abgenommen. Kein Wunder, immerhin musste ich oft mit einem offenen Auge schlafen. Vor meinem Aufbruch habe ich mich von meiner blonden Mähne getrennt. Mittlerweile ist mein Haar wieder so lang, dass ich es zu einem Pagenkopf zurechtgestutzt habe. Hinten kurz, vorn lang. Meine Haarfarbe hab ich in den vergangenen Monaten so oft gewechselt, dass ich nicht mehr weiß, wie ich ohne Tönung aussehe. Aktuell bin ich kastanienbraun. Eine gute Wahl, wenn man unterm Radar bleiben möchte. Blondinen fallen auf, Rotschöpfe erst recht. Selbst schwarzes Haar lässt Köpfe wenden, wohingegen braun … einfach braun ist. Eine Zeit lang habe ich sogar Perücken getragen, Brillen und Mörderheels, um größer zu wirken. Das war am Anfang und auch nur auf Flughäfen und den zentralen Bahnhöfen.

Ich beuge mich weiter vor und wische mit der Hand über die angelaufene Oberfläche des Spiegels.

Drei Wochen L.A. haben mir gutgetan. Die Augenringe und hohlen Wangen sind verschwunden, mein verhuschter Blick hat sich geklärt. Ich sehe stärker aus, entschlossener, wie eine Frau mit einem Plan. Den habe ich während meiner Reise entwickelt. Es hat ein paar Wochen gedauert, doch nachdem ich Europa verlassen habe und in den Flieger nach Tokio gestiegen bin, kam mir die Idee, meinen Virus weiterzuentwickeln. Viren, Würmer und Trojaner waren ein Hobby von mir – so was macht man, wenn man keine Freunde hat.

Nachdem mich mein Vater stärker ins Geschäft einbezogen und mich im Akkord Ausweise und Zolldokumente hat basteln lassen, musste ich mein Privatvergnügen an den Nagel hängen.

Dummerweise hat Silvio nie verstanden, dass man mit gestohlenen Passwörtern viel weiter kommt als mit gefälschten Pässen. Meine Hackerqualitäten hat er nicht ernst genommen, da kurzfristig nichts für ihn dabei heraussprang. Auf lange Sicht wäre das eine erstklassige Investition gewesen, schließlich ist es immer gut zu wissen, was der Feind vorhat. So ist man ihm einen Schritt voraus.

In der Küche mixe ich mir ein Gemüseshake und überfliege die Zeitung. Nichts Neues, nicht mal in den Todesanzeigen. Hier finden sich manchmal verschlüsselte Nachrichten der Kartelle. Ab und zu benutzen sie auch die Kleinanzeigen, in seltenen Fällen die Kontaktsparte.

Da ich heute nicht in *Q's Bar* arbeiten muss, ein Billard-Club am Wilshire Boulevard, und meine Vorlesungen erst morgen stattfinden, nutze ich den Tag um die restlichen Kameras zu installieren. Flur und Treppenhaus meiner Absteige sind abgedeckt. Fehlen noch Augen im und vor dem Eingangsbereich sowie in der Gasse des Hinterausgangs. Damit habe ich mit einem Klick das gesamte Gebäude im Blick und weiß jederzeit, wer kommt und geht. Die Kameras senden die Bilder über eine verschlüsselte Funkfrequenz an meine Personal Cloud, die ich von überall abrufen kann. Zum Beispiel vom Handy, wenn ich in der Uni sitze.

Vor dem Einzug habe ich mir die Gegend genau angesehen. Ich wollte etwas in der Nähe der UCLA. Es musste billig aber relativ sicher sein, mit Nachbarn, die sich um ihren eigenen Kram kümmern. Lebensmittelläden und das *Toscana*, ein Italienisches Restaurant, das die mit Abstand schlechteste Lasagne der Stadt zubereitet, befinden sich in Laufweite. Die Pizza ist essbar, darum bestelle ich mir zwei Streifen auf die Hand, während ich mich auf die Suche nach meinem Wagen mache. Die Gegend ist chronisch zugeparkt, deshalb dauert es eine Weile, bis ich meinen Chrysler in einer Seitenstraße finde. Mein Ziel ist Central L.A., da der „Killer“ noch einen Tagesjob hat. Er arbeitet in „J's Gym“, tatsächlich gehört ihm die Trainingshalle, schließlich ist er Julin alias J. Er unterhält zudem ein Wettbüro im Keller und einen Schießstand, beides so legal wie seine Kämpfe.

Ich hoffe, dass wir ins Geschäft kommen. Er hat, was ich brauche, und ich kann ihm geben, was er dringend benötigt. Das wurde mir klar als ich seine Halle in einem aufgegebenen Gewerbegebiet am Rande der City das erste Mal in Augenschein genommen habe. Seine Security ist lausig, die Überwachung praktisch nicht vorhanden. Jeder Anfänger kann mit einem einfachen Jammer die Funkfrequenz seiner Billigkameras hemmen, da die Daten weder chiffriert noch separiert sind. Die passenden Störsender bekommt man in jedem Walmart in der Bastelabteilung, gleich neben der Tupperware.

Innen ähnelt J's Gym der Halle von gestern, mit dem Unterschied, dass es hier drei Ringe gibt, statt einen, und es wesentlich professioneller aussieht. Und sauberer. Wenn man es schafft, die schwere Eisentür aufzubekommen (ist vermutlich die erste Hürde, die man nehmen muss, um in dieser Muckibude aufgenommen zu werden), muss man an einem Glaskasten vorbei, offensichtlich das Büro. Die drei Boxringe sind ein Eyecatcher und nehmen die Mitte der Halle ein. Rechts davon befinden sich jede Menge Drückbänke und Gewichte, an denen sich ein paar Hulks zu schaffen machen. Doch nicht jeder hier ist wie Supermann gebaut. Manche sind sogar auffällig schmächtig und sehen wie Kids von der Straße aus. Einige von denen bearbeiten einen Punchingbag, andere die Speedbälle an den Wänden.

Bauchige Industrielampen aus Metall hängen von der Decke und hüllen die Halle in ein warmes Licht. Tagsüber wird der Gym vermutlich durch die alten Industrieglasfenster in der Decke beleuchtet. Das spart Strom und sieht bestimmt fantastisch aus. Natürliches Licht ist ohnehin das Beste. Aber die Fenster sind auch ein Sicherheitsrisiko, zumindest wenn sie nicht verkabelt und mit Sensoren ausgestattet wurden.

„Hey, *suka!*“ Die Stimme in meinem Rücken lässt mich den Kopf wenden. Mein Blick fällt auf einen abgebrochenen Gartenzwerg, der im Glaskasten hinter einem Schreibtisch hockt. Wenn ich gestern dachte, im Klub der hässlichen Männer gelandet zu sein, schießt dieser Typ den Vogel ab. Ein Hänfling mit glattrasiertem Kopf, pockennarbigem Gesicht und Augen so eisig, dass ich Frostbeulen von seinem Blick bekomme. Er mustert mich mit offener Abscheu, die ich nur erwidern kann. „Hier gibt es nichts für dich, *otvali*!“

Warum lernt man eigentlich die Schimpfworte einer fremden Sprache immer zuerst? Mein Russisch ist begrenzt, aber dass *suka* eine Schlampe ist, und *otvali* heißt, dass ich mich verpissen soll, muss mir niemand übersetzen. „Wo ist J?“

Wenn es überhaupt möglich ist, wird sein Blick noch sibirischer. Er flucht auf Russisch, dann steht er auf und umrundet den Tisch. In der Linken hält er einen halb gerauchten Zigarillo, mit dem er auf mich deutet. „Du ziehst jetzt Leine! Hier gibt’s nichts für dich abzusahnen.“

Ich mag es nicht, wenn man mir glimmende Gegenstände ins Gesicht hält. Und ich mag es erst recht nicht, wenn mir der König der Oger einen verbalen Tritt Richtung Ausgang verpasst. Doch ich bin nicht blöd und werde nicht den Fehler begehen, den Typen zu unterschätzen. Wer sich in einer Halle voller Gewichtheber durchsetzen kann, und noch dazu aussieht wie dieser Gnom, muss mehr auf der Pfanne haben, als das Auge sehen lässt. „Sag mir, wo ich ihn finde, und nimm das Ding aus meinem Gesicht.“

Anstatt die Kippe wegzuziehen, fuchtelt er mit dem Teil vor meiner Nase herum. „Schmink dir den Vaterschaftstest ab und benutz das nächste Mal ein Kondom!“

„Ich suche einen Trainer, du Penner!“

„Dann fahr zum Fitnesscenter in West L.A. und verzieh dich.“

„Die mit ’nem Schießstand im Keller lassen sich aber nicht auf Deals ein wie J.“

Die Augen des Wichts verengen sich zu Schlitzen.

Hinter mir bemerke ich einen Schatten und es braucht meine ganze Willenskraft, mich nicht umzudrehen. In der

Reflexion der Scheibe erkenne ich den JJ-Watt-Doppelgänger von gestern und schließe für einen Moment die Augen. Das muss mein Glückstag sein.

„Probleme, Milan?“

Zumindest hab ich jetzt einen Namen.

Milan macht eine Handbewegung, als wolle er eine Fliege verscheuchen. Also, mich. Ansonsten ignoriert er den Typen, der so lautlos verschwindet, wie er gekommen ist.

„Du hast was Falsches gehört, und jetzt zieh Leine.“

Im Stillen zähle ich bis zehn. Geduld ist nicht meine starke Seite. Was würde ich darum geben, meine Waffe zu ziehen und sie dem König der Breitmaulfrösche vor die Stirn zu halten. Aber wenn ich mich von der *famiglia* unterscheiden will, muss ich einen Unterschied machen, richtig? „Sag mir, wo ich ihn finden kann, dann bin ich weg“, presse ich durch zusammengebissene Zähne. „Wer bist du überhaupt, seine Mama?“

„Mama, Coach, Manager, Buchhalter, Promoter, Kindermädchen – mein Job ist vielfältig.“ Er stopft sich das Zigarillo in den Mund, zieht energisch daran und bläst den Rauch in meine Richtung.

„Geh dahin zurück, woher du gekommen bist und lass meinen Jungen in Ruhe!“ Sein Kopf ruckt zur Tür, fehlt nur noch, dass er die Zähne fletscht.

Woher ich gekommen bin, ist der einzige Ort, wohin ich nicht kann. Das werde ich ihm allerdings nicht auf die Nase binden. Stattdessen pflücke ich den Stumpen aus seinem Mund, werfe ihn auf den Boden und stampfe mit dem Fuß darauf. Nach einem letzten giftigen Blick in seine Richtung marschiere ich zum Tor.

Das ist ja toll gelaufen.

Kapitel 3

Auf dem Rückweg in mein Appartement bin ich ziemlich von der Rolle. Es ist kein Geheimnis, dass ich nicht gut im Umgang mit Menschen bin, dazu fehlt mir die Übung. Die Monate auf der Flucht haben daran nichts geändert, zumal ich jede Art von Aufmerksamkeit gemieden habe. Mein Job war es, unsichtbar zu sein, oder gerade sichtbar genug, um meine Verfolger von meinem eigentlichen Ziel, den Staaten, wegzulocken. Keine Ahnung, wie dieser Milan tickt. Wäre er ein Virus, würde ich ihn isolieren und ein Programm schreiben, das ihn zu seinem Absender zurückschickt, und mehr Schaden anrichtet, als der sich das vorher ausgemalt hat …

Hm, vielleicht schlage ich doch ein bisschen nach meinem Vater. Dieser Gedanke trägt nicht dazu bei, dass ich mich besser fühle. Als ich auf den Freeway Richtung Osten fahre umklammere ich das Lenkrad, bis meine Knöchel weiß hervortreten. Ich bin keine von J's Schlampen, ich möchte ihm einen Deal vorschlagen! Ein Geschäft, von dem jede Partei profitiert. Wer hätte gedacht dass es so schwer sein könnte, mit Julin in Kontakt zu treten. Klar, ihm gehört der Gym, und ja, er ist der Champion der Underground Combat League und hat noch andere Eisen im Feuer. Aber deswegen muss er keinen Chihuahua als Wachhund engagieren, der ihm die Groupies vom Hals hält – er sieht nicht mal gut aus!

Die kurze Fahrt hilft nicht wirklich, mich abzuregen, und es wird nicht besser, als ich meinen Wagen zwei Blocks von meinem Appartementkomplex abstellen muss, weil alles zugeparkt ist.

Wie wütend ich wirklich bin, wird mir klar, als ich erst einen Schrei, dann ein Wimmern höre, das in ersticktes Weinen umschlägt. Ein Blick in die Gasse zu meiner Rechten lässt meinen Puls durch die Decke gehen. Zwei Kerle haben ein Mädchen hinter einen Müllcontainer gezerrt und machen sich an ihren Klamotten zu schaffen.

Gott, wie ich das hasse. Männer, die glauben, dass die einzige Daseinsberechtigung einer Frau darin besteht, die Beine für sie breitzumachen. Typen, wie diesen Milan, der in mir nur J's Bitch sehen kann, statt einen potenziellen Partner.

Oder mein Vater, der glaubt mich an den Meistbietenden verhökern zu können, um sein Imperium zu stärken. Wäre ich ein Mann, hätte er mich Seite an Seite mit ihm arbeiten lassen. Aber ich habe Brüste, was mich in den Augen der meisten Männer minderwertig macht, denn als Schwanzträger sind sie selbstverständlich die Krönung der Schöpfung und allen Frauen überlegen.

Dass ich in der Gasse bin, merke ich erst, als ich meine Faust in das Gesicht von Mistsack Nummer eins versenke. Sein Kiefer knackt, vermutlich gebrochen. Er knickt wie ein Strohhalm ein und landet auf dem Asphalt.

Das ist das Problem mit diesen Losern, sie haben keine *Cochones*. Der zweite Angreifer ist nicht nur besser gebaut als sein Kumpel, sondern auch bewaffnet. Ich kann Messer nicht ab, die machen mich nervös. Noch weniger mag ich Butterflys. Die Wenigsten können mit den Dingern umgehen, und wenn ich sehe, wie dieser Idiot damit herumfuchtelt, würde ich ihm am liebsten mit dem Mülltonnendeckel eins überbraten. Er ist einen halben Kopf größer als ich, hat blonde kurze Locken, trägt Khakis und ein Poloshirt. Die Klamotten samt der Rolex an seinem Handgelenk schreien nach Studentenverbindung. Würde mich nicht wundern, wenn er ihr Vorsitzender ist. Wie es aussieht, ist das seine Vorstellung eines unterhaltsamen Abends. Also, bevor ich die beiden unterbrochen habe.

Während sich Blondie mit dem Butterfly zum Affen macht, schüttle ich innerlich den Kopf. Er hat weder Ahnung vom Messerkampf noch weiß er sich zu bewegen. Er steht falsch, ist völlig offen und hat offensichtlich keinen Schimmer von dem, was er macht.

Aber ich weiß was ich tue. Ich wurde mein ganzes Leben auf Situationen wie diese vorbereitet. Ich bin eine Rossi, stamme aus dem obersten Mafiaadel. Mit vierzehn habe ich von Antonio, meinem Bodyguard, gelernt, wie man einem Dieb mit einem Hammer und einem Lächeln auf den Lippen die Finger zertrümmert, hab dabei zugesehen, wie er Verrätern seelenruhig die Zunge rausgeschnitten hat. Später hat Matteo mir das Schießen beigebracht, bis ich so gut war, dass ich den Punkt eines Dominosteins auf fünfzig Meter treffen konnte. Jahrelang habe ich getan, was nötig war, um meinen Vater für mich zu gewinnen. Doch was ich auch tat, es war nie genug. Während meiner Reise ist mir klar geworden, dass ich meinem Vater, dem großen Silvio Rossi, offensichtlich egal bin. Also, als Mensch, nicht als Zukunftsanlage.

Vor elf Monaten war meine Welt noch in Ordnung, soweit man bei mir überhaupt von Ordnung reden kann.

Dann haben sich von einem Tag auf den anderen die Ereignisse überschlagen. Kurz bevor mein Vater seine Pläne für meine Zwangshochzeit verkündet hat, ist mein Halbbruder Matteo spurlos verschwunden. Er war mit seiner Biker-Gang in Vegas, um sich das Startkapital für seine Werkstatt beim Black Jack zu beschaffen. Tagelang hat es niemand für nötig gehalten, mir mitzuteilen, dass er keinem Attentat der rivalisierenden Syndikate zum Opfer gefallen ist, sondern seine Duffel bag gepackt hat und nicht vorhatte, zu mir zurückzukommen. Er ist abgehauen, ohne ein Wort der Erklärung! Ich habe mein ganzes Hackerwissen eingesetzt und sämtliche Straßenkameras angezapft, bis ich die Wahrheit rausgefunden habe.

Matteo hat sich auf sein Bike geschwungen und ist mit einer Handvoll Männer nach Vegas gebrettert. Zwei Tage später hat er den Rest der Gang nachkommen lassen und ist mit der Crew nach Chicago aufgebrochen.

Er hatte vor, eine Woche zu bleiben. Warum hat er die Spieltische so schnell hinter sich gelassen? Und wieso in aller Welt ist er ausgerechnet nach Chicago? Die Stadt gehört zu den Epizentren der Mafia. Nicht mal in New York gibt es täglich so viele Morde wie in Chicago, und das will was heißen. Seine Spur habe ich im Drake Hotel verloren, einer Luxushütte, die nicht gerade seinem Stil entspricht. Dort gab es weder ein Zimmer noch eine Suite unter seinem Namen, was die Vermutung nahelegt, dass er sich mit jemandem getroffen hat.

Ich ducke mich unter dem Messer von Blondi, trete zur Seite und ergreife sein Handgelenk, bevor er abermals zustoßen kann. Er ist kräftiger als ich dachte, windet sich aus meinem Griff und versucht, mir die Klinge in die Brust zu rammen.

Instinktiv lasse ich mich zu Boden fallen, kicke ihm die Beine weg, springe auf und schlage ihm die Waffe aus der Hand. Anschließend trete ich ihm mit Anlauf ins Gesicht.

In Gedanken stelle ich mir vor, er wäre Silvio. Oder Matteo, wo ich schon dabei bin. Was ist passiert, dass er mir ohne mit der Wimper zu zucken den Rücken zukehrt? Er ist die einzige Familie, die ich je hatte. Mein Vater hat nie zugelassen, dass ich eine Beziehung zu ihm aufbaue. Er wollte Söhne, doch die wurden ihm genommen. Mehr als einmal hatte ich den Verdacht, dass er sich wünschte, ich wäre im Kugelhagel gestorben, nicht meine Brüder.

„Ähem, ich glaube, der hat genug."

Die zaghafte Stimme kommt von dem Mädchen, das hinter dem Müllcontainer hervorgekommen ist und sich mit zitternden Händen die Bluse zuhält.

Mein Blick wandert von ihr zu dem blutenden Poloshirttäger, der sich auf dem Boden zu einem Ball zusammengerollt hat und stöhnt. Sein Saufbruder muss zu sich gekommen sein, von ihm fehlt jede Spur. Kopfschüttelnd trete ich einen Schritt zurück und betrachte meine Hände. Kein Blut, auch die Knöchel sehen okay aus. Ein paar Tritte, und der Job ist erledigt, und das, obwohl ich nicht in Form bin. Ich hatte Glück. Diese Kerle waren Anfänger, die leichte Beute gewittert haben.

„Ich bin …" Die Augen des Mädels sind groß wie Radkappen. Sie hat Schwierigkeiten, zu atmen.

„Ruhig", sage ich leise, gehe auf sie zu und drücke ihren Oberkörper sachte nach unten, damit sie besser Luft bekommt. Sie stützt sich an meinem Bein ab, dabei öffnet sich ihre Bluse, die diese Mistsäcke aufgerissen haben. Aus der Ferne dringen Sirenengeräusche zu uns. Anscheinend hat jemand die Bullen gerufen – Zeit zu verschwinden. Als ich zurücktrete klammert sie sich an meinen Unterarm.

„Ich bin Claire, Claire Jennings." In ihrem Blick liegt eine Verlorenheit, die mich irgendwo in der Magengegend trifft, denn diesen Blick kenne ich von mir. Das muss wohl der Grund dafür sein, warum ich nicht das Herz habe, sie einfach stehen zu lassen. Sie sieht aus, als könnte sie sich nicht entscheiden, in Tränen auszubrechen oder in Ohnmacht zu fallen. Oder beides.

Ich muss eine Entscheidung treffen, und zwar pronto, denn das Sirenengeheul kommt schnell näher. Also binde ich die losen Zipfel ihrer Bluse vorn zusammen, hake sie unter und spaziere mit ihr über die Straße, als hätten wir alle Zeit der Welt. Unterwegs friemel ich mein Handy aus der Hosentasche und scrolle durch die Kameras vor meinem Appartementkomplex, dem Flur sowie den versteckten in meiner Wohnung. Die Luft ist rein. Da der Aufzug für die Tonne ist, nehmen wir die Treppe, was bei sechs Etagen kein Spaziergang ist. Dennoch hole ich erst wieder Luft, nachdem ich die Tür hinter uns geschlossen und verriegelt habe.

In der Küche halte ich einen Moment inne. Die Eruption in der Gasse hat mir gutgetan. Der Zorn, der seit meiner Abreise aus New York an mir genagt hat und jeden Tag gewachsen ist, ist wie durch Zauberhand verschwunden. Stattdessen fühle ich mich … erschöpft. Ich setze Kaffee auf, extra stark, danach gehe ich ins Bad und drehe den

Hahn der Wanne auf. Wieder im Wohnzimmer finde ich Claire genau dort, wo ich sie zurückgelassen habe. Sie hat den ganzen Weg kein Wort gesagt, ihrem Gesichtsausdruck nach hat sie sich darauf konzentriert, sich nicht zu übergeben.

Im trüben Licht meiner Beleuchtung sieht sie wie die ramponierte Version von Glitzerbarbie aus, die sich in die Slums verlaufen hat. Sie hat glattes, blondes Haar, den dunklen Ansätzen nach zu schließen ist es gebleicht. Ihre Augen sind blau, im Moment sieht sie jedoch wie ein Panda aus. Ihre Mascara hat sich über das halbe Gesicht verteilt. Die Klamotten sehen teuer aus, besonders die Schuhe. Ich muss es wissen, ich habe ein ausgeprägtes Sneaker-Faible und bin immer noch nicht darüber hinweg, dass ich meine komplette Kollektion in New York zurücklassen musste.

„Du hast mich gerettet“, flüstert Claire.

„Was hast du um diese Zeit …“, wie spät ist es eigentlich? Mein Blick fliegt zum Display meines Handys und ich stöhne. Halb eins, ich muss morgen zur Uni! „Was hattest du da draußen in diesem Nuttenfummel zu suchen?“

„P-Party“, haucht sie.

Damit sie mir nicht umfällt, ergreife ich ihren Ellbogen und suche etwas, worauf sie sich setzen kann. Doch die Bude ist leer. Ich hatte noch keine Gelegenheit, Möbel zu shoppen. Also führe ich sie in mein Schlafzimmer. Hier steht zumindest ein Futon, den ich auf mehreren Europaletten ausgebreitet habe. Darauf liegt ein Schlafsack. Besser als nichts.

Nachdem sie auf der Ecke der Palette Platz genommen hat, stelle ich das Badewasser aus und komme mit zwei dampfenden Bechern Kaffee zurück. Keine Ahnung, was sie in den zwei Minuten gemacht hat, die sie allein war, aber sie sieht besser aus, gefasster und nicht mehr so blass.

„Danke“, murmelt sie, nimmt den Becher entgegen und schließt die Augen, während sie langsam den Duft inhaliert.

Da ich nur Instant-Dreck im Haus habe, kann sie das Aroma nicht wirklich beeindrucken.

Dennoch nimmt sie einen Schluck, dann noch einen. „Für alles“, ergänzt sie, öffnet die Augen und sieht mich an. „Ich war auf einer Feier in der Studentenverbindung am Veterans Park.“ Sie nippt ein weiteres Mal am Becher, dann umrahmt sie ihn mit den Händen, wie um sich zu wärmen. „Als ich nach Hause wollte, war meine Handtasche samt Handy weg.“

„Hausschlüssel?“

Sie schüttelt den Kopf und zieht einen silbernen Schlüssel aus dem BH. „Ist mir schon mal passiert, den Fehler wiederhole ich nicht.“ Sie verstaut das Teil wieder und nippt abermals am Kaffee. „Mein Telefon war jedenfalls weg, darum bin ich gelaufen. Ich dachte, ich finde unterwegs ein Taxi, aber …“ Sie beendet den Satz nicht, das ist auch nicht nötig. Um diese Zeit ist hier kein Taxi unterwegs, die sind alle im Zentrum. Davon abgesehen hatte sie kein Geld dabei, um den Fahrer zu bezahlen.

„Sind dir die Kerle von der Feier aus gefolgt?“

Claire runzelt die Stirn als würde sie angestrengt versuchen, sich an etwas zu erinnern. Und dann geschieht das, was ich die ganze Zeit befürchtet habe. Ihre Augen werden groß, das bisschen Farbe weicht aus ihrem Gesicht und sie presst eine Hand vor den Mund.

„Hinten rechts“, rufe ich hastig und nehme ihr den Becher ab. Im nächsten Moment rennt sie ins Bad und übergibt sich geräuschvoll.

Nach einem Reiherfestival, das seinesgleichen sucht, stecke ich sie in die Badewanne. Mit der Entspannung kommen die Tränen. Bevor ich weiß, was los ist, hängt sie wie das heulende Elend an meinem Hals und erzählt mir ihre traurige Lebensgeschichte. Was mich zurück zu den langweiligen Familientragödien bringt. Wobei Claires gar nicht so tragisch ist. Soweit ich das beurteilen kann, ist ihr einziges Dilemma, dass sie in Reichtum geboren wurde und deswegen von ihrem Umfeld gehasst wird. Wobei hassen vermutlich ein zu starkes Wort ist. Ihre Nemesis heißt Melody Harper, die, wenn man Claires Worten glauben kann, anscheinend die ganze Uni in der Tasche hat. Claire ist ihr ein besonderer Dorn im Auge. Warum bekomme ich nicht aus ihr heraus.

Ist schon interessant, dass wir beide keine Freunde haben, obschon die Gründe nicht unterschiedlicher sein könnten. Ich kann mir gut vorstellen, dass die Mädels so sein möchten wie Claire, und sie deswegen ablehnen, während die Jungs sie als Karrieresprungbrett benutzen, um bei Claires Daddy einen Job zu landen. Benutzen ist überhaupt ein Wort, das sie oft verwendet.

Um eine lange und tränenreiche Geschichte abzukürzen: Die gute Claire weiß weder, was Freundschaft noch was Liebe ist, und verwechselt Sex mit Nähe. Darum hat sie einen One-Night-Stand nach dem nächsten und sich auf diese Weise das Image einer Schlampe erworben. Möglicherweise ist das der Grund, warum ihr die Kerle gefolgt sind. Sie haben auf einen schnellen Fick in der Gasse gehofft, und mussten feststellen, dass die gute Claire für einen Quickie hinter Müllcontainern nicht zu haben ist. Ich schätze mal, die Botschaft ist angekommen.

Als sie sich endlich ausgequasselt hat, ist es drei Uhr morgens. Habe ich erwähnt, dass ich morgen Uni hab, mit der Betonung auf früh? Bevor sie auf meinem provisorischen Bett einnicken kann, rufe ich ihr ein Taxi, drücke dem Fahrer ein paar Scheine in die Hand und falle gegen halb vier todmüde in die Kissen.

Kapitel 4

Am nächsten Morgen werde ich von energischem Klopfen geweckt. Im ersten Moment bin ich verwirrt, zumal ich das Gefühl habe, dass meine Lider festgeklebt sind. Es braucht eine Minute, bis mein Hirn den Lärm verarbeitet, in den sich noch etwas anderes mischt. Ein nerviges Piepen geht sowohl von meinem Handy als auch meinem MacBook aus. Als ich es endlich schaffe, die Augen zu öffnen, reagiere ich reflexartig. Ich falle aus dem Bett, springe auf und hechte zum Rechner, der mir mitteilt, dass jemand die Lichtbarriere im Flur durchbrochen hat. Darauf bin ich auch schon gekommen.

Das Klopfen an meiner Tür wird zum Pochen, dann hämmert jemand mit der Faust dagegen.

Fluchend suche ich meine Waffe. Wo hab ich das Teil noch mal versteckt? Als sich mein Fuß in einem Kabel verfängt und der Rechner auf meinem Zeh landet, stoße ich eine Reihe Schimpfwörter aus und hüpfe auf einem Bein durchs Zimmer, bis mir einfällt, dass niemand vom Kartell klopfen würde. Wenn die in mein Appartement wollen, wären die schon längst drin, und zwar ohne den Radau. Ein Blick durch den Spion zeigt kein Erschießungskommando sondern Claire, die sich vorbeugt, mir ein strahlendes Lächeln schenkt und winkt. Winkt!

Ich reiße die Tür auf, mit einem, wie ich hoffe, furchteinflößendem Gesichtsausdruck.

Doch Claire bleibt davon unbeeindruckt. „Guten Morgen!“, trällert sie und tanzt in meine Wohnung.

Tanzt, kein Scherz. Der einzige Grund, warum ich sie nicht sofort wieder rauswerfe, ist der Duft, der von den vier Pappbechern ausgeht, die in einem Traveller stecken und mein Wohnzimmer in himmlisches Kaffeearoma hüllen.

„Ich hab nicht gewusst, was dein Gift ist, darum habe ich von allem etwas bestellt, Espresso, Kaffee, Cappuccino und Latte."

„Du hast *was*?" Ich kann nicht verhindern, dass mein Mund leicht aufklappt.

„Sag mir nicht du bist Teetrinkerin." Claires Stirn kräuselt sich, während sie mir einen abschätzigen Blick zuwirft. „Nein, du bist ein Kaffeemensch. Ich tippe auf schwarz, ohne Zucker, hab ich recht?"

Und wie sie das hat. Allerdings lächelt mich der Schaum des Cappuccinos so freundlich an, dass ich meine Reserviertheit über Bord werfe, ihn aus der Halterung pflücke und meine Nase darin versenke – lecker!

„Du hast Zimt drauf gestreut." Verdammt, das Zeug schmeckt gut. Claire reibt sich die Stirn. „Ja, ich meine, ich finde, das sieht schöner aus, meinst du nicht?"

Apropos schöner. Claire sieht heute anders aus, in jedem Fall hat sie eine gesündere Hautfarbe. Ihre Wangen wirken rosig, das Haar hat sie in einem Zopf gebändigt und die hellblauen Augen kommen ohne eine Tonne Eyeshadow besser zur Geltung. Statt des Partyoutfits trägt sie eine hochgeschlossene Bluse, Skinny Jeans und schwarze Heels. Das Outfit hat Klasse, so viel steht fest.

„Keine Ahnung, so was darfst du mich nicht fragen."

Claire räuspert sich und wirkt mit einem Mal verlegen.

Ich zermartere mir das Hirn, wie man sich in so einer Situation verhält. Also, normale Leute, die mit Menschen aufgewachsen sind, die keine kompletten Soziopathen sind. „Also, warum nimmst du nicht Platz und erzählst mir, weshalb du hier bist, um …“ Ein Blick auf die Uhr verrät mir, dass es kurz nach sieben ist. Um ein Haar verschlucke ich mich.

„Du hast gestern gesagt, dass du heute Uni hast.“ Abermals reibt sie sich die Stirn, was eine Macke von ihr zu sein scheint. „Und, na ja, nachdem du mir geholfen hast, dachte ich …“, sie zuckt die Schultern und beißt sich auf die Unterlippe. „Ich meine, ich gehe auch an die UCLA. Wir könnten doch zusammen fahren.“ Stirnreiben. „Natürlich nur, wenn du möchtest.“

„Was studierst du?“, frage ich, mehr um Zeit zu gewinnen, als aus Interesse.

„Kunst und Design.“ Ihre Augen strahlen. Einmal angefangen, hört sie nicht auf, mich mit ihrem Studium vollzuquatschen. Ich höre nur mit einem Ohr zu. Mein Blick wandert durch das Schlafzimmer auf der Suche nach Dingen, die Claire nicht sehen sollte. Meine Waffe kann ich nirgendwo entdecken, die muss unterm Schlafsack liegen. In jedem Fall hat der Cappuccino meine Lebensgeister geweckt und damit mein Gehirn. Ich leere den Becher und nehme mir den Kaffee vor. „Trinkst du nichts?“, unterbreche ich ihren Redefluss.

„Ich bin eher der Chai-Tea-Latte-Typ, den hab ich auf der Fahrt hierher getrunken.“

Ich nicke und tue, als wäre das eine interessante Info. „Okay, ich mach mich dann mal fertig, dauert nur ein paar

Minuten. In der Zwischenzeit kannst du dich …“ Ich suche nach etwas, worauf sie sich setzen kann, doch da ist nur mein Bett. „Setz dich einfach irgendwo hin, aber fass bitte nichts an.“ Wie zum Beispiel meinen Mac, der auf den Boden gefallen ist und den ich im Vorbeigehen schließe. „Und danke für das hier.“ Ich hebe den Kaffee kurz in die Höhe, schnappe mir Klamotten zum Wechseln und verschwinde im Bad. Dort lehne ich mit dem Rücken gegen die Tür und stoße die Luft aus.

Es ist lange her, dass ich so viel Zeit mit einem Menschen verbracht habe. Doch ich muss mich daran gewöhnen. Um acht startet meine erste Vorlesung, und heute Abend arbeite ich in der Bar.

Nach dem Wasch-Ding schlüpfe ich in olivfarbene Cargos, ein weißes Shirt und meine Lieblingssneaker, die Roten von UGG. Wieder im Wohnzimmer packe ich meine Tasche, danach ziehe ich mir meine Lederjacke über. Für Mitte September ist es für L.A. ungewöhnlich kühl, aber ich bin hier schließlich nicht wegen des Klimas.

An der Tür halte ich inne und werfe einen Blick über die Schulter. „Was ist, kommst du?“

Claire blinzelt, als würde sie aus einer Trance erwachen. „Wow, du hast dich in …“, sie räuspert sich, „in vier Minuten fertig gemacht.“

„Wie lang brauchst du denn, zwei Stunden oder was?“ Ich öffne die Tür. „In dem Fall hast du aber nicht viel Schlaf abbekommen.“ Das sollte ein Witz sein, doch statt zu lachen murmelt sie, „Erinnere mich nicht daran“, und folgt mir in den Flur.

Auf dem Weg zur Uni schweige ich. Einerseits weil ich unter Schock stehe, da Claire einen Parkplatz direkt vor dem Haus gefunden hat. Außerdem muss ich nicht reden, das übernimmt meine neue beste Freundin. Sie klingt, als würde sie alles und jeden kennen, vom Football- bis zum Baseballteam, die Promis und alle angesagten Leute, die eine Uni zu bieten hat. Das Auffällige daran ist die Tatsache, dass sie ihre beiden Angreifer mit keinem Wort erwähnt. Dass sie die beiden nicht kennt, glaube ich keine Sekunde. Fragt sich, warum sie sie schützt. Jeder normale Mensch wäre noch in der Nacht zu den Bullen gerannt, spätestens am nächsten Morgen. Claire dagegen zieht es vor, so zu tun, als wäre nichts passiert. Auch eine Art damit umzugehen, wenn auch keine gesunde.

Als sie auf den Uni-Parkplatz fährt und auf der Suche nach einer Lücke stoppt, öffne ich die Beifahrertür und steige aus. Bevor ich sie schließe beuge ich mich zu Claire und versuche ein Lächeln. „Danke fürs Mitnehmen. Wir sehen uns!“ Was eine dreiste Lüge ist, ich habe nicht vor, sie wiederzusehen.

„Was hast du in der letzten Stunde?“, fragt sie hastig ehe ich aus ihrem Blickfeld verschwinden kann.

„Psychologie.“ Ich nicke ihr noch einmal zu, werfe die Tür zu und mache mich auf dem Weg zum Computer-Science-Gebäude.

An der UCLA hat man den Geeks ein eigenes Zentrum gewidmet, was Sinn macht. Wir Nerds bleiben lieber unter uns und mischen uns nicht mit angehenden Anwälten, Ärzten, oder schlimmer noch, Politikstudenten. Zumindest nicht freiwillig. Diese Typen können einfach nicht die

Klappe halten. Das ist mir in den ersten Tagen aufgefallen, als ich mich hier umgesehen und mir die Wege eingeprägt habe.

Physikstudenten, Chemiker und Mathematiker sind ein eigenes Volk und anders drauf. Deswegen passen sie perfekt zu den Informatikern, die lieber mit Einsen und Nullen jonglieren als Worten.

Das Computer-Science-Gebäude ist ein vierstöckiger Backsteinbau am Charles E. Young Drive. Der Komplex verfügt über ein Studentenzentrum, ein Café und zwei Bistros. Die Hörsäle sind spartanisch und verdienen den Namen kaum. Eigentlich sind es größere Klassenräume. Was Sinn macht, mehr als fünfzig Studenten kommen in den fortgeschrittenen Kursen selten zusammen. Dafür sind die Schauspielklassen hoffnungslos überfüllt, was der Nähe zu Hollywood und den großen Studios zuzuschreiben ist.

In meinem Kurs sind über den Daumen gepeilt dreißig Leute, alles Jungs, war ja klar. Meinen Platz finde ich auf Anhieb, denn in der dritten Reihe sitzt jemand, den ich schon länger kennenlernen möchte.

Wie bereits erwähnt, bin ich ein großer Fan von Trojanern, Viren & Co., Instrumente, die einem die Kontrolle über fremde Rechner verschaffen. Nichts richtet in wenigen Minuten so viel Schaden an, wie ein gut platzierter Wurm. Es dauert Sekunden, einen Zombie-Rechner zu erschaffen, PCs, über die die Besitzer die Gewalt verloren haben, die von Hackern ferngesteuert werden. Mit den erbeuteten Daten kann man Menschen ruinieren, die Regierung ausspionieren, ganze Firmen zum Einsturz bringen. Die Gruppe, die sich das *Impact Team* nennt, und das Seitensprungportal Ashley Madison gekippt hat, hat es vorgemacht. Als die Userdaten im Darknet aufgetaucht sind, ist die Hackergemeinde Amok gelaufen, hat sich den geknackten und veröffentlichten Code der Seite runtergeladen und dem Portal den Rest gegeben.

Wie das Impact-Team habe ich mit vierzehn mit dem bcrypt-Algorithmus für PHP gearbeitet, einer Funktion für das Haschen und Speichern von Passwörtern. Obwohl ich die MD5-Methode vorziehe, aber das ist ein anderes Thema. Viel zu lang hab ich mich von Silvios Papierkram ablenken lassen. Auf meiner Reise habe ich nicht nur mein altes Hobby wieder aufgenommen, sondern auch Kontakte in die Szene.

Obwohl der Anlass für meine Flucht alles andere als erfreulich war, wurde meine Reise nach ein paar Wochen zu einer Art Erwachen für mich. Ich kam mir vor wie ein Fisch in einem Aquarium, dessen Wasser ewig nicht gewechselt wurde. Und dann lande ich plötzlich im Ozean, schnuppere Algen, Salz und … Freiheit. Wenn man lange genug im Aquarium gelebt hat, glaubt man irgendwann, die Welt sei quadratisch. Eine andere Perspektive einzunehmen und festzustellen, wie unbegrenzt meine Möglichkeiten in Wahrheit sind, war ein regelrechter Schock.

Freiheit kann auch Angst machen, zumindest ging es mir in den ersten Wochen so. Ich musste mich erst mal daran gewöhnen nicht länger gegen Glaswände zu prallen, außer denen, die ich in meinem Geist aufgebaut habe.

Doch jedes Mal wenn mir Zweifel kamen und ich zurück in die Sicherheit meines alten Lebens wollte, musste ich an meine Mutter denken. Wie sie gelebt hat und gestorben ist.

Ich möchte nicht wie sie enden, sondern mein Leben leben. Eigene Ideen entwickeln und mein volles Potenzial entfalten. Aber nicht, wie mein Vater, auf Kosten von anderen.

Während meines Trips hab ich entdeckt, dass ich eine Wahl habe. Möglichkeiten, von denen ich vorher nur träumen konnte. Heute bin ich jemand, der eine Zukunft vor sich hat, und nicht länger jemand mit einer Vergangenheit.

Freiheit ist ein fantastisches Gefühl. Es hat Monate gedauert, bis ich mich hier niederlassen und meine neue Unabhängigkeit genießen konnte. Das ist, als wenn man zu lange unter Wasser war, das erste Mal auftaucht und Luft holt.

Genauso fühle ich mich, als ich mich schräg hinter Oliver Parker setze, Sohn von Professor Parker, unserem Lehrer, der in diesem Augenblick das kleine Auditorium betritt.

Von der Stunde bekomme ich wenig mit. Ich beobachte, sehe mir die Leute an, lese sie. Ihre Haltung, die Ausstrahlung, ihre Intentionen. Wir sind eine bunte Mischung aus Angeber, stille Wasser, Streber, Blender und die Eifrigen, die mitspielen wollen, aber die Spielregeln nicht kennen.

Parker Junior ist der mit Abstand interessanteste Student. Man sieht ihm seine Nerdigkeit nicht an. Ihm fehlt der Tunnelblick, die Abgeschlossenheit, die viele Informatiker wie ein Schutzwall umgibt. Er trägt auch keine Klamotten, die vor zehn Jahren modern waren, er hat nicht mal eine Brille.

Jeans und T-Shirt füllt er bestens aus, das dunkle Haar ist auf natürliche Art zerzaust und wirkt nicht gestylt. Sein Rechner ist geöffnet, seine Finger fliegen über das Keybord. Vom Pult aus muss es so aussehen, als würde er an den Lippen seines Vaters hängen und jedes Wort mitschreiben.

Doch ich weiß es besser. Mein Tor-Browser, auch bekannt als *The Onion Router*, ist geöffnet. Er verbindet mich mit dem Deep Web, und somit mit dem guten Parker vor mir. Als Sohn einer Koryphäe auf dem Gebiet der Bits und Bytes hat er Algorithmen mit der Muttermilch aufgesaugt. Nach außen gibt er den braven Schüler, Papas Mustersohn, bescheiden bis ins Mark. Im Darknet ist er *Dialer*, Superhacker und mathematisches Genie und ganz nebenbei der Entwickler des Sudden-Death-Virus, das vor drei Jahren zum Kollaps von Amazon.com geführt und Tausenden von Kunden Gutschriften beschert hat. In einem Pamphlet hat *Dialer* erklärt, dass er mit dieser Aktion auf die Gefahr der Monopolstellung des Onlineanbieters aufmerksam machen will, was ihm gelungen ist. Zahllose Firmen haben den Atem angehalten und waren froh, dass es sie an diesem Tag nicht getroffen hat.

BytMe: Hast du den neusten US-CERT Letter bekommen?
Dialer: Kinderkacke, die verschwenden meine Zeit
BytMe: Die haben noch kein Patch für den Adobe Bug
Dialer: Da sind schon die Nessus Freaks dran. Verrat mir lieber, wie weit du mit Revenge bist

Revenge ist das Virus, an dem ich seit Monaten arbeite. Es ist einzigartig, das Erste seiner Art, und wenn es fertig ist, wird es ein Meisterwerk sein. Die Programmierung ist so kompliziert, weil es ein Mulitfunktionsvirus ist, das zur gleichen Zeit unterschiedliche Befehle ausführen soll. Viele Probleme habe ich bereits behoben, aber ich muss an der Tarnung arbeiten, der Rückverfolgung und der Effektivität. Das Virus muss das System verseuchen bevor die wissen was los ist, und über die Cloud das ganze Netzwerk zerfressen.

BytMe: Das solltest du dir ansehen
Dialer: Kein Problem, schick mir den Code
BytMe: Persönlich
Dialer: ?

„… arbeitet bis Mittwoch daran, ich will eine kreative Lösung sehen“, sind die letzten Worte von Professor Parker, bevor er das Tablet zurück in seinen Aktenkoffer packt, den Beamer abstellt und seinen Sohn zu sich winkt. „Oliver, hast du eine Minute?“

Mein Grinsen verstecke ich hinter dem Monitor, das Timing könnte nicht besser sein. Oliver aka Dialer ist ein Crack, aber er ist auch ein arroganter Arsch, den ich noch ködern muss. Ich brauche ihn oder besser sein Know-how. Und im Moment ist er noch nicht so weit.

Kapitel 5

Julin lag auf dem Rücken, die Beine gespreizt. Dazwischen kauerte eine Brünette, die ihm den Blowjob seines Lebens gab. Sie hatte gelernt ihn ohne Würgereiz fast ganz in sich aufzunehmen, ein ziemliches Kunststück. Gleichzeitig massierte sie seine Eier, als hätte sie ein Diplom darin. Seine Zunge war in der Pussy der Rothaarigen begraben, die auf seinem Gesicht saß und ihrem aufkommenden Höhepunkt entgegenritt. Die Kleine wehrte sich, versuchte, es so lang wie möglich hinauszuzögern. Als er zwei Finger in sie einführte, leicht krümmte, und mit erschreckender Routine genau den richtigen Punkt in ihr berührte, verlor sie den Kampf und kam mit einer Kraft, die sich in einem heiseren Lustschrei entlud. Er stand auch kurz davor, darum schob er die Brünette von seinem Schwanz und rollte sich unter der Rothaarigen hervor, die noch von ihrem Orgasmus zitterte.

„Auf die Knie!" Beide Frauen reagierten sofort. Das war mal ein Anblick. Zwei Knackärsche reckten sich ihm willig entgegen. Der cremefarbene gehörte zur Brünetten. Er umfing ihre Taille, setzte die Spitze an ihre Öffnung. Eine Hand glitt zwischen ihre Beine. Sie war nicht feucht, sie war nass.

Als sie ungeduldig mit ihrem kleinen Hintern wackelte vergrub er sich bis zur Wurzel in sie. Sie zog die Luft ein und stützte sich mit einer Hand am Kopfende des Bettes ab, danach vögelte er sie mit einer Kraft, die sie nach vorn katapultierte. Er gab ihrem lilienweißen Hintern einen kräftigen Klaps, der sie Aufstöhnen ließ. Die Hand an ihrer

Hüfte hielt sie in Position, die andere glitt zu ihrer vollen Brust. Verdammt, das fühlte sich gut an. Er zog sie näher zu sich, während er wieder und wieder in sie stieß.

In der Zwischenzeit hatte sich die Rothaarige von ihrem Höhepunkt erholt und wollte mitspielen. Sie robbte zum Kopfende, lehnte mit dem Rücken dagegen und küsste ihre Freundin.

Wenn es überhaupt möglich war wurde er noch härter. Sie spielte mit den vollen Brüsten ihrer Freundin, erst mit den Händen, dann mit ihrem Mund.

Julin hämmerte seinen Schwanz in die Brünette, deren Name er vergessen hatte, bis sie kam. Diesmal hielt er sich nicht zurück. Er pumpte seinen Samen in ihre enge Pussy, die seinen Schwanz mit jeder Kontraktion zusammendrückte und seinen Orgasmus buchstäblich aus ihm rausquetschte. Als er sich wieder bewegen konnte, rollte er sich auf den Rücken und sah den beiden Frauen zu, wie sie miteinander spielten. Die Brünette war erst zweimal gekommen, ihre Freundin dagegen dreimal, das machte diese wieder wett, indem sie ihre Freundin in den Orgasmus-Himmel leckte.

Die beiden lieferten die perfekte Show ab, kneteten ihre Silikonbrüste, küssten und berührten sich, bis er wieder hart wurde. Diesmal ließ er sich von der Rothaarigen den Schwanz lutschen, kam in ihrem Mund und ließ sie schlucken, was er zu geben hatte.

Der Sex war gut, aber er war bloß eine Ablenkung gewesen. Unter dem heißen Strahl der Dusche stützte er die Unterarme an der Wand ab und schloss die Augen. Im

Geiste sah er weder die Rothaarige noch die Brünette, sondern ein paar moosgrüne Augen, mit genau der richtigen Mischung aus Stärke und Verletzlichkeit.

Skyler.

Den Schmerz hatte sie gut verborgen, aber nicht gut genug für ihn. Wo zum Henker hatte sie sich versteckt? Als er sie kurz nach dem Kampf in der Menge entdeckt hatte, war er sich nicht sicher gewesen, immerhin existierten keine aktuellen Fotos von ihr. Der alte Rossi hatte seine Tochter wie ein eifersüchtiger Ehemann unter Verschluss gehalten. Nach dem Blutbad an seinen Söhnen konnte er es ihm nicht verdenken. Es gab Pressefotos von ihr, auf dem letzten war sie achtzehn und weihte ein Kinderheim ein. Schon damals hatte sie diesen intensiven Blick. Sie trug ein pistazienfarbenes Sommerkleid, das ihre Augen, aber auch ihre endlos langen Beine betonte.

Im Ring war er sich nicht sicher gewesen, nachdem er sich jedoch die Aufzeichnung aus dem Gym angesehen hatte gab es keinen Zweifel mehr. Die Aufnahme zeigte Rossis Tochter, auch wenn sie ihr Aussehen stark verändert hatte. Doch er hatte sie zu lange studiert, um sich von einer Haarfarbe oder einer neuen Frisur blenden zu lassen.

Für eine Frau wie sie wurden Kriege geführt. Brüder wandten sich gegeneinander, Familien wurden zerrissen, um jemanden wie sie zu besitzen. Sie hatte ein Gesicht halb Kind halb Frau, offen und dennoch ernst. Dazu kamen ihre ausdrucksstarken Augen, die mehr gesehen hatten, als gut für sie war. Trotz ihrer italienischen Vorfahren hatte sie helle Haut und den Schmollmund der Franzosen. Was ihn jedoch faszinierte, war die Eindringlichkeit, mit der sie mit ihren gerade mal einundzwanzig Jahren in die Kamera geblickt hatte, kombiniert mit einer Kraft, die ihn gegen seinen Willen anzog.

Frustriert stieß er die Luft aus, hob den Kopf und ließ das Wasser über sein Gesicht perlen. Als würde das helfen, Skyler aus seinen Gedanken zu spülen.

Seine Finger schlossen sich um seinen Schaft, der wie ein eifriger Soldat salutierte, kaum dass er an das Mädchen dachte. Mit der freien Hand stürzte er sich an der Wand ab, während die andere langsam über seine Erektion glitt, von der Wurzel bis zur Spitze. Er schloss die Augen, lehnte die Stirn gegen den kühlen Schiefer und dachte an ihren Mund. Stellte sich vor, wie sie die Lippen öffnete und mit der Zunge genussvoll über seinen Schwanz fuhr. Ihn kostete, in sich aufnahm, während sie vor ihm kniete und ihn mit diesem durchdringenden Blick ansah, der ein Versprechen enthielt.

Er wollte dieses Gefühl auskosten, seine Fantasie auf die Spitze treiben, doch er kam mit einer Wucht, die ihn kalt erwischte. Fuck!

Zurück blieb ein hohles Gefühl in seiner Brust. Eine Leere, die schlimmer war, als der Wunsch, über dieses Mädchen herzufallen und ihr den Verstand rauszuvögeln, bis sie vergaß, wer sie war und woher sie kam.

Das Problem bei diesem Szenario war, dass *er* niemals vergessen würde, wer sie war - die Tochter seines Todfeindes. Und sie war in seiner Stadt, seinem Gym, und fragte nach ihm. War das zu fassen! Seine Männer haben sie über so ziemlich jeden Kontinent verfolgt, haben jeden Stein zweimal umgedreht und sind mit leeren Händen zurückgekommen. Und dann, nach Monaten ohne ein Lebenszeichen von ihr, tauchte sie ohne Vorwarnung bei einem seiner Kämpfe auf. Manchmal karikierte sich das Leben selbst.

Oder trat einem mit Anlauf in den Arsch, je nachdem, wie man es sah. Milan, dieser Hurenbock, hatte das Mädchen, das er seit fast einem Jahr suchte, wie eines seiner Flittchen weggeschickt. *Weggeschickt!* Jetzt war er wieder da, wo er angefangen hatte. Zumindest wusste er diesmal, dass sie nicht weit war. Ein kleiner Trost, wenn man von Vollidioten umgeben war.

Zurück im Gym bearbeitete er den Sandsack, während er sich vorstelle, er würde auf Milans Gesicht eindreschen. Aus den Augenwinkeln sah er Mike und seinen Bruder Oleg, die auf ihn zuhielten. Obwohl sie keine Zwillinge waren sahen sie sich zum Verwechseln ähnlich. Da Oleg meistens schwieg, merkte sich niemand seinen Namen. So kam es, dass man beide als Mike eins und zwei kannte, zumal sie nirgendwohin allein gingen, nicht mal zum Vögeln. Mit ihrem Allerweltsgesicht, den wässrigen blauen Augen und dem kahl geschorenen Kopf kamen sie blass und unscheinbar rüber, eine ihrer Stärken. In Wahrheit waren sie Pitbulls. Wenn sie einmal loslegten, brauchte man eine Brechstange, um sie von ihrem Gegner zu hebeln.

„Boss“, sagte Mike und nickte zur Begrüßung. Ihn zu ignorieren wäre zwecklos. Er würde hier stehen bleiben, bis Milan die Halle abschloss, und bis dahin waren es noch ein paar Stunden. Niemand hatte einen so langen Atem wie

Mike und sein Bruder. Dieses Spiel hatte er schon einmal verloren, das mussten sie nicht wiederholen.

Er schlug noch einmal zu, dann griff er nach dem Handtuch und wischte sich den Schweiß aus dem Gesicht. Danach leerte er eine Wasserflasche, während Mike seinen abendlichen Bericht ablieferte.

Los Angeles war in zahllose Bezirke aufgeteilt, die sie sich mit den lokalen Gangs teilten. In manchen Gegenden hatten sie Verbündete, in andere ließen sie niemanden rein. Slums wie Compton und Watts konnte man ohnehin nicht kontrollieren, dort wurde um jede Straße gekämpft. Mehr als zwanzig Gangs lieferten sich Nacht für Nacht eine Schlacht um die Vorherrschaft. Aus so was hielten sie sich raus. Julin machte Geschäfte mit den Mexikanern, Iren, mit Bulgaren und Albanern, um nur einige zu nennen. Inoffiziell auch mit der italienischen Mafia. Diese Jungs waren zu groß, um sie zu ignorieren, zumindest in den Staaten.

Doch auch wenn sie mit den Italienern gemeinsame Sache machten, hieß das nicht, dass sie Verbündete waren. Im Gegenteil. In Central L.A. hatten sie sich gegen die wachsende Anzahl der Straßengangs zusammengetan und ein paar Exempel statuieren müssen, bis sich die lokalen Banden aus diesem Gebiet zurückgezogen hatten. Das Stadtzentrum war das Filetstück von L.A., gefolgt von Hollywood und Beverly Hills. Keine andere Gegend kam an den hohen Bedarf an Drogen und Prostituierten heran, wie die Gebiete, in denen Filmstars, Musiker und die großen Produzenten lebten.

Julin unterbrach Mikes Sermon über eine Waffenlieferung, die umgeleitet werden musste, weil die Cops Wind davon bekommen hatten, und stelle die Frage, die Mike mit seinem Gelaber vermeiden wollte.

„Habt ihr sie gefunden?“

Mike hielt inne, räusperte sich. „Noch nicht, Boss.“

„Warum bist du dann hier?“

„Julin!“ Milan kam in die Halle gedackelt. Er sah aus, als hätte er Essig geschluckt. Obwohl er eigentlich immer so aussah. „Mike und Mike sind seit zwanzig Stunden auf den Beinen, wie der Rest der Männer. Heute erreichen wir nichts mehr, du Schmock!“

Langsam drehte er sich Milan zu, warf sich das Handtuch über die Schulter und deutete mit der leeren Wasserflasche auf ihn. Sein Geschäftsführer wusste, dass er Scheiße gebaut hatte, es war nicht nötig, ihm diese Tatsache wie eine Torte ins Gesicht zu klatschen. Dennoch war Milan noch nie so nahe daran gewesen, Julins Stiefel in seinem knochigen Arsch zu spüren. „Wir erreichen seit einer Woche nichts.“ Das kam wie ein Knurren raus und verfehlte seine Wirkung nicht.

Die Männer traten geschlossen einen Schritt zurück.

Bei wem hatte sie Unterschlupf gefunden? „Wie viele Männer sind im Moment auf der Straße?“

„Jeder Mann sucht nach ihr, Boss.“

Das Problem war, dass sie nicht mit Skylers Foto durch die Gegend laufen konnten, das würde zu viel Aufmerksamkeit erregen. L.A. war riesig, Skyler konnte überall untergekrochen sein. Sein Instinkt sagte ihm allerdings, dass sie ihre Zelte nicht zu weit vom Zentrum aufgeschlagen hatte.

Dass sie so lange unentdeckt geblieben war und all ihre Verfolger abgeschüttelt hatte, bedeutete, dass sie nicht dumm war. Mit Sicherheit würde sie die gute Infrastruktur nutzen, die ihr diese Stadt zu bieten hatte. Von Central L.A. aus war sie innerhalb weniger Minuten auf dem Highway, den Schienen oder dem Flughafen. Wenn er nur wüsste, warum sie sich ausgerechnet hier niedergelassen hatte. Was hatte diese Stadt, was andere ihr nicht bieten konnten? Das Mädchen besaß keinerlei Verbindungen in L.A., weder Verwandte noch Freunde. Oder war sie nur hier, um möglichst viel Abstand zwischen sich und New York zu bringen? Aber warum war sie dann nicht nach Houston geflogen oder San Diego? Irgendwas übersahen sie.

Etwas war hier, direkt vor seiner Nase. Oder jemand.

Kapitel 6

Die Psychologiekurse werden in einem schmucklosen Betonkasten abgehalten, der nicht nur aussieht wie die Fünfziger, sondern auch so riecht. Nach sechs Jahrzehnten Mief, um genau zu sein. Von daher bin ich froh, als unser Professor uns entlässt und ich draußen frische Luft schnappen kann. Ich bin zwar keine Architekturstudentin, aber ginge es nach mir, würde ich alle Gebäude, die zwischen den Fünfzigern und Siebzigern gebaut wurden, in die Luft jagen. Ein bisschen C4 Plastiksprengstoff, und das Problem wäre gelöst. Ich habe eine Allergie gegen quadratische Klötze, Linoleumboden und Deckenkacheln aus Styropor.

Am Brunnen vor dem Psychologie Department renne ich beinah in Claire. „Hey! Stalkst du mich oder was?"

Claire streicht sich eine Strähne aus dem Gesicht und beißt sich auf die Unterlippe. „Irgendwie schon", bringt sie schließlich heraus. Keine Ahnung warum, aber ihr zerknirschter Gesichtsausdruck, und die Art wie sie redet, bringt mich zum Lachen.

„Ist das okay?", hakt sie nach.

Gute Frage. Ist es in Ordnung für mich jemanden zu haben, der meine Nähe sucht? Absolut. Zwar möchte ich unterm Radar bleiben, aber ich könnte wirklich Gesellschaft gebrauchen. Dummerweise habe ich keinen Schimmer, wie dieses Freundinnen-Ding funktioniert. Erwartet sie von mir, dass ich ihr von meinem Tag erzähle? Sie in meine Geheimnisse einweihe, nachdem wir einen Gilmore-Girls-

Marathon hinter uns haben? Da sie auf eine Antwort wartet hebe ich die Schultern. „Was willst du von mir?“

Für einen Moment wirkt sie überrumpelt, doch sie erholt sich schnell. „Du bist anders.“

Das kann man wohl sagen.

„Und so, na ja, direkt.“

„Und die anderen sind das nicht?“

Claire schüttelt den Kopf. „Sie sagen Dinge, die sie nicht meinen, reden einem nach dem Mund, und rammen dir bei der nächstbesten Gelegenheit ein Messer in den Rücken.“

Oops.

Nach einem tiefen Atemzug sieht sie auf und schenkt mir ein sanftes Lächeln. „Ich mag deine Art, du verstellst dich nicht.“

Darauf weiß ich nichts zu sagen, so bin ich nun mal. Und ich werde mich für niemanden verstellen. Zumindest nicht mehr. Ich habe zwanzig Jahre nach Silvios Pfeife getanzt, meine Mutter noch viel länger. Und wie das geendet hat, wissen wir ja.

Ich habe für Silvio die Gastgeberin gespielt, Kerzen auf Torten ausgepustet und Krankenhäuser eingeweiht. Immer mit einem Lächeln auf den Lippen, schließlich bin ich eine Rossi und kenne meine Pflicht. Und meinen Platz.

Aber das bin ich nicht mehr, bin ich nie gewesen. Ich habe diese Rolle gespielt, weil es von mir erwartet wurde und ich meinen Vater nicht enttäuschen wollte. Doch was hat das gebracht? Ich habe auf die harte Tour gelernt, dass wir in unserer *famiglia* nicht zusammenhalten, sondern einander benutzen. Jetzt werde ich das System nutzen, um es zu stürzen. Ich möchte endlich frei sein.

Mein Vater will sein Imperium ausbauen? Schön. Ich helfe ihm dabei, aber danach sind wir quitt. Vorher muss ich allerdings Claire loswerden.

„Um die Ecke ist ein *Subway*, wollen wir eine Kleinigkeit essen?“, kommt sie mir zuvor.

Nicht gerade, was ich geplant hatte, aber Essen klingt gut.

„Ich lad dich ein!“, ergänzt sie hastig, als ich zögere.

Das klingt sogar noch besser. Ich nicke und lasse zu, dass sie sich bei mir unterhakt. Unterhakt, kein Scherz! Wer macht so etwas? Oder ist das normal? Ich scanne die Gegend ab und versuche, andere Leute auszumachen, die Arm in Arm über den Campus schlendern. Aber wir sind hier in der Nerd-Sektion, nicht bei den Schauspielern, die haben es nicht so mit Körperkontakt. So wie ich.

Der *Subway* ist ein flaches Gebäude gegenüber der Molekularwissenschaft. Das Schnellrestaurant ist relativ neu und wurde innerhalb weniger Wochen von null auf Hochglanz gebracht. Während sich Claire in die Schlange einreiht, gehe ich zur Toilette, um mir die Hände zu waschen … Okay, nicht wirklich. In Wahrheit brauche ich eine Minute für mich.

Kaum bin ich im Waschraum, sperre ich mich in eine Kabine und lehne mit dem Rücken gegen die Tür.

Was stimmt nur nicht mit mir? Ich habe kein Problem damit Schlägern gegenüberzutreten, aber wenn Claire mit mir essen gehen will, bekomme ich Herzrasen. Als ich erwähnte, dass ich Freunde brauche, dachte ich dabei an die mit Schlagringen und Waffenholster. Kein nettes Mädel, das etwas von mir will, das ich ihr nicht geben kann. Vermutlich. Ich bin nicht sensibel wie Claire. Mit mir kann man nicht über Jungs, Mascara oder Clubbing reden, darum habe ich keine Ahnung, was sie von mir will.

Ich werde sie enttäuschen wie meinen Vater. Und dann werde ich sie verlieren, bei meinem Glück in dem Moment, wenn ich mich ihr öffne. Sie in mein Herz lasse, sie sich dort einnistet und ich sie am Ende wirklich gern habe. Und dann, BÄM, haut sie ab, wie Matteo.

Leise fluchend trete ich mit der Hacke gegen die Trennwand. Plötzlich öffnet sich die Tür zum Bad und schrille Stimmen füllen den Raum.

„… hab die Schlampe eben reinkommen sehen."

„Vor der ist man wohl nirgendwo sicher."

„Seit wann geht die auf dem Campus essen? Hier gibt es nicht mal goldene Löffel."

„Und keinen Schwanz, den sie lutschen kann, die Geeks stehen selbst auf Schwänze."

„Oliver bestimmt nicht."

„Oliver – wer?"

„Parker! Er sieht jedenfalls nicht wie ein aufgeweichtes Weißbrot aus, wie der Rest dieser Loser …"

„Sein Vater ist auch nicht zu verachten."

„Stehst du auf Sugardaddys?"

„… die müssen auf Schwänze stehen, einen Rock kriegen die eh nicht ab. Oder kennst du jemanden, der die auf Partys einlädt?"

„Und was machen wir dann hier?"

„Ich will Parker! Er ist superheiß und kann mir meine Webseite bauen. Für umsonst versteht sich."

„Glaubst du, er steht auf dich?"

„Tun sie das nicht alle?"

„Aber was ist mit Jeff?“

„Was er nicht weiß …“

Offensichtlich unterbreche ich gerade eine Lästerparade. Den Stimmen nach zu urteilen sind es drei Mädels.

„Was machen wir jetzt mit der Jennings Schlampe?“

„Ich schwöre, wenn sie sich noch mal an Jeff ranmacht …“

„An Calvin hat sie sich nach der Feier auch rangeworfen.“

„Nicht dein Ernst!“

„M-hm. Er hat’s mir erzählt. Er und Jeff waren draußen, um eine zu qualmen, und sie setzt sich praktisch auf sein Gesicht.“

Da ich wissen will, was diese Weiber noch zu sagen haben, stelle mich auf den Klositz. Mir muss niemand erklären, dass diese Weiber über Claire abziehen – Claire *Jennings*. Durch den Spalt zwischen Tür und Wand kann ich einen Blick auf die Mädels werfen. Eine hat dunkelblondes langes Haar, die zweite einen hellblonden Kurzhaarschnitt und die dritte, die sich als ihre Anführerin aufspielt, einen schwarzen Bob. Den Klamotten nach gehören sie zur Uni-Elite, ich mache Gucci, Prada und Louboutin aus – das sind die Heels mit der roten Sohle.

„Sieht er deswegen aus, als wäre er unterm Bus gelandet?“ Das kommt von der kleinen Blonden mit dem kurzen Haar. Sie kramt in ihrer Tasche und fischt einen knallroten Lippenstift heraus.

„Von wegen!“ Die Schwarzhaarige tuscht sich die Wimpern und verzieht den Mund. Sie könnte Viktoria Beckhams kleine Schwester sein, allerdings mit mehr Sprühbräune. Sie hat dunkle Augen, lattefarbene Haut und ist so zierlich, dass es ungesund aussieht. „Er hat angeboten, ihr ein Taxi zu rufen, abgefüllt wie die war."

„Warum ist Calvin immer so nett?", schwärmt die Dunkelblonde und fährt mit einem Kamm durch ihre Mähne.

„Das wüsste ich auch gern." Das Viktoria-Double wirft die Tusche zurück in die Tasche und deckt mit Concealer ihre Augenringe ab.

„Ein paar Besoffene haben sich an die Schlampe rangemacht. Calvin wollte helfen und was macht sie? Lässt ihn allein mit den Schlägern. Niemand hat ihm geholfen!"

„Aber warum haben die ihn ein paar Blocks weiter gefunden?"

„Und wo war Jeff?", bringt sich die andere ein.

„Was weiß ich!", schnappt Viktoria. „Geht lieber raus und lenkt das Flittchen ab. Wenn ich nachher rauskomme, kippe ich ihr ein paar Roofies in ihren Chai Tea Latte. Haltet eure Handys bereit. Die Show laden wir später auf YouTube hoch, dann werden wir ja sehen, wie viel wir von diesem Miststück noch zu sehen bekommen."

„Geschieht ihr recht." Die Hellblonde wirft den Lippenstift in ihre Tasche und macht einen Kussmund, den sie sich mit einem Tuch abtupft. „Wäre ja noch schöner, wenn sie uns die Männer ausspannt." Die beiden Blonden verlassen die Toilette und ich bin mit der Dunkelhaarigen allein. Mit einem Tritt kicke ich die Kabinentür auf und sehe mit Genugtuung, wie sich ihre Augen vor Schreck weiten. Sie fasst sich schnell, aber ich habe es gesehen, Angst.

„Du kleines, mieses Aas." Meine Stimme ist leise, doch der Unterton entgeht ihr nicht, sie weicht vor mir zurück.

„Redest du mit mir?“ Sie versucht, nonchalant zu wirken, doch ihre zitternde Stimme verrät sie.

„Calvin“, sage ich und wasche mir die Hände am Becken neben ihr. „Ist das so ein blondgelockter Polohemdträger mit einem schrägen Grinsen und ’ner Rolex?“

Volltreffer. Sie presst die Lippen zusammen, ihre Hände um die Tasche verkrampfen sich.

„Und Jeff? Dunkelhaarig, einen halben Kopf kleiner als sein Freund?“ Die Antwort lese ich in ihren Augen.

Zum Glück habe ich gelernt, meine Gefühle zu kontrollieren, und mit einer Maske aus Eis zu überdecken. Etwas Heißes brennt in meinen Eingeweiden, und der Wunsch, das Gesicht dieser Tussi mit dem Spiegel zusammenzuführen ist schier unüberwindlich. „Es war deine Idee, oder?“ Das ist keine Frage. Diese kleine Miss Perfekt hat ihren Freund und seinen Kumpel dazu angestiftet, sich über Claire herzumachen. Würde mich nicht wundern, wenn sie vorhatten, das Ganze zu filmen.

Ich kenne Claire nicht, doch das Wenige, das ich bisher von ihr gesehen habe, zeigt einen komplett anderen Menschen, als das Bild, dass diese Schlangen von ihr zeichnen. Vor einem Jahr wäre es mir egal gewesen. Na ja, vielleicht nicht egal. Aber ich hätte mit den Schultern gezuckt und mich um meinen Kram gekümmert. Aber nicht heute und nicht mehr mit mir.

An der Wand neben dem Eingang liegt ein Keil. Ich kicke ihn unter die Tür um sie zu blockieren, dann wende ich mich dem schwarzen Bob zu.

„Was soll das werden, hast du sie nicht …“ Mit drei Schritten bin ich bei ihr, so nah, dass sich unsere

Nasenspitzen beinah berühren. „Halt die Klappe." Meine Stimme ist ein Flüstern, dennoch zuckt sie vor mir zurück, als hätte ich sie geohrfeigt. „Gib mir die Roofies." Die Szene-Droge ist in den Klubs als Rape-Drug bekannt. Rohypnol lautet der medizinische Name. Selbst in kleinen Dosen verabreicht, sediert das Zeug seine Opfer, die sich nach der Einnahme nicht selten an alles erinnern, sich aber nicht wehren können.

Als Viktoria Anstalten macht, sich an mir vorbeizudrängen, schubse ich sie in eine der Kabinen und nehme ihr die Tasche ab. Den Inhalt kippe ich ins Waschbecken. Neben einer Tonne Schminkzeug purzelt ein Röllchen Ibuprofen ins Becken. Darin befinden sich keine Schmerztabletten, sondern rosa Pillen. Bingo.

„Hast du eine Ahnung, wer ich bin?"

„Lass mich mal überlegen …" Die Tabletten in der Hand gehe ich langsam auf sie zu. „Dealerin?" Ich hebe fragend die Brauen. „Jemand, der andere zur schweren Körperverletzung anstiftet?" Ich beuge mich vor und kippe den Inhalt des Röhrchens ins Klo. Viktorias Rücken ist gegen die Kabinenwand gedrückt, sie versucht, sich so klein wie möglich zu machen.

Ich betätige die Spülung und ziehe sie am Revers ihres Sakkos zu mir.

Ihre Augen weiten sich, ihr Atem kommt stoßweise.

Gut. „Ab sofort bist du für Claire verantwortlich, Herzchen."

„W-was?"

„Nah-uh." Ich schüttle tadelnd den Kopf. „Sollte meiner Freundin etwas zustoßen, ob auf einer Party, der Uni oder mitten auf der Straße – ich werde dich finden und dafür zur Rechenschaft ziehen." Meine Hand liegt wie ein Eisenring um ihren Hals. „Am besten, du engagierst einen Bodyguard für sie, denn alles, was ihr zustößt, bekommst du dreifach zurück." Ich hebe sie an, bis ihre Fußspitzen gerade noch den Boden berühren. Endlich zahlt sich das Hanteltraining mal aus. „Sieh dir Calvin an, und wie es ihm bekommen ist, meine Freunde zu verarschen."

Sie gibt ein Geräusch von sich, das wie ein Wimmern klingt, doch für Mitgefühl ist es zu spät. Ihr Kopf läuft rot an, aber noch bekommt sie genug Luft. Und man soll das Eisen schmieden, solang es heiß ist, richtig?

Als sie kapiert, was ich vorhabe, erwacht sie aus ihrer Schockstarre, fängt an zu strampeln und gibt unartikulierte Laute von sich. Viktorias Widerstand zum Trotz landet sie samt ihrer Louboutins in der Kloschüssel.

Ich ziehe sie an den Haaren zu mir herunter, bis wir auf Augenhöhe sind. „Wenn du mir oder Claire noch einmal dumm kommst", flüstere ich, die Lippen an ihrem Ohr, „steckt dein Kopf in diesem Klo und man muss dich mit einer Kreissäge aus der Keramik schneiden."

Noch etwas, das ich von Mike gelernt habe. Anderen eine Scheißangst einzujagen, ist Stufe eins des Einschüchterungsmanövers. Das hier ist zwar die Gummibärchen-Version, aber wir sind schließlich nicht auf dem Mafiakongress in Neapel. Ich habe es mit einer Tussi zu tun, die eine Gruppe College-Studentinnen unter ihrer Fuchtel hat. Wie hat Oliver es so passend ausgedrückt? Ach ja, Kinderkacke.

Ihre Versuche, der Kloschüssel zu entkommen, ohne sich den Absatz abzubrechen, geben mir Zeit, zu verschwinden. Jedoch nicht ohne sie um ihr Handy samt Kreditkarte zu erleichtern, die ich aus dem Waschbecken fische. Strafe muss sein. Außerdem möchte ich wissen, was sie auf ihrem Smartphone hat, für den Fall, dass bereits Aufnahmen von Claire existieren.

Ich weiß, was ihr jetzt denkt. Von wegen ich wollte legal werden und so, aber für Viktoria – ein Blick auf die Visa verrät mir, dass sie Melody heißt – für die gute Mel mache ich eine Ausnahme. Mein Kühlschrank ist leer und die Kameras in meinem Appartement waren nicht gerade billig.

Nur noch dieses eine Mal, danach ist Schluss damit, Pfadfinderehrenwort.

Kapitel 7

Als ich aus der Toilette komme, steht Claire mit Melodys Handlangern vor dem Tresen. Nach dem Zwischenfall im Waschraum beschließe ich, meine neue Freundin eine Weile in meiner Nähe zu halten. Wer weiß, was sich diese Gänse noch alles einfallen lassen. Die geben mit Sicherheit nicht so schnell auf.

Wie ihr euch vorstellen könnt, ist mir der Appetit auf Sandwiches vergangen, zumal ich nicht scharf auf Melodys Abgang bin. Darum hake ich Claire unter und gehe mit ihr ins Bistro zwei Türen weiter.

Während des Essens entpuppt sie sich als wertvolle Informationsquelle, da sie alles und jeden zu kennen scheint.

„… ist ziemlich beliebt, obwohl es letztes Jahr diesen Skandal gab“, sagt sie gerade und bricht ein Stück Weißbrot ab.

Die Rede ist von Hanna, Claires Mitbewohnerin aus dem ersten Studienjahr. Das war, bevor Claire entdeckt hat, dass sie nicht gern ein Bad mit jemandem teilt, und ausgezogen ist. Nicht jeder kann sich diesen Luxus leisten, aber das behalte ich für mich.

„Was für einen Skandal?“

„Na ja, es konnte nie bewiesen werden, aber den Gerüchten zufolge hatte sie eine Affäre mit einem stadtbekannten Bad Boy.“

„Und als ihre ehemalige Mitbewohnerin, weißt du natürlich nichts darüber.“

Sie zwinkert mir zu und versteckt ihr Grinsen hinter dem Teebecher.

Schon klar.

Nachdem sie mich zu Hause abgesetzt hat, arbeite ich an den Aufträgen, die ich in den letzten Monaten akquiriert habe. Das Internet ist ein weites Feld für Gauner und Betrüger. Ich muss es wissen, ich bin einer davon. Da ich damit aufgewachsen bin, Leuten das Fell über die Ohren zu ziehen, und mit am Tisch saß, als Danilo Cross, Boss von Vegas, in unserer Küche Ideen entwickelt hat, Webuser um ihre Kohle zu erleichtern, bin ich sozusagen eine Expertin in Sachen Internetsecurity.

Den ersten Job hab ich in Tokio an Land gezogen. Auf dem Weg zum Flughafen habe ich mir ein Taxi mit einem Geschäftsmann aus London geteilt, und sein Telefonat mit angehört. Ein Wort ergab das andere, und im Flughafen hat er mich dann mit seinen Experten reden lassen, die diese Bezeichnung nicht verdienen. Das hat er wohl auch gemerkt. Da er echt nett war, und mein Flug nach Neuseeland um anderthalb Stunden verschoben wurde, hab ich sein Problem auf meinem Rechner in der Wartelounge gelöst. Nach der Landung in Auckland hatte ich vier Anrufe von ihm auf meinem Handy – er war begeistert. Seine ganze Abteilung, um präzise zu sein. Seitdem schickt er mir nicht nur regelmäßig neue Jobs, sondern auch Kunden. Mittlerweile besitze ich eine Webpage, und die ersten Referenzen trudeln ein. Für die fetten Aufträge großer Firmen bin ich zu klein. Außerdem wollen die sehen, auf wen sie sich einlassen, sozusagen vis-à-vis. Das heißt ich müsste permanent durch die Gegend jetten um die Leute einzulullen und zu beruhigen. So was liegt mir nicht.

Stattdessen habe ich mich zu einem Geheimtipp gemausert. Wenn es brennt, melden sich die Leute bei mir, sozusagen als Troubleshooter. Ich denke außerhalb ihres Systems und öffne Türen, indem ich sie aushebele, statt mich stundenlang am Schloss zu schaffen zu machen. Nicht, dass das Öffnen von Schlössern für mich ein Problem wäre. Aber wenn es schnell gehen soll, habe ich nicht selten ein Ass im Ärmel und kenne Hintertüren, auf die ihre Harvard Absolventen nicht kommen. Die halten sich brav an die Regeln, statt eigene Maßstäbe zu setzen.

Der Job macht mir Spaß, zumal es immer etwas Neues zu tun gibt. Außerdem hilft er mir in die Legalität, raus aus dem Sumpf, in den ich geboren wurde.

In dieser Woche entwickelt sich zwischen Claire und mir so etwas wie eine Routine. Sie holt mich morgens ab, bringt mir Kaffee, danach fahren wir zusammen zur Uni, obwohl ich ziemlich sicher bin, dass sie nicht so früh raus muss wie ich. Zumindest nicht jeden Morgen. Mädels wie Claire stellen sich ihren Stundenplan nach Nachmittagskursen zusammen, damit sie abends Party machen und am nächsten Morgen ausschlafen können. In einer ihrer offenherzigen Momente hat sie mir anvertraut, dass ihre Eltern sie nur deswegen aufs College geschickt haben, damit sie dort einen Mann kennenlernt und heiratet. Das kommt in ihren Kreisen häufiger vor, als man glaubt. Endlich haben wir mal etwas gemeinsam.

Ich bin jedenfalls der Früher-Vogel-Typ und liebe es, um fünf Uhr aufzustehen, wenn die Stadt noch schläft. Auf diese Weise bekomme ich morgens meinen Kram erledigt, denn wie New York ist L.A. ein lautes Pflaster.

Nach der Uni arbeite ich an meinem Softwarekram, Montag, Mittwoch und Freitagabend jobbe ich in Q's Billard Club. Verglichen mit meinen Programmiereinnahmen lohnt es sich finanziell kaum. Aber in einer Bar gehen Gerüchte schnell um, und ich weiß gern, was los und wer in der Stadt ist. Davon abgesehen hilft mir das Kellnern nach der langen Isolation in New York mich an Menschen zu gewöhnen.

Mittwochabend der darauffolgenden Woche schneien Claire und Hanna überraschend in meine Schicht. Im Gegensatz zu Claire ist an Hanna alles rund. Das Gesicht, die Augen, ihr Vorbau plus der Hintern. Sie ist etwas kleiner als ich, hat dunkle Augen und kastanienfarbenes Haar, das in lockeren Wellen auf ihre Schultern fällt. Mit ihren roten Apfelwangen und den Sommersprossen wirkt sie mehr wie Claires Cousine vom Land, als eine Marketing-Studentin im Abschlussjahr. Die beiden nehmen in meinem Bereich Platz und bestellen zwei *Screaming Orgasm*. Ich weiß sicher, dass Claire nicht einundzwanzig ist und eigentlich keinen Alk trinken darf, doch das ist mir schnuppe. Wenn sie einen Orgasmus will, werde ich ihr nicht im Weg stehen.

Da die beiden meine letzten Kunden für heute sind mixe ich ihnen ihren süßen-Sahnekram zusammen, gebe einen extra Schuss Amaretto in die Gläser und setze mich zu ihnen. In Q's Bar tragen wir keine Uniformen, aber

Quentin, mein Boss, hat es gern, wenn wir entweder Bein oder Dekolleté zeigen. Meine Kolleginnen tragen extra kurze Minis, was gut fürs Trinkgeld ist. Die Jeansfraktion, also ich, hat sich für ausgeschnittene Shirts entschieden. Da meine Oberweite so gut wie nicht vorhanden ist, habe ich kein Problem damit. Busengrabscher sind ohnehin nicht an mir interessiert. Mit Körbchengröße 70A kann ich an der Trinkgeld-Front nicht punkten. Dafür hab ich kilometerlange Beine, die ich heute Morgen in Skinny Jeans gesteckt habe und die in Glitzer-Sneaker enden. Keine Heels, in denen kann ich weder rennen noch jemandem unauffällig folgen.

Meinen dunklen Pagenkopf habe ich heute zu einem kurzen Zopf zusammengebunden. Heute Morgen ist mir aufgefallen, dass meine Brauen wieder blond werden. Die muss ich später nachfärben. Seit ich mich hier niedergelassen habe, trage ich keine Kontaktlinsen mehr. Einerseits vertrage ich sie nicht, die Dinger trocknen meine Augen aus. Davon abgesehen mag ich meine grünen Augen, die dank meiner dichten, langen Wimpern riesig wirken und das ungeschminkt. Wenn ich mir Smokey Eyes verpasse, so wie heute, sehe ich wie die Heldin eines Mangas aus.

„Hi Kylie, danke für die Drinks!“, begrüßt mich Hanna, als würden wir uns seit Jahren kennen.

Egal, wie oft ich so angesprochen werde, ich kann mich einfach nicht an diesen Namen gewöhnen. Er fühlt sich nicht nur falsch an, sondern passt auch nicht zu mir. Ich bin keine Kylie. Was habe ich mir dabei gedacht? Kylie ist jemand mit Sommersprossen, wie Hanna. Ein fröhliches Mädchen mit rosigen Wangen, pinkfarbenem Nagellack und einer heimlichen Schokoriegel-Sucht. Ich bin keine Kylie, ich bin Skyler.

Da es jetzt zu spät ist, mir einen neuen Namen zuzulegen, schenke ich Hanna ein falsches Lächeln und rutsche mit meinem Wasser zu Claire auf die Bank. „Hey ihr zwei, was geht ab?"

Claire und Hanna tauschen einen Blick, der mir sagt, dass ich in Schwierigkeiten stecke.

„Also, die Sache ist die", beginnt Claire und reibt sich die Stirn. Dann räuspert sie sich und ich fühle, wie sie Hanna unterm Tisch tritt, die scheinbar ihren Einsatz verpasst hat.

„Ähm, ja, genau!", sagt Hanna enthusiastisch. „Am Samstag steigt bei Ben Walker eine Party." Sie strahlt und strahlt, bis sie bemerkt, dass sich in meinem Gesicht kein Muskel bewegt.

„Wer ist Ben Walker", frage ich schließlich und nippe an meinem Glas.

Hanna sieht aus, als hätte ich ihr das Wasser ins Gesicht gekippt, die Brauen hochgezogen, den Mund leicht geöffnet. „Ben ist unser Quarterback", bringt sie schließlich heraus. „Das ist die Party des Jahrhunderts. Alle kommen!"

„Dann scheint euer Quarterback nichts von Exklusivität zu halten."

„Jeder geht hin, das ist ein ungeschriebenes Gesetz", ruft Hanna und wirft die Arme dramatisch in die Höhe.

„Wenn alle gehen, solltet ihr zu Hause bleiben, auf diese Weise fallt ihr mehr auf." Der Witz ist an Hanna verschwendet, jetzt werden sogar ihre Augen rund. „Wir können nicht *nicht* hingehen. Das wäre gesellschaftlicher Suizid!"

Meine Herren, haben die hier wirklich nichts Besseres vor, als Ben Walkers Hintern zu küssen? Ich verkneife mir den Kommentar und sehe stattdessen Claire an, die den Anstand hat, rot anzulaufen. Ich schätze mal, dass sie Hanna nichts von Calvin und Jeff erzählt hat. Daher erwähne ich nicht, was das letzte Mal passiert ist, als sie auf einer angesagten Feier war.

Claire überrascht mich und ergreift meine Hand. „Ich würde wirklich gern gehen“, sagte sie leise. „Aber nur, wenn du mitkommst.“ Sie hält meine Hand umfangen, ohne zu merken, dass meine Knöchel unter ihrem Klammergriff knacken. Sie hat Angst, so viel steht fest. Ich verstehe etwas von Angst und kann mir denken, dass es wichtig für sie ist, hinzugehen. Sich sehen zu lassen und ihren Feinden zu zeigen, dass sie sie nicht einschüchtern können.

„Bitte“, flüstert sie so leise, dass nur ich sie hören kann.

Shit! Wenn sie mich so ansieht kann ich ihr nichts abschlagen. Langsam schließe ich die Augen und seufze. „Dafür schuldest du mir was.“

„Alles, was du willst“, ruft sie, wirft mir ihre dünnen Arme um den Hals und gibt mir einen Schmatzer auf die Wange.

„Darauf kannst du deinen Zuckerhintern verwetten“, murmle ich und versuche, mich aus ihrem Griff zu winden.

Hanna prustet in ihren Drink und verschluckt sich. Claire fällt in helles Silberlächeln, das Köpfe wenden lässt. Ich habe sie noch nie so happy gesehen, das steht ihr gut. Ihr Gesicht leuchtet und ihre Augen glänzen, als wäre der Überfall nie geschehen.

Ihre Freude schlägt auf mich über, und mit einem Mal bin ich froh, dass ich ihr mit dieser Kleinigkeit den Tag versüßen konnte. Ich meine, das ist bloß ’ne Party, wie schlimm kann das sein?

Ich muss mich für ein paar Stunden unsichtbar machen, das habe ich das ganze Jahr getan.

Kapitel 8

Die Feier ist ein Albtraum. Stellt euch einen Haufen besoffener Collegestudenten vor, die sich für den Nabel der Welt halten. Und dieser Walker ist der Schlimmste von allen. Ein Riesenarsch mit einem Ego, so groß wie Texas und einem Gotteskomplex obendrauf. Er hat das Footballteam wie Jünger um sich geschart, die jedes Mal das Knie beugen, wenn dieser Trottel rülpst.

Ich hasse Typen wie Walker, aber noch mehr hasse ich die Claqueure, mit denen er sich umgibt. Leute ohne eigenen Willen, die wie Schafe hinter jedem hertrotten, der ihnen Wasser und eine saftige Weide verspricht. Als hätten sie keinen eigenen Antrieb.

Viele Männer meines Vaters waren so. Soldaten, denen man Befehle erteilt, die ausgeführt werden, ohne eine einzige Frage zu stellen. Doch selbst Silvios Artillerie war nicht hirnlos, das können sie sich bei ihrem Job nicht erlauben. Auch wenn mir ihre Arbeit nicht gefällt kann ich anerkennen, dass sie Profis sind, die auf ihrem Gebiet etwas erschaffen haben.

Diese Jungs hier sind verwöhnte Bitches, denen ihr ganzes Leben Zucker in den Hintern geblasen wurde. Trotz ihrer teuren Ausbildung sind sie unfassbar dumm und stolz darauf. Was Claire und Hanna an denen finden, ist mir schleierhaft.

Ich stehe in einer Ecke des Salons, eine kleine Flasche Evian in der Hand, die ich mitgebracht habe. Diesen Leuten traue ich nicht. Würde mich nicht wundern wenn die *Special K* in die Drinks kippen, auch bekannt als Ecstasy. Bei der

Menschenmenge würde das nicht mal auffallen, denn mit einem hatte Hanna recht: Der halbe Campus scheint Bens Ruf gefolgt zu sein und füllt seinen Palazzo in Santa Barbara. Das Haus schreit neureich und hat alles, was neue Reiche zu ihrem Glück brauchen. Die übliche Designereinrichtung, schlechte Kunst an den Wänden und natürlich einen Riesenpool, obwohl die Hütte direkt am Strand liegt.

Meine Augen scannen den Raum auf der Suche nach Calvin und Jeff, doch wie es aussieht haben die das Memo nicht bekommen. Dafür sind ihre Bräute hier, Melody und ihre beiden Handlanger aus dem Subway. Sie sehen mich nicht, weil ich nicht gesehen werden möchte, aber auch, weil sie nur Augen für Ben haben, der am Küchentresen vor dem Bierfass steht und mit dem Team anstößt. Obwohl das Haus aus allen Nähten platzt, ziehen die drei die ganze Aufmerksamkeit auf sich. Jeder Kerl in Sichtweite verfolgt sie mit Blicken und nicht alle sind ihnen freundlich gesinnt. Interessant.

Je länger ich hier bin, desto mehr frage ich mich, warum ich gekommen bin. Ich hab Besseres zu tun, als mir vom Wummern der Bässe das Trommelfell traktieren zu lassen, während ich den Leuten dabei zusehe, wie sie sich die Kante geben. Ich könnte den Robinson-Job fertigstellen, immerhin bringt der zehn Riesen. Die Sicherheit des kleinen Start-up-Unternehmens ist löchrig wie ein Schweizer Käse, aber mit ein paar Modifikationen hier und da sind sie einen Schritt weiter. Sollten die in diesem Tempo wachsen, muss das ganze System neu aufgezogen werden, mit größeren Servern und …

Ein Prickeln in meinem Nacken lässt mich den Kopf wenden. Als mein Blick auf die Schiebetüren zur Terrasse fällt, setzt mein Herz einen Schlag aus, dann noch einen, um im nächsten Moment aus meinem Brustkorb zu springen.

Julin hat den Raum betreten. Er sieht so fehl am Platz aus, wie ich mich fühle. Obwohl er mir oben ohne besser gefallen hat, macht er in Jeans und T-Shirt auch was her. Seine Muskeln drücken sich durch den Stoff seines Shirts, das wie aufgesprüht wirkt. Die Tattoos auf Hals und Armen lassen ihn wie den Ganoven aussehen, der er ist. Zumindest macht er niemandem etwas vor.

Er nimmt einen Schluck aus einer Bud-Flasche, scannt den Raum, bis sein Silberblick an mir hängenbleibt. Ich fühle mich wie in einem Traktorstrahl gefangen und verschlucke mich beinah am Wasser. Julin wird ganz still, sein Blick fixiert mich an Ort und Stelle, ich könnte mich nicht rühren, selbst wenn mein Leben davon abhinge. Und ich schwöre, dass er mir allein durch die Art, wie er mich ansieht, nähergekommen ist.

Während sein Blick auf mir liegt wird mir klar, dass ich ihn schon mal irgendwo gesehen habe. Also, vor dem Kampf in Compton. Obwohl das nicht sein kann, zumindest nicht in der Zeit, zu der meine Gedanken reisen. Einen Tag, den ich so gründlich aus meinem Gedächtnis gestrichen habe, dass er mich nur noch in Träumen heimsuchen kann. Dennoch, Julins Anblick lässt eine Erinnerung in mir anklingen, einen Schmerz, den ich lange verdrängt habe. Das ist verstörender, als die rätselhafte Anziehung zu einem Fremden, mit dem ich kein einziges Wort gewechselt habe.

„Da bist du ja.“ Sein dunkler Bariton verscheucht die grausamen Bilder vor meinem inneren Auge und Wärme breitet sich in mir aus. Endlich kann ich wieder atmen.

Was hat dieser Kerl, dass ich so stark auf ihn reagiere? Und warum sieht er mich an, als wäre ich aus Schokolade?

*

Obwohl Julin wusste dass Skyler hier war, war er nicht auf sie vorbereitet. Sie war das einzig Reale in einem Haus voller Motherfucker, die sich vormachten, etwas zu sein, was sie nicht waren. Für Außenstehende schien sie unsichtbar zu sein, kaum jemand beachtete sie. Auf ihn wirkte sie wie ein Sonnenstrahl, Licht in seiner Seele, die so dunkel war, wie Skylers Blick, bevor sie ihn erkannte. Er war schon eine Weile auf dieser Loser-Veranstaltung, hatte sie durch das Glas der Terrassentür beobachtet, und erlaubte ihr erst in diesem Moment, ihn zu entdecken. Bevor sie ihn bemerkt hatte, hielt sie zwei Mädels im Auge, die ausgelassen zusammen tanzten. Freundinnen? Unwahrscheinlich, jemand wie sie band sich nicht an Außenstehende, das brachte nur Komplikationen.

Auf der anderen Seite baute sie sich hier etwas auf, eine Zukunft. Ob vorübergehend oder dauerhaft wusste er nicht. Noch nicht. Doch das würde er herausfinden.

Während er sich ihr langsam näherte, ließ er sie nicht aus den Augen. Skyler war wie ein Sprinter gebaut mit einer knabenhaften Figur und Beinen, die in der hautengen Jeans endlos aussahen. Das dunkle Haar war vorn länger als hinten, und passte zu ihrem burschikosen Look. Dennoch war sie ganz Frau, sexy bis in die Zehenspitzen.

Julin zweifelte, dass ihr das bewusst war. Nichtsdestotrotz trug sie ihre Weiblichkeit mit derselben Selbstverständlichkeit wie die roten Sneaker. Dazu brauchte sie keinen Supermini oder ein Bustier, das ihre Möpse kaum zähmen könnte, wie es ein Großteil der weiblichen Gäste vorgezogen hatte. Skyler war subtiler. Sie trug ein simples, schwarze Shirt mit tiefem V-Ausschnitt, das die Ansätze ihrer kleinen, festen Brüste andeutete. Bei diesem Anblick zuckte sein Schwanz, der hart wie ein Diamant wurde. Doch das war nicht der Grund, warum er sie am liebsten hier und jetzt gegen die Wand genagelt hätte.

Es waren ihre Augen. Tiefgrün und unergründlich schnitten sie wie zwei Dolche durch seine Eingeweide, bis er vor ihr stand und sein Schwanz um Aufmerksamkeit bettelte. Verfluchte Scheiße, er war erigiert wie ein brünstiger Stier. Als wäre er einer dieser Vollpfosten die sie umgaben, Teenager die ihre Hormone nicht im Griff hatten. Aber er war Julin Petrow, Boss der Russenmafia von der Westküste bis zum mittleren Westen. Ihm unterstanden mehr als viertausend Mann, die sich auf einem Befehl von ihm in Bewegung setzen, plündern, stehlen, morden würden. Ein Wort ihres *Pakhans*, mehr brauchte es nicht.

Und er stand vor ihr wie ein pubertierender Halbstarker, der zum ersten Mal einen Ständer bekam. Aber Mann, jeder Knochen in seinem Körper wollte sie, besonders *der* Knochen.

Doch Skyler war noch nicht so weit. Sie diente einem einzigen Zweck, der hatte nur bedingt mit Spaß zu tun.

Milan würde ihm später ein Pussy-Buffet arrangieren, an dem er sich auslassen konnte. Das hier war ein Job.

Das versuchte er zumindest seinen Eiern zu erklären, die sich anfühlten, als würden sie blau anlaufen. Shit!

„Was hast du hier zu suchen?“ Ihre Frage holte ihn aus seiner All-you-can-Fuck-Fantasie, in der er die Hauptrolle spielte, und Skyler … Verdammt, sie war nur ein Job.

Richtig.

„Das Gleiche könnte ich dich fragen.“ Die Finger seiner rechten Hand fühlten sich taub an, was vermutlich daran lag, dass er die Bierflasche umklammerte, bis sie in seiner Hand leise knackte. Was er eigentlich tun wollte, war mit dem Daumen über ihre vollen Lippen zu fahren. Ihr die freie Hand in den Nacken zu legen, sie zu sich zu ziehen, während er sie …

„Ich hab zuerst gefragt.“ Julin blinzelte, dann schloss er kurz die Augen, um das Bild zu verscheuchen, und räusperte sich.

„Was ist los, hast du Schmerzen?“

Ja. Nein. Shit!

Kapitel 9

Julin sieht aus, als hätte ihm jemand mit Anlauf in die Kronjuwelen getreten. Und der soll mich trainieren? Obwohl ich ihn erst mal dazu bringen muss. Da sein Blick immer wieder auf meinen Mund fällt, befeuchte ich meine Lippen, und kann nur mit Mühe ein Lächeln unterdrücken, als er leise flucht. Fast hätte ich es durch die Musik nicht gehört. Ich konnte es mehr fühlen als hören. Ohne dass ich sagen kann, wie das passiert ist, steht er so nah vor mir, dass ich seinen Atem auf meiner Wange spüre. Hab ich mich vorwärts bewegt oder er?

Plötzlich rempelt mich jemand vom Footballteam an, sodass ich gegen Julins Brust falle. Instinktiv halte ich mich an seiner Schulter fest und atme seinen Duft nach Aftershave und Karamell ein. Gleichzeitig spüre ich seine Hand an meiner Taille. Er dreht mich zur Wand und schirmt mich mit seinem Körper vor den Rowdys ab, die offensichtlich hackevoll sind. Das Ganze geschieht so schnell, dass ich ein paarmal blinzeln muss, bis ich begreife, was passiert ist.

Ich bin gegen die Wand gepresst, spüre jeden Muskel von Julins durchtrainiertem Körper, und starre auf seine fein geschwungenen Lippen, die so nah sind, dass ich mich nur ein ganz kleines bisschen vorbeugen müsste, um sie zu berühren.

Als ich Anstalten mache, eben das zu tun, wird der Bann durch lautes Gejohle gebrochen. Das Team strömt mit großem Trara in den Salon, um einen seltsamen Tanz aufzuführen. Unter ihnen befinden sich Hanna und Claire, die sich prächtig zu amüsieren scheinen.

Mit einem Mal brennen Julins Hände auf meiner Hüfte ein Loch durch mein Shirt. Ich zucke zurück, oder besser zur Seite, da ich buchstäblich mit dem Rücken zur Wand stehe. Doch seine Reflexe sind exzellent. Er ergreift meine Handgelenke und zieht mich zu sich, bis seine Lippen mein Ohr berühren. „Babe“, ist alles, was er sagt und beschert mir prompt eine Gänsehaut.

Holy Moly, was ist nur mit mir los? Als die Jungs abermals losgrölen, werde ich mir meiner Umwelt sowie der Tatsache bewusst, dass wir Aufmerksamkeit erregen. Bis eben war ich unsichtbar, doch damit ist es nun vorbei. In Julins Gegenwart kann man sich nicht verstecken. Die Mädels ziehen ihn mit ihren Blicken aus (nicht, dass ich es ihnen verdenken kann), während die Jungs die Brust rausdrücken und versuchen, sich größer zu machen. Ja klar, viel Glück damit.

Ich öffne den Mund, um ihn zu fragen, ob er mich trainiert. Dann fällt mir ein, dass er keine Ahnung hat, dass ich weiß wer er ist. Julin, *The Killer*, alter und neuer Champ der Underground Combat League, kurz UCL. Außerdem ist es vermutlich nicht üblich, mit der Tür ins Haus zu fallen. Normale Leute machen Small Talk, richtig?

Also ändere ich meine Taktik, versuche ein Lächeln, was Stirnrunzeln bei ihm auslöst. Na toll, vermutlich sehe ich aus, als hätte ich Zahnschmerzen. Keine Ahnung, wie man sich auf Partys verhält, das hier ist meine erste.

Nach dem Massaker hat mich mein Vater kaum aus dem Haus gelassen. Ich wurde zu Hause unterrichtet und durfte nie ohne Bodyguards auf die Straße, Toni und Paul.

Gott, wie habe ich das gehasst. Mit zwei Typen im Kielwasser, die noch dazu wie Kleiderschränke gebaut sind, ist man so unauffällig, wie eine Giraffe im Dirndl.

Wahrscheinlich ist das der Grund, warum ich mich so spät in L.A. niedergelassen habe. Ich hab das Reisen geliebt. Meine neue Unabhängigkeit hat mich verändert, unwiderruflich, wie es aussieht. Ich habe zu lang unter der Kontrolle meines Vaters gelitten und den Tritt in den Hintern gebraucht, den das Leben mir verpasst hat. Denn wir Rossis sind nicht nur stark, sondern auch stur.

Ich wollte, dass es funktioniert. Dieses Familien-Ding, was immer das war. Ich wollte es unbedingt, hab versucht alle zu ersetzen. Mama, sowie meine Brüder Nico, Thoma und Paolo. Ich war fest entschlossen, diese Lücke zu füllen, koste es was es wolle. Am Ende war der Preis zu hoch und ich musste einsehen, dass ich gescheitert war. Matteos Verrat an unserer Freundschaft gefolgt von Silvios Hochzeitsplänen war ein Doppelwopper, der mich aus der Kurve geschleudert hat.

Ich schätze, dass man irgendwann explodiert, wenn man lang genug geschüttelt wird. Zumindest war das bei mir der Fall. Eben darum werde ich mich nicht vom nächstbesten Alphamännchen in die Ecke drängen lassen. Ich hatte genug Macho-Typen in meinem Leben. Italiener haben das Chauvi-Gehabe zur Kunst erhoben, mehr muss ich dazu nicht sagen.

Während ich überlege, wie ich mich am Besten aus seinem Griff befreien kann (nicht, dass ich es eilig hätte. Der Kerl riecht nicht nur gut, es ist auch nicht gerade unangenehm, ihn anzusehen), geschehen mehrere Dinge gleichzeitig.

Ich höre ein Geräusch, das wie ein Schuss klingt – so leicht ist das in dem Lärm nicht auszumachen. In Filmen wird immer so getan, als würde eine Waffe einen Riesenkrawall verursachen. Tatsächlich jedoch sind die meisten Pistolen ziemlich leise. Gleichzeitig ruft jemand, „Die Bullen sind hier!“, und der Raum wird in zuckendes blaues und rotes Licht gehüllt.

Ich reagiere mehr, als dass ich nachdenke, und mache einen Hechtsprung hinters Sofa, das Gesicht auf den Boden gepresst, die Arme über dem Kopf. Julin macht das Gleiche, nur, dass er auf mich springt. Zum zweiten Mal an diesem Abend schützt er mich mit seinem Körper. Obendrein hat er eine Waffe gezogen. Aus welchem Hut hat er die so schnell gezaubert?

Es dauert ein paar Herzschläge, bis wir unseren Fehler bemerken. Der vermeintliche Schuss war ein Champagnerkorken, und die Bullen sind nicht hier, um das Haus zu zerlegen. Wie es aussieht waren wir zu laut und die Nachbarn haben sich beschwert.

So oder so, sehen wir wie die Trottel des Abends aus, auch wenn Julin die Waffe so unauffällig verschwinden lässt, wie er sie hervorbeschworen hat.

Während sich die johlende Menge aufs Patio zurückzieht, um dem Stress mit den Cops zu entgehen, liegen wir auf dem Hartholzboden und sehen uns an.

Julins Mundwinkel zuckt und gegen meinen Willen muss ich grinsen. Ich kann mir nicht helfen, aber das Ganze ist wirklich zu komisch. Es gibt Dinge, die ändern sich auch nach einem Jahr nicht. Wie zum Beispiel mein Überlebensinstinkt.

Julin macht keine Anstalten aufzustehen, im Gegenteil. Er hat sich auf die Unterarme gestützt und lässt seinen Blick über mein Gesicht schweifen, als hätte er alle Zeit der Welt. Da sich die Aufmerksamkeit der Gäste auf die Polizei verlagert hat, tue ich es ihm nach und betrachte ihn.

Streng genommen sieht er nicht mal gut aus, zumindest wenn man die Latte der Hollywood Schönheitsindustrie anlegt. Alles an ihm ist hart. Seine scharf geschnittenen Züge, die gebrochene Nase, das Kinn, die Muskeln, selbst sein stählerner Blick. Doch wenn er lächelt, so wie jetzt, verschwindet der grausame Zug um seinen Mund. Seine Augen sind nicht mehr grau, wie ich zunächst angenommen habe, sondern hellblau. In diesem Moment sind sie mehr blau als grau. Der Stahl darin ist einer Sanftheit gewichen, die ich bei jemandem seines Kalibers nicht erwartet hätte. Er hält mein Gesicht in den Händen, sein Daumen streicht über meine Wange, als würde er meine Reaktion testen.

Ich schließe die Augen und versuche mich zu erinnern, was ich gerade tun wollte. Doch mein Kopf ist ein einziges Vakuum. Alles, was ich wahrnehmen kann ist die raue Kuppe seines Daumens auf meiner Haut. Sein Duft nach Karamell, gemischt mit seinem Cologne und, nun ja, Mann.

„Kylie, o mein Gott!“ Der schrille Ruf reißt mich aus meinen wirren Gedanken. Ich blinzle, als würde ich aus einem Traum erwachen.

„Bist du in Ordnung? Was macht ihr auf dem Boden?“

Das wüsste ich auch gern.

Claire hockt vor mir, das Gesicht voller Sorge, die Augen leicht geweitet. „Bist du gefallen?“

„So was Ähnliches“, murmle ich und rolle mich zur Seite. Julin ergreift meine Hand und hilft mir auf. Der Kontakt jagt Schockwellen durch mein System. Ist vermutlich ’ne statische Aufladung oder so was.

„Hanna sucht dich draußen. Wir haben uns aufgeteilt, um dich zu finden. Die Feier ist vorbei, lass uns nach Hause fahren.“ Claire beäugt Julin, als wäre er ein Chai Tea Latte, und sie am Verdursten. „Willst du mir deinen Freund nicht vorstellen?“

„Das ist nicht mein …“

„Ich bin J“, sagt er und reicht ihr die Hand.

Claires kleine Hand verschwindet in Julins, und ich muss mich zusammenreißen, mich nicht zwischen die beiden zu drängen. Was zur Hölle ist mit mir los? Ich habe das Gefühl, wieder dreizehn zu sein, als ich mir eingebildet hatte, mich in Toni, meinen zwanzig Jahre älteren Bodyguard, verknallt zu haben. Der, nebenbei bemerkt, eine Frau, drei Kinder und zwei Geliebte hatte.

„Woher kennt ihr euch?“ Claire schenkt ihm ein strahlendes Lächeln und wirft das Haar über die Schulter. Oh, na toll, das ist ihre Flirtpose. Gleich befeuchtet sie ihre Lippen, und … jep, sie macht die Sache mit den Augen. Diesen Prinzessin Diana-Augenaufschlag, bei dem die ihn durch die Wimpern ansieht. Das ist ihr Schlafzimmer-Blick und nebenbei ihr Markenzeichen. Zu schade, dass ich sie umbringen muss, ich fand sie echt nett.

„Ich bin … “, er hält einen Moment inne und wirft mir einen amüsierten Blick zu, „*Kylies* Trainer. Wollte sie an unsere Stunde nächste Woche erinnern, als sie sich langgelegt hat.“

Am liebsten würde ich ihm das süffisante Grinsen aus dem Gesicht schlagen – oder küssen, keine Ahnung … Moment mal, was hat er gerade gesagt? Mein Blick fliegt zu seinen lächelnden Augen, die eine Frage enthalten: Gehe ich darauf ein oder mache ich einen Rückzieher?

Er weiß, dass ich in seinem Gym war, weiß, was ich von ihm will. Unter normalen Umständen wäre das ein Grund für einen Happydance, auch wenn ich nicht wirklich der Typ dafür bin. Doch das Ganze stinkt zum Himmel. Anscheinend sehe ich so skeptisch aus, wie ich mich fühle, denn Claire fällt in helles Silberlächeln und stupst mich spielerisch an.

„Kylie, du solltest dein Gesicht sehen! Man könnte meinen, er wäre dein Stalker nicht dein Personal Trainer!“

Bevor das hier noch peinlicher werden kann, ergreife ich Claires Hand und ziehe sie zu den Terrassentüren. „Dann wäre ja alles geklärt“, sage ich hastig und setze ein falsches Lächeln auf. „Lass uns Hanna suchen und verschwinden.“

„Vielleicht hat J ja Lust …“

„Hat er nicht“, unterbreche ich sie. „Er ist beschäftigt und muss bestimmt noch einen Boxsack aufhängen oder so was.“

Ein entwaffnendes Lächeln huscht über Julins Züge.

Claire bricht abermals in helles Gelächter aus. „Aber dafür hat er doch bestimmt Angestellte.“ Sie zwinkert ihm zu, was mir sogar noch weniger gefällt, als die Tatsache, dass ich sie praktisch aus dem Raum schleifen muss.

„Ich hoffe wir sehen uns bald wieder“, ruft sie ausgelassen und winkt bevor ich sie ins Freie zerre.

Ich mache den Fehler und drehe mich noch einmal um.

Julins Blick ist so intensiv, dass ich das Gefühl habe, in einer Kohlenstoffwolke zu verpuffen, wenn ich noch einen Moment länger in seine undurchdringlichen Augen sehe.

Was ist bloß mit mir los?

Kapitel 10

Julin war in seinem Club am Sunset Strip, der ironischerweise *Skybar* hieß. Es war Tage her, seit er Skyler gesehen hatte, doch was er auch tat, er konnte sich das Mädchen nicht aus dem Kopf schlagen. Er hatte vier Weiber in zwei Tagen gevögelt, eine davon konnte sich wie eine Brezel verbiegen, und ihre Schwester gab Blowjobs, die nicht von dieser Welt waren. Er hatte seinen Schwanz in jede verfügbare Körperöffnung gesteckt, dennoch wurde er hart, sobald er nur an Skyler dachte.

Sie war fucking-perfekt. Makellose Haut, kleine feste Brüste, die genau in seine Hand passten, ein Mund zum Küssen und Augen, in denen ein Sturm tobte. Sie war überhaupt nicht das, was er erwartet hatte. Silvios kleine Prinzessin, die auf die Welt an sich und Menschen im Besonderen herabblickte.

Sie war verletzt. Jemand hatte ihr wehgetan und nicht zu knapp. Aber sie war nicht schwach, im Gegenteil. Sie strahlte eine Kraft und Lebendigkeit aus, die er in dieser Form noch nicht gesehen hatte, vor allem in Kombination mit ihrer Verwundbarkeit. Eine komplexe Persönlichkeit in einem Körper, der für die Sünde erschaffen worden war.

Jemand klopfte, dann öffnete sich die Tür zu seinem Büro. Das Arbeitszimmer war schalldicht, doch mit dem Besucher drang die Klubmusik in seine vier Wände, das Wummern der Bässe sowie die aufgekratzten Rufe der Gäste. Heute fand eine Junggesellenparty statt, so was lief manchmal aus dem Ruder.

Sascha, seine rechte Hand stand im Rahmen und nickte ihm kurz zu. „Tisch zwei!“

Mehr musste er nicht sagen. Die Tische eins bis zehn gehörten zum VIP Bereich, Kunden, die nicht nur Geld, sondern auch Geschäfte brachten.

„Wer ist es?“

„Zar Orlow.“

Nicht schon wieder. Dieser kleine Pisser war bekannt dafür, das Maul aufzureißen und andere Gäste anzupöbeln. Vor knapp einem Jahr war er das erste Mal in seinem Klub aufgetaucht, da hatte er wohl gerade die ersten Haare am Sack entdeckt. Seitdem kam er regelmäßig, in immer kürzeren Abständen, und nie ging er ohne Krawall.

Der Junge besaß eine gewalttätige Ader, die eskalierte, sobald er schnupfte. Und Zar schnupfte gern.

„Ist er allein?“

„*Net.* Hat eine Horde Flachwichser bei sich, die in die zweite Etage wollen. Auf Kosten des Hauses, versteht sich.“

Fuck! Normalerweise würde er mit diesem Scheißer kurzen Prozess machen. Doch dieses Rotzbalg war Boris Orlows Sohn, einer der gefährlichsten Waffenhändler in den Staaten, mit dem er einen großen Deal geplant hatte. „Ich komme.“

Die VIP Lounge lag in der ersten Etage, jede Nische mit Blick auf die Tanzfläche und die Pooldancer. Der Bereich hatte eine eigene Bar sowie Servicepersonal, das auf die Bedürfnisse der prominenten Besucher geschult war. Aber es gab auch Regeln, und an die hatten sich seine Gäste zu halten.

Sascha war Geschäftsführer der Skybar, der ihm solche Probleme normalerweise vom Hals hielt. Aber Zar war der Sohn einer der mächtigsten Männer in den Staaten. Den konnte man nicht mit dem Kopf voran durch die Tür werfen.

Nachdem Julin Tisch zwei erreicht hatte, überflutete ihn ein Adrenalinschub, den er sonst nur von seinen Kämpfen kannte.

Zwei seiner Sicherheitsleute waren in der Lounge, außerdem zwei Kellnerinnen, Candy und Shiela, sowie ein weiblicher Gast. Zars Freunde hatten sich Candy und Shiela gekrallt, ihre Oberteile lagen zerrissen auf dem Boden. Die Frau, die nicht zu seinem Mitarbeiterstab gehörte, hatte er auf seinen Schoß gezogen, offensichtlich sollte sie ihm einen Lapdance geben. Unnötig zu erwähnen, dass sie nicht glücklich darüber war. Ihre Mascara hatte sich über das halbe Gesicht verteilt, die Augen waren vom Weinen gerötet, ihr Lippenstift war verschmiert, die Unterlippe aufgeplatzt. Zudem war ihre rechte Gesichtshälfte geschwollen, genau wie das rechte Auge.

Kellnerinnen wurden nicht angerührt, das wusste jeder im Klub. Die Devise lautete ansehen, nicht anfassen. Wer mehr wollte, arrangierte etwas mit Sascha, dafür hatten sie schließlich die zweite Etage und ein Dutzend Prostituierte. Im zweiten Stock gab es Zimmer für Privatsphäre sowie einen offenen Bereich für diejenigen, die gerne zusahen. So oder so kostete der Zutritt in die oberste Etage eine Mörderkohle. Wie es aussah, war Klein-Orlow nicht bereit, den Preis zu bezahlen. Er war nicht der Erste, von daher war das keine große Sache. Gäste, die sich nicht an die Regeln hielten, flogen raus.

Man sollte meinen, dass VIPs bei solchen Gelegenheiten mit Geld um sich warfen und es so richtig krachen ließen. In Vegas war so was an der Tagesordnung, in Hollywood tickten die Leute anders. Hier dachten die angeheirateten Schwipp-Schwager eines Filmstars, dass ihnen eine Sonderbehandlung zustand, und sie sich selbstverständlich auf Kosten des Hauses zudröhnen konnten. Diesen Service musste man sich jedoch verdienen. Davon abgesehen war es in Julins Welt ein Zeichen von Respektlosigkeit, wenn man sich ohne Einladung einen Hauskredit verschaffte und Privilegien genoss, die einem nicht zustanden.

Orlow hatte den Bogen überspannt. Das war heute nicht sein erster Aussetzer. Was Julin anging, war es sein Letzter. Sein Personal wurde nicht angerührt, Gäste waren in jeder Hinsicht tabu. Wer seinen Klub betrat, wurde nicht belästigt, erst recht nicht genötigt oder geschlagen.

Das war allerdings nicht, was Julins Blut in flüssige Lava verwandelte. Das Mädchen auf Orlows Schoss sah im ersten Augenblick wie Skyler aus, zumindest im Profil: dunkler Pagenkopf, zierliche Gestalt, Stubsnase und ein voller Kussmund. Auf dem zweiten Blick erkannte er seinen Fehler, doch da war es bereits zu spät.

Innerhalb eines Wimpernschlags stand er über dem Orlow-Bengel und nahm ihm das Mädchen ab, das er an Jim vom Sicherheitsteam weiterreichte. Im nächsten Moment lag seine Hand im Nacken des Jungen, dann schlug er dessen Kopf auf den Glastisch, einmal, zweimal, dreimal, bis das Glas sprang, und das Gesicht dieses Wichsers blutüberströmt war. Seine Männer nahmen das zum Anlass, mit dem Rest dieser Loser ebenso zu verfahren. Sie knöpften ihnen die Mädchen ab, und machten sich daran, Knochen zu brechen.

Normalerweise zeigte er mehr Selbstbeherrschung wenn es um einen Job ging. Doch die Szene in der Nische hatte etwas in ihm angetriggert, buchstäblich. Die Skyler-Doppelgängerin, ihre Tränen und das geschwollene Gesicht.

Als er mit dem Motherfucker fertig war, gab er seinen Männern ein Zeichen, sie allein zu lassen. Die Freunde würden sie durch die Hintertür entsorgen. Doch so einfach war das mit Orlow nicht.

„Hast du eine Ahnung, wer ich bin!“, kreischte der Junge, nachdem er einen Mundvoll Blut ausgespuckt hatte – und einen Zahn. Sein Gesicht sah aus, als hätte er versucht, einen Hai zu küssen.

„Ich weiß nicht nur *wer* du bist, sondern auch *was*.“ Julin klang gelassener, als er sich fühlte. Sollte Boris ihn wegen dieser Sache zur Rechenschaft ziehen, wäre das mit Sicherheit kein einfaches Gespräch.

„Ich bin Zakhar Orlow, du Wichser, mein Vater reißt dir den Arsch auf!“

Julin verpasste ihm eine Ohrfeige, die den Jungen von der Bank fegte. Kopfschüttelnd hockte er sich über ihn. „Ich kenne Boris.“ Seine Stimme war leise, beherrscht. „Er ist ein geachteter Geschäftsmann, der sich Respekt verdient hat.“

Als sich der Junge aufsetzte, reichte ihm Julin ein Taschentuch, damit er sich das Blut aus dem Gesicht wischen konnte. Zar schlug seine Hand weg, in seinem Blick lag blanker Hass.

Julin seufzte. „Du bist ein Niemand. Eine Pussy, die heute Nacht Boris' Ruf geschädigt hat. Wenn du glaubst, dass du im Moment Schmerzen hast, warte, bis ich deinem Vater die Videoaufnahmen geschickt habe. Er wird nicht erfreut sein." Er hatte keine Ahnung ob das zutraf, so gut kannte er Boris auch wieder nicht. Doch seine Drohung hatte den gewünschten Effekt.

Orlow Junior sah aus, als würde er sich jeden Moment nass machen. Gut. Möglicherweise hielt der die Klappe, und Boris würde nichts von diesem Zwischenfall erfahren. Aber darauf konnte er sich nicht verlassen, zumal es jede Menge Zeugen gab. Ein Krieg mit Boris kam ihm so gelegen wie ein Durchsuchungsbefehl.

Julin erhob sich und winkte Jim herein. „Setz ihn in ein Taxi." Er blickte auf Orlow. „Der Abend geht auf mich. Komm aber nicht auf die Idee, dich hier noch mal sehen zu lassen."

„Aber …"

„Du hast Hausverbot, und zwar in jedem meiner Klubs, hast du verstanden?"

Statt zu antworten fluchte der Junge, riss seinen Arm aus Jims Griff und spazierte mit dem letzten Rest Würde, die ihm geblieben war, aus dem VIP-Bereich. Auf der Treppe blieb er noch einmal stehen und wandte sich um. „Das ist nicht das Ende, du beschissene Schwuchtel!" Er deutete mit dem Daumen zu Jim. „Glaub bloß nicht, dass dich deine Gorillas vor meinem Vater schützen können. Wenn der mit dir fertig ist, wird dich deine eigene Mutter nicht mehr erkennen!"

Am Liebsten hätte er die Augen verdreht. Nicht mal was seine Sprüche anging war er originell. „Wenn Boris und ich fertig sind, werden wir beide reiche Männer sein.“ Er nickte zu Jim, der Orlow eine Pranke in den Nacken legte und aus dem Klub eskortierte.

Kapitel 11

„Shit, Fuck, verfickter FUCK!“ Fluchend trete ich gegen den Sandsack, den ich am Wochenende in meinem Wohnzimmer aufgehängt habe (soll noch mal jemand behaupten, ich würde mich nicht einrichten). Seit dieser dämlichen Party bin ich nicht mehr ich selbst. Das ist jetzt eine Woche her, und ich bin in eine dumme Gans mutiert mit kleinen Herzchen statt Pupillen.

Ein Heelkick lässt den Sack nach hinten schwingen, doch zuzutreten wenn er mir entgegenkommt, ist eindeutig ein Fehler. Ich halte mir den Zeh und fluche abermals, diesmal vor Schmerz. Scheiß auf diesen Mist! Scheiß auf Julin, scheiß aufs Training!

Bevor ich nach Julin *The Killer* gesucht habe, hab ich meine Hausaufgaben gemacht. Ich weiß, wer er ist, kenne ihn besser, als er sich selbst. Ich habe seine E-Mails angezapft und mir Dateien von seinem Rechner geladen, die er bestimmt nicht in meinen Händen sehen will. Was soll ich sagen – wenn er sich mit dieser lausigen Firewall zufriedengibt, ist das nicht mein Problem.

Der Gym ist bloß ein Hobby für ihn, das wahre Geld kommt aus anderen Quellen. Zwischen Seattle und San Diego gehören ihm mehr als zwanzig Edelklubs, wahre Goldgruben in denen die Prostitution boomt. Er besitzt auch Anteile an Bars, Restaurants sowie einem Weinhandel.

Wie bei jedem Syndikat dienen die legalen Firmen als Fassade für die illegalen Geschäfte, in Julins Fall Koks, Nutten und Waffen. Dort wäscht er ein Teil des Geldes. Der Löwenanteil fließt in ein Import- Export-Unternehmen und in mehrere Immobilienfirmen mit Sitz in illustren Ländern wie die Cayman Islands, die Bahamas und Curaçao.

Nach meiner Recherche bin ich so frustriert, dass ich mich auf was anderes konzentrieren muss. Ich arbeite in Rekordzeit meine Neuaufträge ab, und obwohl ich jetzt um zwanzig Riesen reicher bin, bin ich noch genauso gefrustet wie vorher.

Also brühe ich mir eine Kanne Kaffee auf, setze mich im Schneidersitz aufs Bett, Läppi auf dem Schoß, und versuche meinen Virus weiterzuentwickeln.

Zwölf Stunden später muss ich mir eingestehen, dass ich mich im Kreis drehe. Für jede Lösung hab ich zwei neue Probleme. So komme ich nicht weiter.

Am Montag beschließe ich, den Stier bei den Hörnern zu packen und Oliver Parker an Bord zu holen. Was ich brauche, ist neuer Input.

In Informatik setze ich mich auf meinen gewohnten Platz und öffne den Rechner.

BytMe: Mein Baby stagniert
Dialer: Hab mich gewundert, warum ich nichts von dir höre. Wo warst du?
BytMe: Beschäftigt
Dialer: Revenge?
BytMe: Was glaubst du wohl
Dialer: Wo liegt das Problem?
BytMe: Nicht online
Dialer: Sorry, aber mein Miles & More Programm ist abgelaufen
BytMe: Behalt deine Flugmeilen, ich bin näher als du glaubst

Dialer: ?
BytMe: Wie wär's mit Kaffee nach der Stunde im Court?

Ich beobachte Oliver vor mir und schaffe es nur mit Mühe, ein Lachen zu unterdrücken. Er starrt auf den Bildschirm, lehnt sich in seinem Stuhl zurück und schüttelt leicht den Kopf. Dann scheint ihm ein Licht aufzugehen. Statt zu antworten, sieht er sich im Auditorium um.

Blitzbirne!

Als er sich langsam umdreht, und sein Blick auf mich fällt, hebe ich die Hand und wackle mit den Fingern. Es ist ein faszinierender Anblick, wie einem Crack wie ihm, die Gesichtszüge entgleiten. Sein Mund formt ein O, doch kein Ton kommt raus. Unser Austausch wird vom Räuspern seines Vaters unterbrochen, doch Oliver denkt nicht daran, ihm seine Aufmerksamkeit zu widmen.

Während ich die Hand sinken lasse, wandern meine Brauen in die Höhe. Einmal mehr fällt mir auf, wie sehr sich Oliver vom Rest der Jungs im Raum unterscheidet. Er lässt sich nicht kategorisieren, weigert sich, sich in eine Schublade stecken zu lassen. Er hat überhaupt nichts Nerdiges, sondern könnte eher als Sportler durchgehen. Surfer, wenn ich tippen müsste. Er hat die gleichen dunklen Augen wie sein Vater, und ist ähnlich gebaut, doch da endet die Ähnlichkeit auch schon. Während der Prof eher müde wirkt, ist alles an Oliver wach. Sein Blick, die Art, wie er sich bewegt, selbst, wie er schreibt. Sein lockiges Haar hat ungefähr den gleichen Braunton wie meins, nur dass ich eine Tönung verwendet habe. Bei ihm ist alles echt. Er hat ein paar Sommersprossen, einen breiten Mund und Wimpern, um die ich ihn beneide.

„Oliver, würdest du uns wieder mit deiner Aufmerksamkeit beehren, oder soll Miss De Luca meinen Vortrag beenden?“

Ein paar Jungs lachen, die meisten begnügen sich damit, uns anzustarren.

Plötzlich werden Olivers Augen schmal. „Du bist eine Frau!“

„Ich hoffe wirklich, du bist für Revenge eine größere Hilfe“, murmle ich.

„Ich dachte du wärst ein Kerl.“

Das tun sie alle. Ich zucke mit den Schultern und sehe an ihm vorbei zu seinem Vater, der allmählich die Geduld verliert. Er räuspert sich abermals, doch Oliver ignoriert ihn.

„Wann wurde Michelangelo entdeckt, und wo ist es zum ersten Mal aufgetaucht?“ Damit meint er nicht den Künstler, sondern das Virus, das am Tag von Michelangelos Geburtstag entdeckt wurde.

„Sechster März 1992. Aber eigentlich ist er im April 1991 in Neuseeland entdeckt worden.“

Oliver fährt sich mit einer Hand durchs Haar „Das war zu einfach“, brummt er.

„Oliver!“ Professor Parkers Gesicht läuft rot an, was ein bisschen beunruhigend aussieht. Ich hoffe, er bekommt keinen Herzklabaster, so was hat mir gerade noch gefehlt.

„Auf welchem Virus basierte Michelangelo?“

„Das sind Idiotenfragen, die jeder ausgoogeln kann.“

„Aber du musst die Antwort nicht googeln, oder?“

Darauf seufze ich leise. „Auf dem Stoned-Virus. Und bevor du fragst, der ist 1987 in Wellington aufgetaucht."

„Und welche Botschaft hatte er?"

Echt jetzt? „Legalisiert Marihuana. Sind wir jetzt fertig?"

„Oliver Parker!"

Ich hab gar nicht gemerkt, dass der Prof neben uns steht, der aussieht, als würde sein Kopf jeden Augenblick explodieren.

„Sorry Dad", sagt Oliver, ohne mich aus den Augen zu lassen, „aber wir hatten eben einen interessanten Diskurs über *Compiler*, und wie man sie verbessern kann."

Mann, das kann er gut. Die Gesichtszüge des Professors entspannen sich sichtlich. Er schüttelt tadelnd den Kopf. „Das könnt ihr nach der Stunde machen."

„Haben wir auch gerade festgestellt. Können wir den Raum nach deinem Vortrag nutzen?"

Von Oliver kann ich noch was lernen. Er hat nicht nur seinen Vater mit zwei Sätzen komplett besänftigt, jetzt dreht er es auch noch so, dass der Prof schlecht aussieht, wenn er ihm seine Bitte abschlägt.

Doch der denkt nicht daran, sondern lässt ein Lächeln aufblitzen, als hätte sein Sohn das Phänomen des Magnetismus' gelöst. „Das geht in Ordnung, aber schließt bitte hinter euch ab."

Wow, das war einfach. Ich wäre ja ins *Court* gegangen, das Café im Studenten-Center neben dem Subway. Manchmal bietet gerade die Masse Schutz vor neugierigen Blicken. Aber hier haben wir unsere Ruhe und werden von niemandem gestört.

So kommt es, dass Oliver und ich nach dem Unterricht sitzen bleiben und an meinem Problem feilen.

Oliver ist der Ansicht, dass der Knackpunkt im Aufbau steckt, ich tippe auf die Datenmodellierung.

Und endlich, *endlich* kreisen meine Gedanken einmal nicht um einen Typen, den ich das letzte Mal vor neun Tagen, zehn Stunden und vierunddreißig Minuten gesehen habe – nicht, dass ich zähle.

Julins Angebot, mich zu trainieren, hängt wie ein Ausrufungszeichen über meinem Kopf. Doch seit der Party kommen mir immer mehr Zweifel, ob ich das Richtige tue. Ich bin nicht wie mein Vater. Dieser Satz ist mein neues Mantra, dicht gefolgt von *Ich-muss-mich-von-Julin-fernhalten.*

Auf der anderen Seite … Sollte *Revange* irgendwann funktionieren, wäre Julin der ideale Boden, meinen Anker zu werfen. Näher an die Russenmafia werde ich nie kommen. Zugegeben, was ich vorhabe ist riskant. Nachdem ich Revenge losgelassen hab, werde ich für einen Weile untertauchen müssen, nur um sicher zu gehen. Doch bis dahin muss ich mir keine Sorgen machen, meine Tarnung ist wasserdicht, die Pässe sind erste Sahne.

Ich habe einen frisierten Lebenslauf an der Uni hinterlegt, gefakte Papiere von Schulen, die ich nie von innen gesehen habe. Julin müsste Insiderwissen besitzen, um zu ahnen wer ich bin – um mich auffliegen zu lassen. Das bezweifle ich. Spätestens, seit ich ohne großen Widerstand in seinen Rechner spazieren und mich wie in einem Supermarkt umsehen konnte.

Nope, er hat keinen Schimmer wer ich bin. Was das angeht, sollte ich sicher sein.

Also, warum zögere ich?

Kapitel 12

Warum zögerte sie? Julin war die ganze letzte Woche mit Arbeit überhäuft gewesen. Mittwochs musste er nach Denver fliegen, am nächsten Tag war er in Houston, wo er bis Freitag einen Streit mit rivalisierenden Biker-Gangs hatte schlichten müssen, der bereits die Aufmerksamkeit des FBI erregt hatte. Es war Zeit, einzuschreiten, sonst hätten diese Idioten mit ihren kleinlichen Revierstreitigkeiten einen Waffendeal riskiert, der seit einem halben Jahr geplant war.

Und da war Boris ins Spiel gekommen. Sein Sohn hatte die Schnauze gehalten, dessen Freunde nicht. Es hatte eine Weile gedauert, bis er die Wahrheit aus Zar rausgeholt hatte, dafür verdiente der Junge Respekt. Boris war niemand, dem man Antworten schuldig blieb. Auf dem Rückflug von Texas hatte Julin den Oligarchen an der Strippe, und das war kein Gespräch, das er in nächster Zeit wiederholen wollte. Unterm Strich lief es darauf hinaus, dass sein Sohn es an Respekt hatte fehlen lassen, so was zog in seiner Welt immer. Respekt und Loyalität waren Grundpfeiler der Mafia. Wer dagegen verstieß, riskierte eine Kugel im Knie, oder im Kopf, das hing davon ab, wen man beleidigte.

So oder so hatte Zar eine Grenze überschritten. Und da der Vorfall in seinem Haus passiert war, hatte Julin das Recht ihm eine Lektion zu erteilen.

Nach ein bisschen Arschkriechen hatte er Boris eben davon überzeugen können. Der hatte allerdings verlangt, dass das Hausverbot aufgehoben wurde. Julin hatte nichts anderes erwartet und nach ein paar Minuten gespielter Ziererei nachgegeben. Er hatte es ohnehin nur deswegen erteilt, damit er Boris später entgegenkommen konnte. Einem Orlow verwehrte man keinen Eintritt, zumindest nicht wenn man am Leben hing. Davon abgesehen war er davon überzeugt, den kleinen Scheißer ein paar Wochen nicht mehr zu sehen, bis er genug Arsch in der Hose hatte, noch einmal im einer seiner Bars aufzukreuzen.

Am Wochenende konnte Julin endlich wieder trainieren, hart. Ende Oktober stand der nächste Kampf ins Haus, und er war fit wie ein Marshmallow. Das bedeutete, dass er doppelt so lang trainieren musste als üblich. Doch daraus wurde nichts, denn er war nicht bei der Sache.

Auf der Party vor zehn Tagen war etwas zwischen ihm und Skyler passiert. Sie musste es ebenfalls gespürt haben, da war er sich sicher. Sie hatte sich gegen die Anziehungskraft gewehrt. Doch während sie versuchte, ihn mit ihrem Blick auf Abstand zu halten, hatte ihr Körper einen eigenen Willen und sich ihm entgegengewölbt. Sie wollte ihn mindestens so sehr, wie er sie.

Ihr Appartement stand Tag und Nacht unter Beobachtung. Er wusste zu jedem Zeitpunkt, wo sie war. Doch bisher hat das so gut wie keine neuen Infos gebracht. Sie hatte keinen anderen Kerl, alles was sie tat, war lernen und arbeiten. Sie ging zur Uni, danach nach Hause, dreimal in der Woche kellnerte sie und ab und zu trank sie etwas mit ihren Freundinnen. Wobei sie immer einen leicht abwesenden Eindruck machte und mit ihren Gedanken woanders zu sein schien.

Skyler war eine Einzelgängerin wie er, darum wusste er, wie sie tickte. Er wusste auch, dass es wichtig war, dass sie den nächsten Schritt machte. Der Impuls musste von ihr ausgehen. Sie jetzt zu überfallen würde nur bewirkten, dass sie sich noch mehr zurückzog, als es bereits der Fall war. Womöglich packte sie ihre Sachen und verschwand erneut für ein Jahr. Was wusste er schon von ihren Plänen? Und das wurmte ihn.

Julin bearbeitete den Sandsack bis seine Knöchel bluteten, als ihn ein Pfiff in die Gegenwart zurückholte.

Er wusste was los war, bevor er sich umwandte, konnte ihre Gegenwart körperlich spüren. Die Atmosphäre in der Halle schlug um, die Jungs hörten auf zu trainieren, als hätten sie noch nie eine Frau gesehen.

Aber dies war keine gewöhnliche Frau, es war Skyler.

Kapitel 13

Keine Ahnung, was mich geritten hat, hier aufzukreuzen. Viel nachgedacht habe ich vorher jedenfalls nicht. Doch nach der letzten schlaflosen Nacht hatte ich die Nase voll, so zu tun, als würde mich der Kerl kaltlassen. Außerdem ist es zwecklos, ihn zu ignorieren. Ich muss sowieso die ganze Zeit an ihn denken. Zum Beispiel, als ich gestern im Supermarkt eine Packung Oreos gekauft habe, weil die Box die gleiche Farbe wie Julins Augen hat. Bei der Gelegenheit hab ich mir aromatisierte Kaffeebohnen andrehen lassen, nur weil sie nach Karamell duften, so wie dieser unausstehliche Russe. Die Tüte ist heute Morgen im Müll gelandet, meine ganze Wohnung hat nach Julin gerochen!

Also habe ich meine Tasche mit Trainingsklamotten gepackt, hab meinen Hintern ins Auto geschwungen und bin in das abgewrackte Gewerbegebiet am Rand von Central L.A. gefahren. Diesmal habe ich das schwere Eisentor mit mehr Schwung aufgerissen – und mir beinah den Arm ausgekugelt.

Als dieser Milan mit seinem Essiggesicht Anstalten macht, seinen knochigen Arsch aus dem Bürostuhl zu heben, zeige ich ihm den Stinkefinger und marschiere an ihm vorbei, als würde ich hier einziehen.

Gut, dass Julin diesmal da ist, alles andere hätte mir den Auftritt vermasselt. Er steht vor dem Boxsack, nur mit einer Trainingshose bekleidet, die gefährlich tief auf seiner Hüfte hängt. Gesicht und Oberkörper sind schweißüberströmt, der Blick scharf wie eine Klinge. Sein tätowierter Rücken ist mir zugewandt – Mann, das ist mal ein Anblick. Jeder

Muskel in seinem Körper ist angespannt. Er sieht buchstäblich aus, als würde er unter Strom stehen.

Als er sich umdreht, landet sein Blick auf mir und er entspannt sich sichtlich. Keine Ahnung, warum mich das freut. Ich muss mir auf die Lippe beißen, um ein Lächeln zu unterdrücken.

Als wüsste er von meinem inneren Kampf, wandern seine Mundwinkel nach oben und sein Blick wird ganz sanft. Bei diesem Anblick macht mein Herz Luftsprünge und gegen meinen Willen spiegle ich sein Lächeln.

„Du blutest", bemerke ich, nachdem ich ihn erreicht habe. Er sieht nicht mal zu seinen Fingerknöcheln, sondern zuckt mit den Schultern. Dann schnappt er sich ein Handtuch, das über die Seile des Rings neben ihm hängt und wischt sich durchs Gesicht.

Das gibt mir die Gelegenheit, ihn für ein paar Sekunden anzugaffen. Holy Moly! Als Gott Julin erschaffen hatte, wollte er angeben, so viel steht fest. Dieser Typ ist die Erfüllung der feuchten Träume einer ganzen Kreischteenie-Generation. Mit 'ner Gitarre über der Schulter könnte er ohne Bodyguards keinen Schritt auf die Straße wagen. Er ist nicht nur groß, sondern obendrein wie ein Krieger gebaut. Glatte Haut über skulptierten Muskeln. Sein kurzes Haar und der Bartschatten wirken in der trüben Hallenbeleuchtung wie in Gold getunkt. Die Tattoos sowie die Narben an Armen und Oberkörper, inklusive der gebrochenen Nase, geben ihm genau den richtigen Badass-Touch, der ihn bedrohlich wirken lässt, auch ohne seinen Killerblick. Heiß!

„Schön dass du es einrichten konntest", sagt er und wirft sich das Handtuch über die Schulter.

„Komme ich ungelegen?" Ich sehe mich in der Halle um und stelle fest, dass wir der Mittelpunkt einer Glotzparty sind. Selbst Milan ist aus seinem Glasbaustein in die Halle gekommen und wirft mir giftige Blicke zu.

„Nicht für mich." Er steckt zwei Finger in den Mund und pfeift, bis mir die Ohren klingeln. Zwei Gewichthebertypen auf Drückerbänken stellen ihre Hanteln ab und setzen sich auf.

„Checkt die Umkleide!"

„Wonach?", ruft einer der beiden zurück.

„Hier ist jemand, der sich umziehen will, und es nicht schätzt, vor euch Schwanzlutschern zu strippen."

Der Kerl setzt das dreckigste Grinsen in der Geschichte der dreckigen Grinsen auf und beäugt mich, als hätte er noch nie eine Frau gesehen. Dann verschwindet er mit seinem Kumpel in einen Nebenraum.

„Sorry, wir haben hier selten Damenbesuch."

Jetzt bin ich es, die mit den Schultern zuckt. Was soll ich schon sagen? Macht keinen Sinn die Coole zu spielen, ich schätze es nämlich tatsächlich nicht, vor Schwanzlutschern zu strippen.

In der Umkleide versuche ich, flach zu atmen. Der Geruch nach abgestandenem Männerschweiß und nassen Handtüchern ist nichts für empfindliche Nasen. Ich schlüpfe in hellgraue Yogapants, ein schwarzes Tank-top, schwarze Flip-Flops und sehe zu, dass ich so schnell wie möglich in die Halle komme, bevor ich ersticke.

Julin steht im Ring und bedeutet mir raufzuklettern. Er hat sich ein graues Muscle-Shirt übergeworfen und sieht nicht mehr so verschwitzt aus. Spielverderber.

Statt Boxhandschuhe trägt er Trainingspratzen. Das sind Schlagpolster für die Hände. Er sieht mich herausfordernd an. Mir muss niemand erklären, was er will, nämlich seinen Jungs eine hübsche Show bieten. Darum trete ich mit aller Kraft zu, und stelle entsetzt fest, dass es null Wirkung auf ihn hat. Ich warte auf Kommentare, wie „Du kickst wie ein Mädchen“ oder „Bist du noch Jungfrau?“, doch die bleiben glücklicherweise aus. Also hole ich tief Luft und trete und schlage abwechselnd auf die Kissen ein, bis wir einen Rhythmus finden. Linker Kick auf das linke Kissen, rechter Schlag auf das rechte Kissen. So arbeiten wir eine Weile, Kick, Punch, Kick, Punch, bis ich das Gefühl habe, besser atmen zu können. Die Bewegung löst den Knoten in meinem Magen, einen aus Zorn, Trauer und Schmerz.

Anfangs dachte ich, ich wäre auf meinen Vater wütend, dann auf Matteo, und schließlich auf die Mafia und ihre kranken Regeln. Doch das ist es nicht. Wenn ich einen Hals auf jemanden habe, dann auf mich selbst.

All die vergeudeten Jahre, in denen mich Silvio versteckt hat, als wäre ich sein schmutziges Geheimnis. Ich hab getan, als wäre es mir egal, dass er mich isoliert. Ich konnte ihn verstehen. Meine Brüder wurden in unserem Haus erschossen. Jeder hatte Verständnis für die Vorsichtsmaßnahmen, die danach getroffen wurden, auch wenn sie nach einer Weile etwas übertrieben wirkten.

Doch ich habe die Klappe gehalten, mit ihm darüber zu diskutieren war ohnehin sinnlos, ich hab’s oft genug versucht. Über die Jahre hab ich mich so sehr Silvios Wünschen gefügt, dass ich meine eigenen vergessen habe. Wer ich bin und was ich vom Leben will.

Wer weiß, wie lange ich so weitergemacht hätte, wäre Matteo nicht plötzlich verschwunden. Eigentlich müsste ich ihm dankbar sein, doch das Ganze hat einen bitteren Geschmack hinterlassen.

Innerhalb einer Woche wurde ich von den beiden wichtigsten Menschen in meinem Leben verraten. Mein Halbbruder hat mich wie einen lästigen Hund am Straßenrand zurückgelassen, und mein Vater hat die Maske fallengelassen. Sein wahres Gesicht habe ich bei verschiedenen Gelegenheiten kennengelernt, doch niemals – nicht ein einziges Mal – hat er es mir gegenüber gezeigt. Was bedeutet, dass ich im Grunde eine Heuchlerin bin.

Grausamkeit anderen gegenüber ist in Ordnung, aber wenn sie sich gegen mich richtet … Dennoch, er ist mein Vater. Wie konnte er mir das antun? Mich jahrelang klein zu halten, dann lässt er mich über Matteos Verschwinden im Unklaren, und zum Schluss teilt er mir mit, dass ich verlobt bin.

In welchem Jahrhundert lebt dieser Mann? Doch im Kartell herrschen andere Regeln, und die hat man zu befolgen, vor allem die Frauen. Gerade die herrschenden Familien müssen mit gutem Beispiel vorangehen. Mit Ausnahme von Silvio, der folgt seinen eigenen Regeln.

Soweit ich weiß, entstammt meine Mutter Emily keiner der führenden Familien. Sie war nicht mal Teil der Mafia. Und mich will er an den Meistbietenden verschachern! Ausgerechnet an Tizian Jackson, Cesares jüngstem Sohn.

Dieser arrogante Arsch hat ein Ego, so groß wie die Freiheitsstatue! Mit dem soll ich unter einem Dach leben und mich rumkommandieren lassen? Seinen Scheiß schlucken, seine wechselnden Launen hinnehmen und seine Willkür klaglos ertragen? Mit ihm das Bett teilen? Und das, nachdem ich zwanzig Jahre hart dafür gearbeitet habe, von meinem Vater als gleichwertiger Partner anerkannt zu werden! Kennt mich Silvio wirklich so wenig, oder ist ihm mein Glück komplett egal?

Eher schlucke ich Rasierklingen, als mich in eine arrangierte Ehe drängen zu lassen. Oder ich liefere Silvio, was er will, damit er mich in Ruhe lässt.

Abgesehen von Matteo hat mich niemand je gefragt, was ich möchte. Das mussten sie auch nicht. Wo ich herkomme, ist jedem klar, dass es keine Rolle spielt. Familien wie die Rossis leben ein privilegiertes Leben, von dem viele träumen. Luxus und Überfluss, Diener, die einem jeden Wunsch von den Augen ablesen, wöchentliche Spa-Termine und Urlaube an exotischen Stränden.

Aber was nützt einem das, wenn man sich innerlich hohl und leer fühlt? Diese Leere will gefüllt werden, *muss* gefüllt werden. Denn wenn einem die Ausweglosigkeit dieses Lebens klar wird und man anfängt, darüber nachzudenken, greift man zu Tabletten oder Alk – wie meine Mutter.

Soweit ich weiß, hat sie meinen Vater geliebt, war jedoch nicht für dieses Leben geschaffen. Darum heiratet man auch nicht außerhalb des Systems, das bringt nur Schwierigkeiten und Komplikationen.

Am Ende ist sie daran zerbrochen, wurde zum Schatten der Frau, die sie vor der Heirat war. Das zumindest habe ich die Männer sagen hören, wenn sie nicht wussten, dass ich in Hörweite war.

Als ich klein war, war mein Vater mein Held. Er war ein Kämpfer, hat nie aufgegeben, selbst als der Mob mordend in unser Haus gekommen war und eine Blutspur vom Keller bis zum Dachboden hinterlassen hat. Zwei Jahre später, kurz nach meinem achten Geburtstag, hat Silvio Matteo mitgebracht, der damals zwölf war. Die genauen Hintergründe haben wir nie erfahren. Ich weiß nur, dass er das Ergebnis eines von Silvios Fehltritten war, und dass sich Matteos Mutter, den Gerüchten zufolge, eine Stripperin, nicht mehr um ihn kümmern konnte.

Damals dachte ich, wie ehrenhaft sich mein Vater verhalten hat, den Jungen ohne mit der Wimper zu zucken bei uns aufzunehmen. Bis mir irgendwann klar wurde, dass ihm nach dem Anschlag die Söhne ausgegangen waren. Er brauchte einen Nachfolger, einen den er aufbauen konnte und dem er vertraute. Was bot sich besser an, als ein Kind, das vor Dankbarkeit Purzelbäume schlug, in den Rossi-Clan aufgenommen zu werden?

Es hat Jahre gedauert, bis ich kapiert habe, dass ich niemals einen Platz auf Augenhöhe einnehmen werde. Mein Vater hatte sogar noch länger gebraucht, bis er verstand, dass Matteo weit davon entfernt war, Purzelbäume zu schlagen. Er hat Silvio weder verehrt noch ihn in seine Abendgebete eingeschlossen. Er war ein trotziges Kind, von Albträumen geplagt, die in Wutanfälle umschlugen. Ich war der einzige Mensch, den er an sich rangelassen hat, die Einzige, die ihn beruhigen konnte.

Und nun ist er fort.

Ich bringe meine ganze Kraft auf, hole aus und schlage gegen das Pad, trete nach, und bringe Julin aus dem Rhythmus. Kick links, Schlag links, Kick rechts, links, rechts. Damit hat er nicht gerechnet und wankt zurück – Ha!

Ich halte einen Moment inne und versuche, zu Atem zu kommen, bis ich merke wie ausgepowert ich bin. Julin senkt die Pads und schürzt die Lippen.

„Ich weiß ja nicht, wer dir ans Bein gepinkelt hat. Aber wenn du mal sauer auf mich bist, lass uns erst darüber reden."

Das aufkeimende Lachen kitzelt meinen Hals und sprudelt wie Kohlensäure aus mir heraus. Ich beuge mich vor, stütze mich mit den Händen auf den Knien ab und stelle überrascht fest, dass ich mich nicht mehr auf den Beinen halten kann. Etwas benommen taumle ich zu den Seilen und kämpfe gegen das plötzliche Schwindelgefühl an.

Julin drückt mir eine Wasserflasche in die Hand, die ich ohne zu Zögern ergreife und in einem Zug leere. Wie durch einen Nebel höre ich Gejohle. Als ich die Flasche absetze, nehme ich zum ersten Mal die Männer um den Ring wahr. Manche pfeifen, ein paar lachen, andere jubeln mir zu.

„Was ist los?"

Julin grinst und wirft mir ein Handtuch zu, das ich mit der freien Hand auffange.

„Du hast anderthalb Stunden auf mich eingedroschen. Ohne Pause, ohne anzuhalten und ohne auf das zu hören, was ich dir zugerufen habe."

Wie war das? „Und dir ist nicht der Gedanke gekommen, mich zu stoppen?"

„Ich wollte sehen, wie lange du dieses Tempo durchhältst."

Ich brauche einen Moment, das zu verdauen. Wow. Ich meine, WOW! „Hast du *anderthalb Stunden* gesagt?"

Er nickt und hebt einen Mundwinkel.

„Nicht schlecht für eine Pussy!"

Das kommt von Milan, war ja klar. Keine Ahnung, was ich ihm an den Kopf werfen will, als ich den Mund zu einer Retoure öffne. Das muss ich auch nicht, Julin kommt mir zuvor.

„Sei vorsichtig, du hässlicher *karlik!* Hast du nicht gesehen, wie die Kleine zutritt?"

„An meinem Arsch bricht sie sich den Fuß!", wettert der Zwerg und dackelt zurück ins Büro.

Auf einen Wink von Julin zerstreut sich die Menge und die Jungs gehen zurück an die Geräte. Ab und zu mache ich verstohlene Blicke aus, aber nach meiner Show im Ring werde ich zumindest nicht mehr belächelt.

„Das hier ist kein Ort für eine Frau."

Julins Kommentar überrascht mich. Ich dachte über diesen Punkt wären wir hinaus.

Er nickt zu einem Hünen auf der Drückbank in der Nähe der Umkleide, der dem Anschein nach gerade 200 Kilo stemmt. „Das ist Jurij, auch bekannt als *Smash*. In Moskau saß er drei Jahre, weil er jemandem mit bloßen Händen den Schädel eingedrückt hat."

„Drei Jahre? Ist das die aktuelle Währung für ein Menschenleben?" Keine Ahnung woher das kommt. Es ist ja nicht so, als wäre ich bei Pfadfindern aufgewachsen.

„Oh, er hat acht Jahre bekommen, aber in Russland regiert die *Vory v Zakone*, und die bestimmen, wann deine Zeit abgelaufen ist."

Die Vory oder auch *Diebe im Gesetz* ist die Russenmafia, die ihre Wurzeln in den Gefängnissen hat. Zur Zeit des Kalten Kriegs organisierten sich die Insassen, und erließen eigene Gesetze, nach denen im Knast gelebt wurde. Nach dem Fall der Sowjetunion entstand aus dem Chaos die Vory v Zakone, wie wir sie heute kennen.

Ironischerweise hat die russische Mafia die Struktur des Militärs übernommen. Ganz oben steht der *Pakhan*, der Oberboss, der über einen Mittelsmann, dem *Brigadier*, die einzelnen Zellen lenkt. Der Chef hat immer mehrere Spione im Umlauf, die den Brigadier im Augen behalten und die korrekte Ausführung seiner Befehle überwachen.

Bei den Italienern läuft es anders. Wir sind wie Familien organisiert. Niemand kann einfach in die *famiglia* spazieren und einen Job verlangen. So funktioniert das nicht. Man muss blutsverwandt sein, mindestens angeheiratet. Die biologische Verwandtschaft ist das Band, das alles zusammenhält.

Die Italiener verbindet Blut, die Russen das Verbrechen. So zumindest wurde es mir als Kind eingetrichtert. Wir sind die *guten* Bösen, die Russen sowie der Rest, der nicht aus Italien stammt, sind die *bösen* Bösen.

Interessante Einstellung, aber erklärt mal meinem Vater das Wort Doppelmoral.

Unterm Strich will Julin mir sagen, dass die Russenmafia diesen Smash-Koloss aus dem Bau geholt und in die USA importiert hat, damit die Amis auch etwas von Jurijs Talent haben. „Ich nehme an, du hast ihn nicht für die Büroarbeit eingestellt."

Julin wirft den Kopf in den Nacken und lacht. Es ist ein tiefes, volles Lachen und verändert seinen ganzen Ausdruck. Er wirkt nicht mehr so intensiv, sondern wie ein unbekümmerter Junge. Das scheint nicht nur mir aufzufallen.

Die Jungs halten in ihren Übungen inne, selbst Milan lässt das Telefon sinken und starrt in unsere Richtung. Offenbar sieht man Julin hier nicht oft lachen.

„Was ich damit sagen will", fährt er schmunzelnd fort, „ist, dass wir in Zukunft vormittags trainieren werden, wenn diese Hurensöhne noch im Bett liegen und ihre Morgenlatte bearbeiten."

Gutes Argument, auch wenn ich wünschte, er hätte mir dieses Bild nicht eingepflanzt. Smash mit seinem Schwanz in der Hand – diese Vorstellung verfolgt mich für den Rest des Tages.

Kapitel 14

In den nächsten Wochen entwickle ich eine neue Routine. Morgens Uni, danach treffe ich mich auf einen Snack mit Claire, manchmal mit, manchmal ohne Hanna. Dreimal die Woche kellnere ich und werde in Gegenwart von Fremden immer lockerer. Auch wenn ich die Kohle nicht mehr brauche, werde ich den Job behalten. Einerseits gibt er mir das Gefühl von Unabhängigkeit, auf der anderen Seite möchte ich mir damit etwas beweisen.

Wenn man jahrelang immer nur ganz kurz duschen durfte, ist es faszinierend, plötzlich stundenlang zu baden. In meinem Fall ist es ein Bad in der Menge. Die Monate unterwegs haben mir geholfen, entspannter im Umgang mit Menschen zu werden, ohne meine Deckung zu weit sinken zu lassen. Doch solang ich auf der Flucht war, konnte ich es mir nicht erlauben, mich mit Leuten zu verbrüdern. Jetzt liegen die Dinge anders. Die Uni ist auch nur ein System, das dich schluckt und wieder ausspuckt. Man braucht Verbündete wie Claire, die das System kennen, damit aufgewachsen sind und wissen, wie man sich verhält.

Seit dem Workout mit Julin ist unser gemeinsames Training zu meinen wöchentlichen Aktivitäten dazugekommen. Da ich an drei Vormittagen in der Woche Unterricht habe und früh raus muss, bleiben fürs Sparring nur Mittwoch- und Freitagmorgen. Wobei er mich nicht nur im Nahkampf schult, sondern auch im Kampf mit der Waffe. Schießen kann ich bereits, ich bin sogar ziemlich gut. Dennoch tut die Stunde am Schießstand nicht weh.

Über die Bezahlung haben wir bisher nicht gesprochen. Die wenigen Male, die ich das Thema angeschnitten habe, hat er es elegant umgangen.

Damit hab ich kein Problem, da ich mich, was seine Security angeht, geirrt habe. Die Kameras in seinem Gym sehen wie der letzte Elektroschrott aus und sind genau das, was man in dieser Gegend erwartet. Doch das sind bloß Attrappen. Dahinter verbirgt sich feinste Elektronik, das Beste, das man aktuell auf dem Markt bekommen kann. Was ein ziemlicher Tiefschlag für mein Ego ist. Einerseits bin ich auf die Mogelpackung reingefallen, was zeigt, dass ich unaufmerksam geworden bin. Oder arrogant. Das heißt aber auch, dass er mich nicht braucht, um seine Security auf Vordermann zu bringen, was im Klartext bedeutet, dass ich nichts anzubieten habe – abgesehen von mir.

Was mich zum nächsten Punkt bringt. Für das, was ich vorhabe, muss ich ihm nahekommen. Allerdings habe ich keinen Schimmer, wie das geht. Keine Ahnung wie man flirtet, ich weiß nicht mal, wie man nett ist. Und da er bisher nichts unternommen hat, mich flachzulegen, gehen mir allmählich die Ideen aus.

Nicht, dass ich darauf eingehen würde … oder vielleicht doch, keine Ahnung. Obwohl es schon manchmal seltsam ist, wie er mich ansieht, mit diesen Silberaugen, die etwas in mir zum Schmelzen bringen. Diese ungewohnte Sanftheit von einem ungeschliffenen Einzelkämpfer wie ihm, ist geradezu entwaffnend. Und dann reden wir noch nicht darüber, wie oft er mich berührt, wenn es eigentlich nicht nötig ist. Womöglich bilde ich mir das Ganze auch ein. Immerhin hatte ich keinen Sex seit … hm, wann war das eigentlich? Das müsste in Sidney gewesen sein, vor sieben Monaten auf dem Flughafen.

Ich schätze, dass ich mal wieder fällig bin, anders kann ich mir mein Verhalten nicht erklären. Wahrscheinlich findet er mich nicht mal anziehend, und ich interpretiere seine Blicke und Gesten völlig falsch. Dieser Gedanke ist erstaunlich frustrierend. Als Claire anruft und mich fragt, ob ich morgen mit ihr ins *Smirnow* gehe, überrasche ich nicht nur sie, als ich ohne zögern zusage.

Ich brauch dringend 'ne Auszeit und einen Schwanz, der mich von Julin ablenkt.

*

Als der Anruf kam, war Julin in seinem Condo in West Hollywood und ging die Monatsabrechnung durch. Die Nummer auf dem Display verriet ihm, dass es Ärger gab. Wenn er um diese Zeit behelligt wurde, musste es etwas Wichtiges sein. Seine Manager waren angewiesen, sich zuerst an Milan zu wenden, er konnte sich schließlich nicht um jeden Fliegenschiss kümmern. „Was gibt es, Lew?"

„Sie ist hier."

Julin runzelte die Stirn. Lew war der Manager des *Smirnow*, was das Hier eingrenzte, nicht aber das Wer. „Von wem redest du?"

„Rossis Tochter."

Bingo!

„Es gab einen kleinen Tumult am Eingang, als sie sich mit dem Türsteher angelegt hat."

Julin runzelte die Stirn und versuchte, sich an seinen Namen zu erinnern … Irgendwas mit B … Big B., so hieß er.

„Die Kleine hatte wohl keine Lust, sich in die Schlange zu stellen.“

Das konnte er sich lebhaft vorstellen. Die Wartezeiten im *Smirnow* lagen bei anderthalb bis zwei Stunden, die Leute standen um den ganzen Block.

„Hab noch nie gesehen, wie ein so zierliches Mädchen jemanden wie Borja flachlegt. Ich musste ihn nach Hause schicken. Er wird eine Weile nicht mehr pinkeln können.“

Julins Mundwinkel zuckten. Skyler hatte einen mörderischen Heelkick drauf, er beneidete Big B. nicht.

„Normalerweise hätten wir sie rausgeworfen. Aber du hast ihr Bild in jeden Klub aushängen lassen, darum haben mich die Jungs gerufen.“

Vielleicht hätte Big B. sich das auch mal ansehen sollen, auf diese Weise hätte er sich eine Menge Ärger erspart. Obwohl Skyler ihn vor seinen Leuten zum Gespött gemacht hatte, würde das Big B. nicht den Einlauf ersparen, den Julin ihm verpassen würde. Man checkte zuerst die Gästeliste, bevor man sich auf Diskussionen einließ. Kylie De Luca stand auf allen Listen ganz oben. Selbst ohne Einladung hätte Big B. Rossis Tochter bei ihrem Aussehen den roten Teppich ausrollen müssen. Für die nächsten Wochen würde Julin ihn den Hintereingang bewachen lassen, das stand mal fest. „Wo ist sie jetzt?“

„Wir haben den beiden eine VIP-Lounge gegeben. Alles was sie trinken, geht aufs Haus.“

„Den beiden?“ Bei dem Gedanken, dass sie nicht allein gekommen war, spannte er sich unwillkürlich an. Fehlte noch, dass sich irgendein Wichser aus der Uni Skyler unter den Nagel gerissen hatte.

„Sie ist mit einer Freundin hier.“

Schon besser. Julin rubbelte sich mit einer Hand durchs Gesicht und stieß leise den Atem aus. Skyler war in seinem Klub –, das war die Gelegenheit, auf die er so lange hingearbeitet hatte.

Das *Smirnow* war ein ehemaliges Kino, das Flaggschiff seiner Nachtklubs, das sich über drei Etagen zog. Im Keller waren die Katakomben, mit Bar und einer kleinen Tanzfläche. Den großen Saal hatte er mit Panzerglasböden in zwei Stockwerke unterteilt. Das Glas konnte dank einer ausgeklügelten Lasertechnik in verschiedene Farben getaucht werden. Beamer projizierten Bilder und Symbole auf die Rückseite der glatten Oberflächen, sowie auf das Trockeneis, das sich von der dritten Etage wie ein Wasserfall auf die Tanzfläche ergoss. Die VIP Lounge lag im zweiten Stock und machte ihrem Namen alle Ehre. Schwarze Ledersofas gruppierten sich um Spieltische, dazwischen befanden sich erhöhte Tanzflächen mit männlichen und weiblichen Table-Dancern die beim Cirque du Soleil gearbeitet hatten und wahre Artisten waren.

Im dritten Stockwerk waren die Private-Rooms untergebracht, ähnlich wie in der *Skybar.* Gesellschaften, die eine private Party mit Strippern und Prostituierten vorzogen, wurden hier willkommen geheißen. Für Getränke musste in der dritten Etage niemand bezahlen, auch nicht für Koks. Dafür gingen die Extras bei dreitausend Dollar los, und davon gab es reichlich.

„Ich bin unterwegs.“ Er hielt er einen Moment inne. „Lew?“

„Ja, Boss?“

„Was hat Big B. zu ihr gesagt, dass sie ihm die Eier zermalmt hat?“ Skyler war nicht der Typ, der sich einen Weg durch die Tür bulldozert, nur weil sie ein paar effiziente Tritte draufhatte. Auch wenn sie ihre sensitive Seite gut versteckte, würde sie niemanden ohne Grund verletzen.

Lew räusperte sich.

„Raus damit.“

„Also, na ja, es kann sein, dass er eine Bemerkung über ihre Oberweite gemacht hat. Oder über ihr Nichtvorhandensein.“

Julin lachte leise und legte auf. Da wäre er gern dabei gewesen.

Kapitel 15

Das *Smirnow* ist ein Wahnsinnsklub, so was habe ich noch nie gesehen. Nicht, dass ich oft in Nachtclubs war … okay, erst zweimal. Einmal in Berlin und das zweite Mal in Moskau. Die Läden kann man allerdings nicht mit diesem Schuppen vergleichen. Die Hütte ist riesig und scheint im Innern nur aus Rauch und Licht zu bestehen. Die Lightshow ist der Hammer und der Service erste Sahne. Na ja, abgesehen von dem Arsch am Eingang. *Mit den Titten wirst du nicht bevorzugt behandelt. Stell dich hinten an!* Stell dich selbst hinten an, du Blindgänger!

Selbst das Bad ist gigantisch. Im Boden sind blaue Spots eingelassen, die das Klublogo auf die Wände projizieren. Das Licht reicht gerade, dass man die Hand vor Augen sehen kann. In den Kabinen (die nebenbei bemerkt riesig, und eindeutig nicht bloß zum pinkeln gedacht sind) sowie vor den Spiegeln über den Waschbecken, ist Schwarzlicht angebracht, was ziemlich cool aussieht.

Claire steht neben mir am Waschbecken und zieht sich den Lidstrich nach. Keine Ahnung, wie sie das in dem Dämmerlicht hinbekommt. Selbst ungeschminkt sieht sie wie Sex auf zwei Beinen aus und strahlt über das ganze Gesicht. „Ist das nicht fantastisch hier?“

Ich nicke grinsend. „Du sieht spektakulär aus!“ Und es stimmt. Claire trägt ein pinkfarbenes Pailletten-Minikleid von Marc Jacobs. An mir würde es lächerlich aussehen, vor allem in Kombination mit den pinkfarbenen Stilettos. Sie dagegen trägt den Fummel, als wäre sie darin geboren.

„Du aber auch!“ Sie schenkt mir ein breites Lächeln. Ihre Zähne leuchten grellweiß im Schwarzlicht, und wir fangen gleichzeitig an zu Lachen.

Ich hoffe, sie hat recht, ich hab mir ziemlich viel Mühe mit meinem Aussehen gegeben. Ein hautenges, schwarzes Minikleid, und lange, schwarze Wildlederstiefel mit zehn Zentimeter Absätzen, die wie Thrombosestrümpfe an mir kleben. Dazu ein bisschen Makeup, Tusche und blutrote Lippen. Wenn ich heute keinen abkriege, kann ich den Jungs auch nicht helfen.

Obwohl ich zugeben muss, dass mein One-Night-Stand-Vorhaben ins Wanken geraten ist. Keine Ahnung, wann ich das letzte Mal getanzt habe, das muss auf einem Geburtstag vor gefühlten zehntausend Jahren gewesen sein.

Was soll ich sagen, abtanzen macht irre Spaß! Mit den Hüften zu wackeln, vor und zurück zu wippen, und die Bässe durch Mark und Bein gehen zu lasen – ich meine, Wow! Anscheinend bin ich ein Naturtalent, denn als wir das Bad verlassen (Toiletten kann man den Prachtraum aus Chrom und Stahl nicht nennen) und auf die Tanzfläche zusteuern, hält uns ein Typ in schwarzem Hemd mit dem *Smirnow*-Logo auf der Brust auf.

„Habt ihr Bock auf der Bühne zu tanzen?“, fragt er und deutet auf einen Steg acht Meter über der riesigen Haupttanzfläche.

Claire beißt sich auf die Unterlippe. Ich schätze das ist ihr zu hoch.

Das scheint dem Kerl auch aufzugehen. Er legt ihr beruhigend eine Hand auf die Schulter. „Dir kann nichts passieren, die Stege sind gesichert!“

Ich stupse sie mit dem Ellbogen in die Seite. „Na los, sei kein Weichei. Davon kannst du Hanna später erzählen!"

Damit hab ich sie. Ihre Augen leuchten auf, und ein Lächeln breitet sich auf ihrem Gesicht aus.

Über die dritte Etage kommt man auf die Bühne, die nicht mehr als eine breite Planke mit Geländer ist. Wir steigen eine schmale Metalltreppe hinunter, die auf den Steg mündet. Zweimal passieren wir Securitypersonal, das oberste Stockwerk ist wie Fort Knox gesichert. Aber ich bin nicht hier, um mir über so was den Kopf zu zerbrechen. Heute will ich loslassen.

Im VIP-Bereich wurden wir wie bei einem Erste-Klasse-Flug behandelt. Vom Cosmopolitan bis zum Schampus geht alles aufs Haus. Die Gläser werden ohne Aufforderung nachgefüllt, leere Cocktails verschwinden wie durch Zauberhand und werden durch volle ersetzt.

So kommt es, dass ich meinen fünften Screwdriver intus habe, als ich auf der Bühne lande und für einen Moment mit dem Gleichgewicht kämpfe. Oops.

Zum Glück legt sich der Schwindel wieder, denn der DJ legt in diesem Moment Gloria Gaynor auf und mixt den Song mit *Tainted Love* von Soft Cell. Also tue ich das, was ich in der letzten Stunde getan habe, strecke die Hände in die Luft, wackle mit dem Hintern, und stimme zusammen mit Claire in den Text ein, der zu meinem Lebensmotto geworden ist: *I will survive!*

Kapitel 16

Julin stand vor dem verspiegelten Fenster in Lews Büro und beobachtete Skyler, wie sie die Männer im Klub um den Verstand brachte. Nicht, dass ihr das bewusst war, sie befand sich offenbar in ihrer eigenen Welt und blendete den Rest aus.

Ihn trieb sie übrigens auch in den Wahnsinn. Die Kleine hatte Moves drauf, bei denen die Jungs auf der Tanzfläche den Inhalt ihrer Hose neu justieren mussten. Die Augen geschlossen, ließ sie sich vom Rhythmus der Musik treiben, schwang die Hüften in einem Kleid, das nichts der Fantasie überließ. Ihre kleinen Brüste drückten sich durch das dünne Material, nicht zu vergessen ihre Brustwarzen, die provozierend hervorstachen. Ihr Mund formte ein geheimnisvolles Lächeln, das er ihr von den Lippen küssen wollte. Wenn er ihr noch länger dabei zusah, wie sie mit ihrem kleinen Zuckerarsch wackelte, hätte er den Rest des Wochenendes den Reißverschluss-Abdruck auf seinem Schwanz. Blieb zu hoffen, dass er dort nicht permanent eingraviert war.

Also schön, heute war der Tag, auf den er so lange gewartet hatte. Er gab Lew ein Zeichen, dass er die beiden von der Bühne holen sollte. Diese Nacht würde Skyler in seinem Bett verbringen, danach hätten er und Silvio einiges zu bereden.

Während ihre Freundin, das Mädel von der Santa Barbara-Party, auf die Theke zuhielt, warf Skyler sich ins Getümmel der großen Haupttanzfläche im Erdgeschoss. Er hätte gedacht, dass sie bei den VIP's bleiben würde. Wie es aussah, war sie nicht halb so versnobt wie die restlichen Gäste der zweiten Etage, für die es ein ungeschriebenes Gesetz war, sich auf keinen Fall unter das gemeine Volk zu mischen.

Julin verließ das Büro, nahm die Stufen nach unten und bahnte sich einen Weg durch die Menge.

Als er Skyler erreichte, hing ihr eine hühnerbrüstige Lusche im Rücken, die sich an ihrem Becken rieb. Der Typ hatte Todessehnsucht, so viel war sicher. Wenn sie ihn nicht kaltmachte, würde er es tun. Doch Skyler überraschte ihn. Statt einen Big B-Kick hinzulegen und die Hühnerbrust vom Bariton in den Tenor zu befördern, drehte sie sich zu ihm und zwinkerte ihm zu.

Interessant. Wie es aussah hatte sich die Kleine für heute etwas vorgenommen. Allerdings nicht mit diesem abgerissenen Hemd. Julin ergriff die Hand des Arschlochs, die auf Skylers Taille lag, und drehte ihn zu sich. Sein eiserner Griff blieb nicht ohne Wirkung. Der Bursche zuckte zusammen, seine Augen weiteten sich bei Julins Anblick.

„Geh woanders twerken“, grollte er.

Das ließ sich der Typ nicht zweimal sagen und materialisierte sich ans andere Ende der Tanzfläche.

Skyler bemerkte von diesem Austausch nichts. Sie hatte sich einem Kerl vor ihr zugewandt, der sie mit den Augen auszog.

Allmählich ging ihm das auf den Senkel. Diese Arschgeier konnten ihre Griffel nicht von ihr lassen, ganz zu schweigen von ihren dreckigen Blicken. Er war froh, dass er keine Frau war. In einem Klub wie diesen, mit all den Schleimern, die sie umgaben, würde er eine Blutspur nach sich ziehen.

Er nutzte den Abgang des Losers, nahm seinen Platz ein und zog Skyler zu sich. Sie drückte ihren Rücken gegen seine Brust und bewegte ihren runden Knackarsch gegen seine Härte. Ein Stöhnen entwich ihm, das vom Wummern der Bässe geschluckt wurde. Eine Hand legte er gegen ihren flachen Bauch, die zweite etwas höher, bis sein Daumen die Unterseite ihrer Brust streifte.

Skyler presste sich stärker gegen ihn und ließ den Kopf gegen seine Schulter fallen. Ihre Augen waren geschlossen.

Er hatte keine Ahnung, ob ihr klar war, an wessen Brust sie lehnte. Doch im Moment war das Nebensache. Was zählte war, dass er sein Mädchen in den Armen hielt. Sein. Mädchen. Er hatte sich die längste Zeit zurückgehalten, hier und jetzt würde er Nägel mit Köpfen machen.

Seine Linke glitt südwärts über ihren Bauch, während die Finger seiner rechten Hand über die Unterseite ihrer Brust strichen. Er konnte ihr Stöhnen mehr fühlen als hören und wurde, wenn das überhaupt möglich war, noch härter.

Skyler passte sich seinen Bewegungen an. Sie hob die Arme in die Höhe, und zusammen wiegten sie sich im Rhythmus der Musik, bis ihre Körper miteinander verschmolzen. Als seine linke Hand zwischen ihren Schenkeln lag, und er mit den Fingerspitzen leichten Druck ausübte, drehte sie den Kopf zur Seite und gab ein Wimmern von sich. Es konnte nicht mehr lange dauern, bis seine Hose platzte. Seine Eier waren bereits blau, daran hatte er keinen Zweifel.

Julin beugte sich vor, fuhr mit den Lippen ihre Schläfe entlang und küsste die Kuhle zwischen Hals und Schulter. Mit der Zunge nahm er den feinen Schweißfilm auf. Sie schmeckte nach Aprikosen, Sommer und Salz.

Da ihre Augen noch immer geschlossen waren, übte er mit den Fingern auf den Nervenbündeln zwischen ihren Beinen stärkeren Druck aus und beschrieb kleine, kreisende Bewegungen, während die Rechte auf ihrer Brust lag. Er brachte sie abermals zum Stöhnen und biss sie spielerisch in den Hals, als sich das Handy in seiner Jeans bemerkbar machte.

Keine Chance! Was für eine Scheiße auch lief, die sollten sie allein auslöffeln. Doch das beschissene Ding hörte nicht auf. Schließlich blickte er auf und sah Lew am Geländer der zweiten Etage, der ihm ein Zeichen gab.

Verfluchter Dreck!

„Dein Schwanz vibriert." Es kam wie ein Seufzen raus, fast hätte er gelacht. Ein letztes Mal zog er sie an sich, küsste sie auf die zarte Haut unter ihrem Ohr und flüsterte: „Ich bring das später zu Ende." Damit ließ er sie los, verschwand in der Menge und fragte sich, ob er Lew kastrieren oder die Zunge rausschneiden sollte.

An der Bar hielt er kurz und winkte einen der Sicherheitsleute zu sich. „Nik!" Er sah nicht nur aus, als würde er morgens kleine Kinder fressen und danach jede freie Minute beim Gewichtheben verbringen. Julin wusste aus erster Hand, dass Nik praktisch auf der Drückbank schlief. Das mit den Kindern hielt er für ein Gerücht, obwohl man bei Nik nicht sicher sein konnte.

In diesem Bereich des Klubs ging es mehr darum Präsenz zu zeigen, als abschreckende Wirkung für Rowdys und Großmäuler. Davon abgesehen waren Typen wie Nik Eye-Candy. Natürlich hatte er auch richtiges Security-Personal, doch das hielt er so lange wie möglich aus dem Spiel. Die Jungs hatten keinen Humor von dem er wüsste, und schlugen erst zu und fragten dann.

„Finde Vitali. Er soll ein Auge auf die Kleine werfen, ihr Foto hängt am Eingang." Er deutete zur Tanzfläche. „Schlank, brünett, Bubikopf, schwarzes Minikleid und Beine wie eine Gazelle. Vitali soll jedem, der sie anfasst, beide Hände brechen."

Sein Mann nickte und zückte ein Walki Talki.

Julin blieb nicht, um zu sehen, ob seine Anweisung ausgeführt wurde. Das musste er nicht, sein Team war sein verlängerter Arm. Er nahm die Treppe in den zweiten Stock, marschierte in Lews Büro und warf die Tür hinter sich zu. „Was?"

„Wir haben ein Problem." Sein Manager sah grimmig aus.

„Das will ich auch hoffen!"

Lew hielt ihm das Telefon entgegen, laut Nummer war Sascha am Apparat. Konnten seine Manager nicht ein einziges verficktes Problem lösen, ohne ihm auf den Sack zu gehen? Wozu bezahlte er sie und gab ihnen Anteile am Geschäft, damit sie alles gaben und nicht nur neunzig Prozent.

„Ich hoffe, das ist ein Notfall, Sascha, alles andere kostet dich deine Eier!"

„Zar ist hier."

„Na und?“, donnerte er. Langsam reichte es ihm. Seine Leute hatten klare Anweisungen, wie sie diesen Hosenscheißer zu behandeln hatten.

„Er hat die Kohle für die zweite Etage auf den Tisch gelegt, hat Koks gekauft und jedes verfügbare Escortgirl kommen lassen.“

„Und das interessiert mich, weil …?“

„Elli hat er die Kehle durchgeschnitten. Dani ist beinah erstickt und zusammen mit Mella auf dem Weg ins Krankenhaus …“

Den Rest hörte er nicht. Er warf Lews Handy mit einem Wutschrei gegen die Wand, wo es in seine Einzelteile zerfiel.

Lew legte ihm eine Hand auf die Schulter. „Boss, wir warten auf deine Befehle.“ Er beäugte Julin und wirkte skeptisch. „Du solltest besser nicht hingehen. Wenn der Junge tot ist, gibt es nichts, das Boris nicht tun würde, ihn zu rächen.“

Lew hatte recht – mit allem. Er musste sich abregen, den Pisser kaltzumachen wäre ein Fehler. Aber bei Gott, er würde bezahlen.

Julin nahm einen tiefen Atemzug, dann noch einen, bis sich sein Puls beruhigte und er wieder klar denken konnte. Dann zückte er sein Smartphone und drückte die Kurzwahl für Boris’ Nummer.

Er hob nach dem zweiten Klingeln ab. „*Da!*“, brüllte er in den Hörer.

„Wenn du das Stück Scheiße, das du einen Sohn nennst, lebend wiedersehen willst, bist du in fünfzehn Minuten am Sunset Boulevard.“ Julin legte auf, bevor Boris antworten konnte. Er wäre pünktlich, er kannte die Regeln. Für jede fünf Minuten, die er sich verspätete, würde sein Sohn mit einem Körperteil bezahlen. Das konnte ein Finger sein, den sie ihm abschnitten, ein Ohr oder ein zertrümmertes Knie.

Vielleicht hätte es ihn nicht wundern sollen, dass Boris sich um zehn Minuten verspätete. Zar war sein Sohn, aber wie es aussah mochte er ihn nicht besonders.

Kapitel 17

In meinem ganzen Leben war ich noch nie so erregt. Mein Pantie klebt wie ein Pflaster an mir, ich hatte keine Ahnung, dass man so feucht werden kann. Julins Duft hätte ich unter Hunderten ausmachen können, genau genommen hab ich das auch. Karamell, gepaart mit seinem herben Rasierwasser, und, nun ja, Julin. Außerdem kenne ich seine Hände, hab sie schon zig-Mal auf meinem Körper gespürt, wenn auch nicht wie heute Abend.

Ich stand kurz vor dem Höhepunkt, als wir von seinem Handy unterbrochen wurden, ist das zu fassen? Am Liebsten hätte ich geschrien! Oder geweint. Ich meine, hat der Mann keine Angestellten, oder warum lässt er mich mit ausgerollter Zunge auf der Tanzfläche stehen? Zumindest hat er versprochen, es zu Ende zu bringen. Fragt sich, wann.

Innerlich schüttle ich den Kopf. Ich habe mir geschworen, mich nie wieder von jemandem abhängig zu machen, schon gar nicht von einem Mann. Ich brauche Julin nicht, um flachgelegt zu werden. Die Typen, die mit mir und Claire tanzen wollten, standen Schlange. Dennoch hat sich meine Stimmung nach seinem Abgang verändert. Die Ausgelassenheit ist fort, und meine Gedanken sind wieder dort, wo ich sie nicht haben will. Bei einem Paar hellblauer Augen, das einen direkten Draht zu meinem Herzen zu haben scheint, und einem Mund, an dem ich stundenlang knabbern möchte. Es hilft auch nicht, dass ich das Gefühl seiner Finger auf meiner Haut nicht mehr loswerde.

Möglicherweise will ich das auch nicht, was vermutlich das Problem ist.

Obwohl ich mehr als bereit bin, mit einem der Typen 'ne schnelle Nummer im Bad zu schieben, passiert in dieser Nacht nicht mehr viel. Niemand quatscht mich an, tanzt mit mir oder sieht auch nur in meine Richtung, nichts! Es ist, als würde ein Neonpfeil über meinem Kopf schweben, der den Leuten signalisiert, einen Bogen um mich zu machen. Dafür begrüßt mich der Barkeeper wie eine verlorene Tochter. Seltsam.

Wieder in unserer Lounge schnüffle ich unauffällig an mir, aber übel rieche ich nun wirklich nicht. Gegen zwei habe ich die Nase voll. Julin hat mir den Appetit versaut, von meiner Stimmung ganz zu schweigen. Da Claire an der VIP-Bar mit jemandem in ein Gespräch vertieft ist, schicke ich ihr eine Nachricht über den Messenger. Es reicht, dass einem der Abend verdorben wurde, sie soll sich amüsieren. Zur Sicherheit knipse ich ein Bild von ihrem Chippendale-Typen mit dem Hinweis, dass ich ihn ausweiden werde, wenn sie nicht heil nach Hause kommt, und dass sie mir eine Nachricht schicken soll, wenn eben das der Fall ist.

Mann, ich werd noch 'ne richtige Glucke.

In dieser Nacht ist an Schlaf nicht zu denken. Julin hat mein System infiltriert, allmählich fange ich an, ihn dafür zu hassen. Wenn ich nicht bald ein bisschen Druck ablasse, drehe ich noch durch.

Das Tanzen hat geholfen, auch das Training ist gut, um mich zu erden. Aber ich bin eine Frau aus Fleisch und Blut und hatte seit Monaten keinen Mann. Und nach der

Nummer auf der Tanzfläche ist die Aussicht, irgendwen zu vögeln, mit einem Mal nicht mehr so prickelnd. Ich will nicht irgendjemanden, ich will Julin.

Irgendwann muss ich doch eingenickt sein. Als ich erwache, kommt mein Atem stoßweise und ich bin schweißgebadet. Der Traum ist immer derselbe. Ich als Kind, in einer Nacht, in der es geschüttet hat. Der Regen war nicht normal, es kübelte wie aus Eimern. Dazu das Gewitter und diese Angst, die mir die Kehle zugeschnürt hat. Ich wollte zu meiner Mutter, in ihr Bett und in ihre Arme kriechen. Doch die Geräusche vor der Tür halten mich auf. Sie sind unheimlich, geradezu unnatürlich. Ich habe so etwas noch nie gehört und zittere nicht nur vor Kälte. Ich weiß, dass etwas nicht in Ordnung ist. Die Angst kriecht meine Wirbelsäule hinauf und paralysiert mich. Ich kann mich nicht bewegen, kann nicht atmen.

Diesmal steht die Tür zum Schlafzimmer auf, gerade weit genug, dass ich hineinsehen kann. Doch was ich erblicke ergibt keinen Sinn. Als ein lang gezogener Donner, der sich über mehrere Sekunden dehnt, das Dach des Hauses erzittern lässt, und kurz darauf ein Blitz den Raum erhellt, schreie ich um mein Leben.

Kapitel 18

Zars Sauerei hatte ihn die ganze Nacht gekostet, und einmal mehr wurde er daran erinnert, wie dreckig dieses Geschäft war. Als ob das nötig wäre. Vielleicht sollte er die Bars verkaufen und irgendwo noch mal von vorn anfangen.

Das war nicht das erste Mal, dass er darüber nachdachte, doch die Vory war kein Schützenverein, bei dem man die Mitgliedschaft kündigte. Was ihn band waren keine Verträge, sondern das Gefühl des Zusammenhalts. Seine Männer waren seine Familie, eine andere hatte er nie gehabt. Mit Ausnahme von Andrej, seinem Onkel. Doch der konnte seine Nähe nicht ertragen. Nicht, weil er Julin nicht mochte, sondern weil er Andrej zu sehr an seinen Bruder erinnerte, ein Verlust, über den sein Onkel nie hinweggekommen war.

Julins Kindheit hatte nicht nur zu früh geendet, sondern extrem blutig. Auch wenn es Momente gab, in denen er hasste, was er tat, so wusste er immer, dass er hierher gehörte. Selbst wenn er den emotionalen Teil wegließ, blieb die Sicherheitsfrage. Er hing an seinem Leben, das war Fakt. Was passierte, wenn man sich zu sicher fühlte, hatte er bei seinen Eltern gesehen und seinen Geschwistern. Er war der einzige Überlebende des *Massakers von New York*, wie es die Zeitungen betitelt hatten, und er hatte nicht das Bedürfnis das zu ändern.

Den Sonntag hatte er damit verbracht, sich zu besaufen. Jetzt war er wieder nüchtern. Was er brauchte, war ein Plan B an der Skyler-Front.

Sie wollte ihn, er wollte sie, es wurde Zeit den Sack zuzumachen. Dazu brauchte er kein Publikum, darum griff er zum Telefon und wies Milan an, die Jungs heute Abend aus dem Gym zu werfen und dafür zu sorgen, dass die Halle um acht Uhr leer war. Er hatte zu lang auf diesen Moment gewartet, fünfzehn Jahre, um genau zu sein. So eine Gelegenheit würde sich ihm nicht noch einmal bieten.

*

Nach dem erbärmlichen Wochenende ist meine Arbeitswoche überraschend produktiv. Ich schreibe Codes, baue sie um und setze sie neu zusammen. Das Problem ist vor allem die Tarnung in Kombination mit der Rückverfolgung. Ich benötige einen Bug im System, eine Lücke, die ich ausnutzen kann. Zu diesem Zweck habe ich ein spezielles Escalation-Exploit entwickelt. Mit Zugriff auf den Angriffscode könnte ein Trojaner den Exploit etwa dazu missbrauchen, um einen Virenscanner unbemerkt, ohne UAC-Abfrage abzuschießen, oder ein Rootkit tief im System zu verankern …

Das Klingeln meines Smartphones reißt mich aus meinen Überlegungen, die sich nach stundenlanger Grübelei ineinander verhakt haben. Das Display zeigt Claires Namen. Die Unterbrechung kommt mir gelegen, ich muss dringend mein Hirn durchpusten. Nach stundenlanger Konzentration hilft das, die Perspektive zu wechseln und Probleme in einem neuen Winkel anzugehen.

Auch wenn ich es ihr nie sagen würde, aber Claire ist nicht nur supersüß. Inzwischen ist sie mir eine gute Freundin geworden, in jedem Fall eine bessere als ich. Sie bringt mir jeden Morgen Kaffee, fährt mich zur Uni (außer an den

Tagen an denen ich Training habe, da fahre ich selbst) und ruft mich regelmäßig an, obwohl ich nie zurückrufe. Zwischen den Kursen treffen wir uns im Campuscafé, wo sie mir von ihrer neusten Eroberung erzählt. Nur weil mein Abend im *Smirnow* ruiniert war, heißt das nicht, dass sie nicht ihren Spaß hatte. Sie und der Chippendale-Typ sind doch tatsächlich im Bett gelandet und haben den ganzen Sonntag dort verbracht.

Hm. Nach meinem ruinierten Abend bin ich mir nicht sicher, ob ich das hören möchte. Dennoch nehme ich mir vor, ihn mal durchzuchecken. Kann nicht schaden, in Erfahrung zu bringen, wie viele Studentinnen er jede Woche auf seinen Schwanz hopsen lässt.

Obwohl ich es nicht raushängen lasse, bereitet mir das Studium eine irre Freude. Seit ich aus New York verschwunden bin, genieße ich die Freiheit, täglich hundert Entscheidungen zu treffen. Ich bestimme, wie lange ich schlafe, was ich anziehe, was ich esse und wohin ich gehe. Ich suche mir meine Freunde aus, kann anrufen, wen ich will, sehen, wen ich will und gehen, wohin ich will. Ich bin mein eigener Herr und pfeife auf die Regeln, die irgendein schwachsinniger Patriarch erfunden hat, der Kinder im Allgemeinen und Frauen im Besonderen hasst.

Obwohl ich den Big Apple schrecklich vermisse, wäre mir ein Studium in New York niemals möglich gewesen. Wozu sollte ich auch studieren, Silvios Pläne für mich standen am Tag meiner Geburt fest. Umso mehr freue ich mich über die Tatsache, dass ich meine Bildung nun selbst in der Hand habe und mir weder reinreden lassen, noch mich rechtfertigen muss. Ich möchte so vieles ausprobieren, will herausfinden wo mein wahres Talent liegt. Es gibt tausend Dinge, die ich tun möchte. Je strukturierter ich mich mit Computer-Science beschäftige, desto mehr erkenne ich die Perfektion darin, die Schönheit.

Auch wenn der 08/15-User es nicht so sieht, braucht es einen kreativen Geist ein Virus zu erschaffen, das auf Knopfdruck kontrolliert, spioniert oder vernichtet. Und zwar ohne, dass es jemand bemerkt, bis es zu spät und der Schaden nicht rückgängig zu machen ist.

Revenge ist so ein Virus, eines, das all das in sich vereint. Es wird unsichtbar sein, sich rasend schnell verbreiten, wird die Kontrolle an sich reißen und unwiderruflich zerstören. Vorher muss ich jedoch einen Trojaner ins System pflanzen, und der muss genauso unsichtbar sein wie das Virus.

Das ist der Grund, warum Oliver und ich uns jeden Nachmittag in die Informatik-Bibliothek zurückziehen, um die nächsten Schritte zu besprechen.

Oliver und ich sind ein gutes Team, da wir uns perfekt ergänzen. Er hat das Programmieren von seinem Vater gelernt, kennt den Aufbau, die Strukturen und die Sprache. Ich dagegen bin ein Quereinsteiger und denke auch quer, sozusagen *outside the box*, wie man so schön sagt. Oliver bringt Ordnung im mein Chaos, während ich der Wind in seiner eingefahrenen Denkweise bin, und ihn damit mächtig ins Grübeln bringe.

„Du hast mir immer noch nicht gesagt, wie du an die Passwörter kommen willst“, sagt er und deutet mit dem Kuli auf einen Code, den ich letzte Nacht geschrieben habe.

„Phishing natürlich, was denn sonst?“ Phishing bedeutet übersetzt so viel wie das Abfischen von Userdaten.

„Und an was hast du gedacht?“

„Ich pflanz ihm ’nen Keylogger ein, und los geht’s.“ Ein Keylogger ist ein Programm, das sich zwischen das Betriebssystem und die Tastatur schiebt und die Tastenabdrücke liest. Auf diese Weise kommt man an Adressen, Zugangsdaten und die Codes. Es gibt ihn als Hard- oder als Software-Version. Bei der ersten Variante muss man vor Ort an den Rechner, was bei den Leuten, mit denen ich mich anlegen werde, so gut wie unmöglich ist. Einen Software-Keylogger verschickt man getarnt via E-Mail. Diese Mini-Anwendungen sind heute so klein, dass man sie extrem gut tarnen kann. Gerade die Mafia ist im Software Bereich ziemlich unterbelichtet. Das Internet wird mehr als eine Art Marktplatz benutzt, auf dem man seine Waren und Dienstleistungen anbieten kann. Natürlich gibt es Fraktionen, die sich auf Kreditkartenbetrug und Identitätsklau spezialisiert haben. Doch die bilden innerhalb des Kartells eine Randgruppe, da sich die Einnahmen nicht mit dem Big Business messen können. Obwohl man durchaus gut davon leben kann.

Was ich damit sagen will ist, dass die Mafia ziemlich blind ist, wenn es um ihre eigene Internetsicherheit geht. Sie können sich nicht vorstellen, dass jemand einen Todeswunsch hat, und sie auf der Cyber-Ebene angreift. Dabei geschieht das jeden Tag. Ich habe meinem Vater eine Firewall gebaut, nach der sich die CIA die Finger lecken würde. Nicht, dass er es bemerkt hätte, aber wie Silvio denken viele. Sie fühlen sich zu sicher, und das ist ihre größte Schwachstelle, ihre Arroganz.

„Wenn du weißt, wo er sitzt, kannst du auch das W-LAN anzapfen, das ist ein Kinderspiel.“ Das stimmt, kommt aber in meinem Fall nicht infrage, da es zu aufwendig ist, und es zudem zu lang dauert, die ganzen Daten auszuwerten.

Die letzten Änderungen am Keylogger-Programm habe ich am Wochenende vorgenommen, seitdem trage ich den USB Datenstick immer bei mir. Kann ja sein, dass mich ein Geistesblitz trifft, und ich kurzfristig Änderungen vornehmen muss.

Wir gehen eine Weile das Für und Wider durch, dann bestimmen wir die Art des Trojaners, wie man ihn am besten tarnt und wer welchen Teil programmiert. Irgendwann bemerke ich überrascht, dass es draußen dunkel ist. Ich hab komplett die Zeit vergessen! Heute ist Mittwoch, um halb neun habe ich Training. Zum Glück liegt meine Tasche gepackt im Kofferraum, so kann ich von der Uni direkt zum Gym fahren.

Zuerst fällt mir der leere Parkplatz auf. Außerdem ist die Halle nicht so stark beleuchtet wie sonst. Das gefällt mir nicht. Bin ich aufgeflogen? Weiß mein Vater, wo ich bin? Ist das hier eine Falle? Noch während mir der Gedanke kommt, weiß ich, dass das unmöglich ist. Ich kenne Silvios Mailverkehr, checke zweimal am Tag seinen Schriftwechsel und den seiner rechten und linken Hand. Ich weiß jederzeit, wo er ist, was er macht und warum. Hätte er mich gefunden, wüsste ich es als Erste.

Dennoch, ich habe meine Lektion gelernt und für solche Fälle immer eine Heckler & Koch bereit. Die P2000 ist eine handliche Neunmillimeter mit zehn Schuss, die ich aus einem Fach in der Mittelkonsole nehme. Ich wünschte, ich hätte eine Kamera im Innern des Gym. Ich hasse es, blind zu sein und nicht zu wissen, was mich erwartet. Natürlich hätte ich auch in den Chrysler steigen und nach Hause fahren können. Doch ich bin lang genug davongelaufen. Außerdem will ich wissen, was los ist.

In der Halle erwartet mich kein Hinterhalt, sie scheint verlassen zu sein, bis auf die einsame Gestalt, die auf einer Bank nahe der Umkleide Eisen stemmt. Julin.

Als er das Tor hört, stellt er die Gewichtstange ab, setzt sich auf und wischt sich mit einem Handtuch durchs Gesicht. „Schön, dass du es einrichten konntest." Seine Stimme ist so dunkel wie sein Blick.

Nicht gut. Das Training der letzten Wochen war eh schon eine Qual, doch nach dem, was am Wochenende zwischen uns passiert ist … Dieser Moment der Schwäche, in dem ich zugelassen habe, dass er mich berührt. Im Sinne von *berührt.*

Jetzt weiß ich, wie es sich anfühlt. Die Wärme seiner Hände, die Zartheit, mit der seine rauen Fingerspitzen über meine sensible Haut gefahren sind. Er hat mich berührt, als würde er mich kennen, und hat einen Hunger in mir entfacht, der seitdem nicht wieder verschwunden ist. Im Gegenteil. Er wächst jeden Tag, lauert unter der Oberfläche und wartet auf einen schwachen Moment.

Julin wusste genau, was er tun musste, um mich zu erregen. Als hätte er das schon hundertmal getan. Mit seinen magischen Fingern hat er die ganze Klaviatur meiner Emotionen gespielt, wie ein Virtuose das Piano. Wie kann das sein?

Zugegeben, meine Erfahrung in Sachen Sex ist begrenzt. In New York hätte ich ein Riesenablenkungsmanöver starten müssen, welchen zu haben. Da wusste ich noch nicht, dass sich das lohnt. Meine Jungfräulichkeit habe ich in Barcelona nach einem Stierkampf verloren. Der Typ war heiß, der Sex war es nicht. Dennoch habe ich eine Ahnung davon bekommen, wie es sein könnte. Mein zweiter Versuch erfolgte in Berlin, *das* war heiß! Der Kerl war Programmierer, ich brauchte ihn eigentlich nur, um meine Kenntnisse zu erweitern. Aber Mann, er war bestückt wie ein Ochse und wusste mit dem Teil umzugehen. Sven war der Grund, dass ich länger in der Stadt blieb, als geplant. Sechs Wochen, ein echter Rekord. Doch so gut er auch war, ich wurde unruhig und musste weiterziehen. In Auckland hatte ich ein paar enttäuschende Quickies und in Sydney auf der Flughafentoilette einen leidenschaftlichen Fick.

Klingt nicht so berauschend, ich weiß. Aber wenn man auf der Durchreise ist, kann man es sich nicht leisten, Beziehungen einzugehen. Ich konnte auch niemanden zu mir nach Hause nehmen, das war zu riskant. In Südafrika habe ich das erste Mal meine Erschöpfung gespürt. In Lima war das Heimweh nach den Staaten so groß, dass ich beschloss, meine Welttournee erst mal zu beenden, und mir eine Stadt gesucht, die groß genug zum Untertauchen ist, und so wenig Kontakte zur italienischen Mafia wie möglich hat. Am Ende blieb die Wahl zwischen Seattle und L.A. Da es in Seattle dreihundert Tage im Jahr regnet, habe ich mich für Kalifornien entschieden.

Was mich zurück in den Gym bringt, und zu Julins hungrigem Blick, der gar nicht erst versucht, zu verbergen, dass er mich im Geiste auszieht.

Julin ist einer der diszipliniertesten Menschen, die ich kenne. Wenn er sich etwas in den Kopf setzt, zieht er es durch, das habe ich während des Trainings festgestellt. Und im Moment hat er sich vorgenommen, mich flachzulegen und in den Donnerstag zu vögeln.

Woher ich das weiß? In seinem Kopf scheint er permanent Kämpfe auszutragen und in seinen Augen schwimmen all die Emotionen. Im Moment sind sie voll unausgesprochener Versprechen, und eben das finde ich so anziehend.

Nicht seinen Körper oder die Lust, die er allein mit seinem Blick in mir weckt. Es ist der Sturm hinter den Augen und die Tiefe seiner Leidenschaft. Sex kann ich überall haben, aber das Feuer eines Mannes, der mir mit jeder Geste signalisiert, dass er mich will, ist eine andere Geschichte.

Und das will ich. Ich möchte das Feuer, ach was, ein ganzes Feuerwerk! Und Hingabe und Lust, und …

Und dann küsst er mich.

Kapitel 19

Er hatte vor, sensibel zu sein, wollte sie nach allen Regeln der Kunst verführen. Während des Trainings oder danach in der Umkleide, nachdem er sie stundenlang aufgeheizt hätte. Hundertmal hatte er sich vorgestellt, sie aus den Klamotten zu schälen, sie unter der Dusche zu nehmen, und sie mit den Fingern zum Höhepunkt zu bringen, bis sie seinen Namen in drei Sprachen schrie.

Doch als sie die Halle betrat und ihn ansah, als wäre er ein Steak, und sie am Verhungern, hatte er den Plan über Bord geworfen und war seinen Instinkten gefolgt.

Dass sie ihn wollte, stand ihr ins Gesicht geschrieben. Hunger, gepaart mit einer Vorfreude, die seinen Schwanz strammstehen ließ. Als sie sich die Lippen leckte, war ihm das Vorspiel genug. Mit drei langen Schritten war er bei ihr. Eine Hand auf der Rundung ihres Pos, die andere in ihrem Nacken, zog er sie an sich und presste seinen Mund auf ihren. Skylers Lippen waren weich und sie schmeckte, wie sie duftete, nach Aprikosen und Sonne.

Er war vorher schon hart gewesen, doch als sie ein leises Stöhnen von sich gab, zuckte seine Erektion in freudiger Erwartung und bohrte sich in ihren Bauch. Das ließ sie abermals aufstöhnen und der Damm brach.

Julin ergriff den Ausschnitt ihres Shirts und zerriss es in der Mitte. Sie trug keinen BH, was die Sache abkürzte. Während sein Mund an ihrer kleinen Brust saugte zog er ihr Hose und Pantie aus und drückte sie rücklings gegen die Seite des Rings. Ihre Beine wickelten sich um seine Mitte, sie hob einen Arm und hielt sich am Seil über ihrem Kopf fest, die andere krallte sie in seine Schulter.

Julin nahm sich einen Moment, sie zu betrachten, und ließ den Blick über ihre Züge wandern. Fuck, sie war schön. Skyler hatte helle Haut, volle Lippen, eine Stubsnase und ausdrucksvolle Augen. Sie waren tiefgrün mit einem türkisfarbenen Außenring, so etwas hatte er noch nie zuvor gesehen. Ihr makelloser Körper wirkte ohne die Spur von Tattoos geradezu unschuldig. Er liebte ihre festen Brüste, die perfekt in seine Hand passten, ihren flachen Bauch sowie den sanften Schwung ihrer Hüfte. Mehr als das war er von ihrer Kraft angezogen, ein inneres Strahlen, das wie ein Leuchtfeuer auf ihn wirkte.

Als sie ein ungeduldiges Wimmern von sich gab, das so gar nicht zu ihrer kämpferischen Natur passte, hob er sie an und setzte sie auf den Ring, sodass sie sich mit beiden Händen an den Seilen festhalten musste, die in ihren Rücken drückten. Vorsichtig legte er ihr Knie über seine Schulter, beugte sich vor und pustete gegen ihre geschwollene Klitoris.

„O Gott!“ Skyler bog sich ihm entgegen und zog ihn mit den Beinen zu sich. Sie war bereit für ihn, er hatte allerdings vor, ihre Qual zu verlängern.

Langsam, als hätte er alle Zeit der Welt, wanderte er mit den Händen an der Außenseite ihrer Schenkel entlang, bis sie die Wölbung ihres Pos erreichten. Mit der Linken hielt er sie in Position, die Rechte legte er auf ihren Bauch, den Daumen auf dem geschwollenen Bündel Nerven zwischen ihren Schenkeln, und übte leichten Druck aus.

„O mein Gott!“ Skyler öffnete die Beine weiter und lehnte sich in die Seile.

Julin tat das Gegenteil. Er beugte sich weiter vor, legte einen Arm um ihren Po und zog ihr Becken zu sich heran. Er ersetzte den Daumen mit seinem Mund und ließ die Zunge über ihre Klitoris kreisen. Skyler zuckte und gab einen unartikulierten Laut von sich, der in ein Keuchen überging, doch er ließ nicht locker. Seine freie Hand fand ihre Brust, knetete und zog an ihrem erigierten Nippel. Als er an ihren Nerven saugte krallte sie ihre freie Hand in seine Schulter und gab einen Mix aus Wimmern und Stöhnen von sich.

„O Gott, o mein Gott, Omeingott!“

Eine Geschmacksexplosion entlud sich in seinem Mund und benebelte seine Sinne. Skyler schmeckte fantastisch – fruchtig, etwas salzig aber vor allem nach Frau. Bevor er auch nur daran denken konnte, einen Finger in sie einzuführen, zerfiel sie in seinen Armen, keuchte auf und gab einen heiseren Schrei von sich. Dieser wurde kurz darauf von ihren Schluchzern verschluckt. Noch während sie kam, hob er sie vom Ring in seine Arme, befreite seine Erektion und drang mit einem brutalen Stoß in sie, bis er sie vollständig ausfüllte.

Skyler hatte die Beine wieder um seine Hüfte geschlungen, ihren Kopf in seinem Nacken vergraben. Als er in sie stieß, biss sie in seine Schulter und presste ihren Körper gegen seinen. Er war hart, wie noch nie in seinem Leben. Es half auch nicht, dass ihre inneren Wände ihn wie einen Handschuh umgaben, allerdings einen, der eine Nummer zu klein war.

Skyler war eng, dass es sie schmerzen musste. Vorsichtig zog er sich zurück, kreiste mit der Spitze seiner Härte über ihre Öffnung, verteilte ihre Flüssigkeit und stieß abermals zu. Sie gab ein wohliges Geräusch von sich, dann sah sie auf und küsste ihn.

Er schmeckte ihre Leidenschaft auf der Zunge, Skylers Lust und den Gipfel ihrer Erregung, während er sich wieder und wieder in ihr vergrub mit harten, gierigen Stößen. Je rücksichtsloser er vorging, desto hitziger wurde der Kuss. Sie biss ihm in die Lippe, versenkte die Nägel in seinem Rücken, schließlich bog sie den Kopf zurück und schrie ihren Orgasmus hinaus.

„Ahhhhhhhhhh!" Und er kam mit ihr. Ihre engen Wände quetschten jeden Tropfen aus ihm, sein Orgasmus zog sich, er spürte ihre Kontraktionen, bis in die Eingeweide und drückte sie so fest an sich, bis er merkte, dass sie keine Luft bekam.

Nachdem die letzten Wellen seines Höhepunkts verebbt waren, lehnte er sich zurück und betrachtete ihr erhitztes Gesicht. Ihre Lider waren halb geschlossen, die Lippen geschwollen. Sie strahle eine Zufriedenheit aus, wie ein Kater, der den Kanarienvogel gefressen hatte.

„Wer hat dir das beigebracht?" Ihre Stimme klang erschöpft aber zufrieden. „Sie sollten dir und Mr. Big einen Pokal überreichen."

„Möchtest du meine Sammlung sehen?"

Darauf fiel sie in ein raues, sinnliches Lachen. Er war noch in ihr und das Vibrieren ihres Körpers erweckte seinen erschlafften Schwanz wieder zum Leben.

Sie zog die Wände ihrer Pussy zusammen und setzte ein selbstzufriedenes Lächeln auf, als er darauf reagierte, als hätte sie seinem Prügel einen Befehl erteilt.

Fuck! Wenn Skyler schon jetzt diese Macht über ihn hatte, wie würde es erst am Ende dieser Nacht aussehen?

„Ich bin schmutzig“, flüsterte sie in sein Ohr. „Bring mich zur Dusche und mach mich sauber.“

Nun war er derjenige, der stöhnte. Offensichtlich hatte sie vor, ihn fertigzumachen. Aber er war nicht ohne Grund der Champ. Das würde eine lange Nacht werden und er würde jede Minute davon genießen.

Kapitel 20

Wie viele Orgasmen kann man haben, ohne umzukommen? Im Gym hatte ich drei, danach sind wir in Julins Condo in West Hollywood gefahren. Auf dem Weg nach oben hat er mich gegen das Panoramafenster des Fahrstuhls genagelt. In seiner Wohnung sind wir als Erstes die Klamotten losgeworden. Eigentlich wollten wir eine Kleinigkeit essen, stattdessen hat er mich über den Esszimmertisch gebeugt und mich mit seinem Schwanz gefüttert. Holy Cow!

Als wir es endlich ins Bett geschafft haben, bin ich doch tatsächlich eingeschlafen. Mitten in der Nacht weckt mich seine Hand zwischen meinen Schenkeln. Julin liegt hinter mir, die Lippen in meinem Haar, zwei Finger in mir. In mir! Ich bin unfassbar feucht und drücke mich gegen seine Hand, die wahre Wunder vollbringt. Julin entfaltet seine Magie zwischen meinen Beinen, seine freie Hand traktiert meine Brustwarze.

Als ich diesmal komme ist es leise, sanft, genau wie der Kuss, der mir den Atem raubt.

„Ich bin aufgewacht und hatte Hunger", murmelt er gegen meine Lippen. Sein Dreitagebart kitzelt. Ich liebe die weichen Stoppeln auf meiner Haut, besonders zwischen meinen Schenkeln. Aber das sage ich nicht laut.

„Wusstest du, dass du zum Anbeißen aussiehst, wenn du schläfst?"

Keine Ahnung was ich dazu sagen soll, zum ersten Mal bin ich sprachlos.

„Ich kann uns ein bisschen Fingerfood aufwärmen, ist das okay?“

Ich nicke, mehr ist nicht drin, da ich noch nicht von meinem Hoch zurück auf der Erde bin. Ich schwebe irgendwo unter der Decke, sehe auf mich herab und betrachte meinen erschöpften Körper, der sich auf dem zerwühlten Bett ausgestreckt hat.

Ich habe gelesen dass es so was gibt, multiple Orgasmen in einer Nacht. Ich dachte allerdings immer, das wäre eine Matapher. Denn mal ehrlich, im wahren Leben passiert einem so was nie. Ich hatte meine Gelegenheits-Ficks, wurde mehr als einmal mit dem Rücken gegen die Wand in die nächste Woche gevögelt. Im ersten Moment ist das der totale Kick. Doch sobald man zurück im Hotelzimmer ist, lässt das Hoch nach und man fühlt sich wie ausgehöhlt. Aus diesem Grund habe ich nach Sidney eine Entscheidung getroffen. Ich wollte, dass Sex mehr bedeutet, als eine schnelle Befriedigung zwischen zwei Flügen.

Julin darf mir nichts bedeuten. Eine Beziehung mit ihm kann ich mir nicht erlauben, schließlich habe ich einen Plan. Am Ende möchte ich die Freiheit haben, mir ein neues Leben aufzubauen. Das kann ich nur, wenn ich von meinen Leuten nicht mehr gesucht werde. Julin ist der Schlüssel zu dieser Freiheit, das werde ich mir nicht versauen, indem ich so dumm bin, Gefühle in ihn zu investieren.

Doch es ist ja nicht so, als hätte ich das Ganze vorher durchdacht. Mein Körper hat mir die Entscheidung abgenommen, was mich zum nächsten Punkt bringt.

Als ich New York den Rücken kehrte, hab ich mir geschworen, nie wieder jemandem zu erlauben, mich zu kontrollieren. Mein Vater hat mir mein Leben geraubt, hat mich manipuliert und so lange verbogen, bis ich funktioniert habe. Und ich war so dumm es ihm zu erlauben. Habe seine falschen Versprechen geschluckt, meine eigenen Bedürfnisse verleugnet, in der Hoffnung, dass er mich dann akzeptieren wird.

Dass er mir irgendwann vergibt.

Und das ist die Stelle, an der es verdreht wird. Warum muss ich mich dafür entschuldigen, dass ich überlebt habe? Dass ich kein Sohn bin, sondern bloß seine Tochter. Hätte er mich geliebt, wäre das nicht wichtig.

Und obwohl ich ihn hasse, sehne ich mich noch immer nach seiner Anerkennung. Möchte ein einziges Mal hören, dass er stolz auf mich ist – nach allem, was er getan hat. Ist das zu fassen?

Er hatte nie vor, mir zu erlauben, meine Flügel auszubreiten. Er hat sie mir immer wieder gestutzt mit dem Ziel, dass ich den Traum vom Fliegen begrabe.

Matteo hat mir geholfen, daran festzuhalten. Er hat mir Hoffnung geschenkt, wo keine war. Ohne ihn wäre ich vermutlich verrückt geworden. Oder zerbrochen.

Nach dieser Erfahrung hätte ich nicht erwartet, dass ich mir das Zepter so leicht aus der Hand nehmen lasse. Obwohl Julins Initiative weniger mit Kontrolle zu tun hat. Vielmehr konnte ich mich fallen lassen, was ein bisschen seltsam ist, wenn man bedenkt, dass ich ihm nicht traue. Ich kann ihm nicht trauen. Richtig?

Er kommt mit einem Tablett zurück ins Schlafzimmer, und himmlischer Essensduft breitet sich aus. Mit einem Mal merke ich, wie hungrig ich bin.

Er hat eine Schüssel mit Weintrauben gebracht, eine weitere mit Oliven sowie ein paar Slices Pizza aufgewärmt. Außerdem Chardonnay und zwei Gläser. Während er einschenkt stürze ich mich auf die Pizza und schließe die Augen, als wäre es eine Delikatesse.

Wir lehnen uns gegen das Kopfende, nackt, wie Gott uns erschaffen hat. Ich mache mir nicht die Mühe, die Decke hochzuziehen. Julin hat alles von mir gesehen, was es zu sehen gibt.

Nachdem ich das erste Stück verputzt habe, zieht er mich zwischen seine Beine und reicht mir den Wein. Ich gebe es nicht gern zu, aber das fühlt sich fantastisch an. Mein Rücken gegen seine festen Bauchmuskeln, mein Kopf an seiner Schulter. Julin hat einen Arm um mich gelegt, mit der freien Hand ergreift er meine Fettfinger und schleckt sie ab. Ich spüre seine Zunge bis in die Fußspitzen und habe Schwierigkeiten, meinen Atem zu kontrollieren.

Jetzt ist es offiziell, ich bin sexbesessen! Aber, Mann, ich liebe die Flut der Emotionen, die Julin in mir weckt. Ich kann mich nicht erinnern, dass ich mich je so leicht gefühlt habe, leicht und schön. Lebendig. Julin gibt mir das Gefühl, etwas Besonderes zu sein. Begehrenswert und sexy. Er hat meinen Körper erkundet, wie ein Blinder eine Skulptur. Er hatte seinen Mund überall auf mir, und wenn ich überall sage, meine ich das wörtlich. Er hat erogene Zonen an mir entdeckt, von denen ich keine Ahnung hatte, dass man dort erregt werden kann, wie zum Beispiel meine Kniekehlen. Davon abgesehen könnt ihr euch nicht vorstellen, was er alles mit seiner Zunge machen kann. Und erst mit den Händen.

Julin hat seine Vorhaut gepierct. Ich habe nie verstanden, wozu das gut sein soll, dachte, so ein Schwanzpiercing dient Dekorationszwecken – da lag ich ja mal komplett daneben. Wenn er in mir ist, erreicht das Metall Stellen, die ich noch nie gespürt habe, und das ist ein verdammt spektakuläres Gefühl. Intensiv und unglaublich erregend.

Ich kann ohne Übertreibung sagen, dass Julin mich für alle Männer nach ihm verdorben hat. Dennoch seufze ich, als er gedankenverloren mit meiner Brust spielt, während wir essen, Wein trinken und reden.

In drei Wochen hat er einen großen Kampf gegen den ukrainischen Champ der Underground Combat League. Dass die auch eine UCL haben wusste ich nicht. Für Julin bedeutet das längeres, härteres und intensiveres Training.

Mir liegen Fragen auf der Zunge, die ich jedoch nicht stelle. Zum Beispiel, warum er das macht. All die Fights, wenn er die ganzen Klubs und Bars besitzt plus Anteile an was weiß ich nicht wie vielen Restaurants und großen Franchise-Ketten. Wenn ich diese Fragen stelle, ist jedoch klar, dass ich Dinge weiß, die ich nicht wissen dürfte. Wie zum Beispiel seine Verbindungen zu den Romanows, Iwanows und … *Petrows*, den drei führenden Familien der Russenmafia. Von seinen Aliasen, unter denen seine Firmen laufen, den FBI-Ermittlungen gegen ihn und wie er den Staat verarscht, genau wie seine Geschäftspartner und vermutlich auch mich.

Stattdessen nippe ich am Wein und schweige. Diese Nacht gehört mir und mir allein.

Julin tunkt zwei Finger in seinen Wein und streicht die Flüssigkeit über meine Brust. Ich schließe die Augen und strecke mich wie eine Katze, lasse zu, dass Julin meinen Körper übernimmt.

Warum ist es so einfach für mich, ihm beim Sex die Kontrolle zu überlassen? Bei meinem Hintergrund müsste ich mich mit Händen und Füßen dagegen wehren. Stattdessen lasse ich los, falle ohne Netz und doppelten Boden und genieße die Tatsache, dass er mich auf jede erdenkliche Weise nimmt. Und koste jede Minute davon aus, bis zum anbrechenden Morgen. Denn ich weiß, dass unsere Zeit begrenzt ist.

Wir beide spielen ein gefährliches Spiel, bei dem es nur einen Gewinner geben kann. Der andere verliert alles, und wenn es so läuft, wie ich es plane, vermutlich sogar sein Leben.

Kapitel 21

Das Geräusch der laufenden Dusche weckt mich. Ich brauche einen Moment, um die Reste des Schlafs abzuschütteln. Holy Shit, so erholt habe ich mich schon lang nicht mehr gefühlt. Kein stundenlanges Hin-und-Herwälzen.

Und keine Albträume.

Dann wird mir klar, dass Julin im Bad ist und ich springe aus dem Bett. Verdammt, das ist die Gelegenheit, auf die ich seit Wochen gewartet habe und ich verschlafe sie beinah! Ich renne zu meiner Jeans, ziehe den USB-Stick aus der kleinen versteckten Innentasche und hechte in den Flur. Julins Netzwerk habe ich zwar schon angezapft, aber ich konnte keine privaten Nachrichten finden, nirgendwo. Das bedeutet, dass Julin noch einen anderen Rechner haben muss, der nicht mit der Cloud verbunden ist.

Für das, was ich vorhabe, benötige ich alles, was ich kriegen kann, um Lücken zu schließen und das Risiko eines Misserfolgs zu verringern. Dazu brauche ich alle Passwörter, Zugangscodes und jeden verdammten E-Mail Austausch.

Ich finde den Rechner in seinem Arbeitszimmer. Nachdem der Mac hochgefahren ist, wird meine Vermutung bestätigt, dass das Teil weder mit der Cloud noch einem Netzwerk verbunden ist, Bingo! Ich schiebe den Stick in den Slot und öffne das Programm.

„Kylie?“

Gott, wie ich diesen Namen hasse! Vor allem wenn er ihn beim Sex flüstert, ihn auf der Zunge zergehen lässt, als wäre er ein Bonbon. So oder so bekomme ich bei seinem Ruf beinah einen Herzklabaster. Dem Klang nach ist er noch im Schlafzimmer. Fragt sich, wie lang.

„Ich mach uns Kaffee!“, rufe ich, während meine Finger über die Tastatur fliegen. Mein Puls hämmert in meiner Brust. Wenn ich das versaue war alles umsonst.

„Extra stark für mich!“

Geht klar. Ein letzter Klick, dann entferne ich den Stick, schließe den Rechner und trete den Rückzug an. Wo war noch mal die Küche?

Im Flur renne ich in Julin – buchstäblich. In einer Hand hat er ein Handtuch und rubbelt sich das Haar trocken, mit der anderen hält er mich an der Schulter fest, denn es fehlt nicht viel und ich kippe hintern über. Ein Badetuch ist locker um seine Hüfte gewickelt, und verrutscht nach unserem Zusammenprall in tiefere Regionen.

Shit, es sollte verboten sein, so heiß auszusehen. Wie soll ich mich da bitteschön konzentrieren?

„Wohin so stürmisch, Baby?“ Ein spöttisches Lächeln umspielt seine Lippen, während seine freie Hand meinen Rücken hinunterfährt, tiefer, immer tiefer, bis sie schließlich auf meinem Po liegenbleibt. Dass ich nackt bin, ist mir in der Eile glatt entfallen. Er schlingt sich das Handtuch um die Schultern, hebt mich auf und trägt mich zurück ins Schlafzimmer. Bei seinem hungrigen Blick muss ich nicht fragen was er vorhat.

„Ich muss zur Uni“, protestiere ich schwach.

„Dann eben ein Quickie.“ Er beugt sich vor, im nächsten Moment liegen seine Lippen auf meiner Brustwarze.

Verdammt, das fühlt sich gut an! Ich beiße mir auf die Unterlippe, ich muss mich konzentrieren! Der Stick ist noch in meiner Faust, wohin soll ich mit dem Teil?

Als er mich auf dem Bett ablegt rutsche ich zurück und sehe ihn herausfordernd an. „Ich muss wirklich los!“

Julin löst das Badetuch, und präsentiert eine Erektion, die in ein Hardcoreporno gehört. Der Kerl ist behangen wie ein Stier, wie kann es sein, dass das Teil in mir war?

„Du gehst nicht ohne Frühstück, Süße. Mit leerem Magen lernst du nichts.“ Ich muss mir wohl die Lippen geleckt haben, denn er gibt ein Geräusch von sich, das wie ein Knurren klingt, kein Scherz. Verdammt, ich bin so eine Schlampe! Ich habe nicht nur Lust, ihm einen zu blasen, ich bin auch schon wieder feucht, ist das zu fassen!

Also krieche ich auf allen vieren zu ihm, lege einen Arm um seine Hüfte, und lasse meine Zunge über seinen Schaft gleiten, von der Wurzel bis zur Spitze. Gott, er riecht gut! Das Karamell muss sein Duschgel sein. Noch nie war ein Schwanz so lecker. Ich lasse den USB-Stick zwischen Rahmen und Matratze verschwinden, dann nehme ich seine Hoden in die freie Hand, knete und massiere sie während ich seine Spitze in den Mund nehme. Meine Zunge spielt mit dem Piercing, Julins Stöhnen ist Musik in meinen Ohren.

„Babe!“ Er nimmt meine Brustwarze zwischen Daumen und Zeigefinger, knetet, drückt, zieht, bis mir ein leises Keuchen entweicht. Ich nehme so viel vom ihm auf, wie mir möglich ist, höhle meine Wangen aus und sauge bis er kurz vor dem Höhepunkt steht. Als er sich aus mir zurückziehen will, hole ich ihn näher zu mir und nehme ihn beim Wort. Ich hab noch nichts gefrühstückt, und ich möchte wissen, wie er schmeckt.

Julin gibt einen urtümlichen Schrei von sich, rau und ein bisschen heiser, während er seinen Samen in meinen Mund pumpt. Ich schlucke alles, sauge ihn regelrecht aus, bis er sich aus mir zurückzieht und rücklings aufs Bett fallen lässt. Er versucht, nach mir zu greifen, will mich auf sich ziehen, doch ich habe andere Pläne. Ich nutze sein Hoch, schnappe mir den Stick und verstaue ihn in meiner Jeans.

Zu blöd, dass ich verschwinden muss, bei seinem Anblick läuft mir das Wasser im Mund zusammen. Sein Körper, der sonst so hart wirkt, ist so weich wie sein Gesichtsausdruck. Er sieht mich an, als wäre ich die Antwort auf seine Gebete, dabei bin ich der Fluch, der ihn und seine Familie heimsuchen wird.

Ein Jammer, der Sex ist spektakulär. Bevor er widersprechen kann, bin ich in der Hose. Da er mein Shirt im Gym zerrissen hat, musste ich mir eines von seinen leihen, das ungefähr zehn Nummern zu groß ist und wie ein Minikleid an mir hängt. Was soll's, das ist schließlich keine Modenschau. Ich muss nach Hause an meinen Rechner. Den Keylogger sowie die Remotesoftware hab ich erfolgreich installiert, und nicht nur die.

*

Skyler gehen zu sehen, war seltsam enttäuschend. Er wäre bereit für Runde zwei gewesen, doch sie konnte nicht schnell genug aus seinem Condo verschwinden. Wüsste er es nicht besser, würde er behaupten, sie hatte Angst. In jedem Fall sah es so aus, als würde sie vor ihm davonlaufen. Was war passiert? Er wusste, wenn ihm jemand Lust vorspielte, und sie hatte den Blowjob genossen. Eine Minute später war sie weg.

Eine Beule für sein Ego, doch er würde es überleben. Geschäft und Gefühle gehörten nicht zusammen, diese Lektion hatte er vor langer Zeit gelernt.

Julin schloss für einen Moment die Augen und atmete tief durch. Verdammt! Der Sex mit ihr war mind-fuckin-blowing! Er hatte die ganze Nacht einen Dauerständer, als hätte er was eingenommen. Doch seine Droge hieß Skyler. Was das Körperliche anging, passten sie so perfekt zusammen, dass man von einer Ironie des Schicksals sprechen konnte. Und, Fuck, sie war atemberaubend! Warum musste sie zur falschen Familie gehören?

Nachdem er noch einmal tief durchgeatmet hatte, rollte er sich auf die Seite, schnappte sich das Handy vom Nachttisch und rief seinen Sicherheitschef an. „Viktor, ich brauch dich und Jason im Condo am Sunset Strip."

„Was gibt's Boss?"

„Sie war in meinem Büro. Ich muss wissen, was sie getan hat." Falls sie eine Wanze installiert, oder seinen Rechner verseucht hatte, wollte er es wissen.

„Okay."

„Bring am Besten das ganze Team mit. Vielleicht gibt es noch woanders Abhörkram oder Minikameras."

„Wir sind in einer Stunde bei dir."

Julin beendete das Gespräch und sank zurück auf das Bett. Was hatte sie vor? Glaubte sie ernsthaft, er würde zu einem liebeskranken Welpen mutieren und alle Vorsicht über Bord werfen, nur weil sie goldenen Honig zwischen den Beinen hatte?

Er stöhnte und bedeckte das Gesicht mit einer Hand. Nicht, dass es half, die Bilder aus seinem Kopf zu verscheuchen. Vor seinem inneren Auge sah er sie auf dem Esszimmertisch, den kleinen Knackarsch in der Luft, ihre Schenkel bereitwillig für ihn geöffnet. Und er sah seinen Schwanz, der bis zum Anschlag in sie stieß, fühlte ihre enge … Shit!

Es machte ihm keinen Spaß, sie aufs Kreuz zu legen, also, im übertragenen Sinn. Doch der Weg zu Silvio ging über seine Tochter, eine andere Möglichkeit gab es nicht.

Als sein Telefon vibrierte, war er froh für die Ablenkung. An Skyler zu denken war frustrierend. Am Ende würden sie alle verlieren und der Preis wäre hoch.

Kapitel 22

Zu Hause stelle ich mich eine halbe Stunde unter die Dusche und lasse das Wasser seine Arbeit tun. Ich wasche die letzte Nacht von mir, den Sex und Julins Duft. Ich bin überall wund, kann kaum laufen, geschweige denn sitzen. Dennoch genieße ich den Schmerz.

Es mag albern klingen, aber gestern hat Julin mich entjungfert oder besser gesagt zur Frau gemacht. Vorher hatte ich eine vage Idee von Sex, wusste, was man davon wissen musste, wie ich mich dabei fühlen soll und was mir angeblich alles Spaß macht … oder auch nicht. Seit einigen Stunden weiß ich, dass das alles Bullshit ist.

Kein Schwanz gleicht dem anderen, dasselbe gilt für die weibliche Anatomie. Was eine Frau erregt, törnt die andere ab. Sex kann man nicht verallgemeinern, erst recht nicht die Gefühle, die damit einhergehen. Und, Mann, wenn Gefühle im Spiel sind, ist es so viel intensiver, mit jemandem zu schlafen. Aber genau das ist das Problem. Wenn ich jemals wieder eine Nacht durchschlafen möchte, darf ich jetzt nicht schwach werden.

Meinen Psychologiekurs habe ich verpasst, dafür komme ich noch pünktlich zu Kunstgeschichte. Keine Ahnung, warum ich das Fach genommen habe. Nächstes Semester werde ich wie Claire kreative Fächer wählen. Ich treffe meine Freundin in der Schlange im *Coffee House*, einem Café auf dem Campus, gegenüber vom Activities Center.

„Wo warst du heute Morgen, ich habe zehn Minuten geklopft!“

Nicht zu fassen, dass sie mir immer noch Kaffee bringt. Claire ist ein Engel. „Sorry, ich war früh unterwegs und hab vergessen, anzurufen."

„Du verlogenes Miststück!" Sie flucht so laut, dass sich die Leute zu uns drehen. Claire räuspert sich und fährt im gespielten Flüsterton fort. „Deine Nachbarin kam in den Flur und hat mir gesagt, dass du die ganze Nacht nicht zu Hause warst."

Die alte Kröte weiß nicht, was gut für sie ist. Wenn ich nachher in mein Appartement komme, werde ich ein Wörtchen mit ihr reden. „Also schön, du hast mich erwischt. Ich hab mir bis sechs Uhr Morgens den Verstand rausvögeln lassen."

Abermals drehen sich Köpfe in unsere Richtung, allen voran eine Gruppe Jungs hinter uns. Einer davon schenkt mir ein Grinsen, so breit, dass es sein Gesicht in zwei Hälften spaltet, und erntet dafür den Stinkefinger von mir.

Claires Augen werden groß, ihr Ärger ist vergessen. „Wer war es, kenne ich ihn?"

„Was bekommt ihr?", fragt der Barista.

Ich bestelle einen Cappuccino, Claire ihr Chai Tea Latte-Gedöns. Danach stellen wir uns an der Ausgabe an.

„Oh, warte, ich weiß! Es ist der heiße Typ von der Party, richtig?" Sie fächelt sich mit der Hand Luft zu. „Mit seinem Hintern kann er Nüsse knacken."

„Was weißt du von seinem Hintern?"

„Schätzchen, er lag praktisch auf dir!"

Wo sie recht hat …

Jemand räuspert sich und wir bekommen unsere Getränke gereicht. Der Barista zwinkert mir zu, wofür er sich einen bösen Blick einfängt. Was ihn nicht zu beeindrucken scheint, denn er lacht. Lacht! Na toll, ein paar Wochen in L.A. und ich habe meinen Touch verloren. Niemand nimmt mich mehr ernst!

Als ich mich im Café nach einem Fensterplatz umsehe, fällt mir auf, dass Claire einen To-Go-Pappbecher in Händen hält. Eigentlich hatte ich vor, mich zu setzten und mit ihr zu quatschen In letzter Zeit war es ein bisschen hektisch bei mir. Ich hatte kaum Zeit für Claire, geschweige denn fürs Tratschen. Was beweist, was ich für ein Schlaffi geworden bin. Als Nächstes fahre ich nach Burbank zu IKEA, kaufe den ganzen Mädchenkram-Mist wie Vorhange, Geschirr und Bettzeug. Gott, was ist nur mit mir los?

Im Geiste schüttle ich den Kopf. Ich weiß genau, was mit mir los ist. Auch wenn ich es niemals laut aussprechen würde, aber ich mag mein neues Leben, das Vorhänge, Bettzeug und Freundinnen beinhaltet. Ich habe meine Liebe fürs Clubbing und Cocktails entdeckt, mag Coffeeshops und bin von bitterem schwarzen Kaffee auf sanften Cappuccino umgestiegen, was bezeichnend für meine innere Wandlung ist. Und so lächerlich es klingen mag, das macht mir Angst.

Früher war mein Leben geordnet, was kein Kunststück ist, wenn man einer Tonne Regeln folgen muss. Auf einmal gibt es keine Regeln mehr, nur die, die ich selbst aufstelle, doch selbst an die kann ich mich nicht mehr halten.

Solang ich auf der Flucht war, kam ich damit klar, schließlich hatte ich keine Zeit, lang und breit über die Veränderungen in meinem Leben nachzudenken.

Mittlerweile erkenne ich mich nicht mehr wieder. Ich weiß nicht mal, wer ich bin. Wenn Matteo mich hier mit Claire sehen könnte, würde er sich ausschütten vor Lachen.

Aber Matteo ist nicht hier, und selbst wenn, ändert das nichts an der Tatsache, dass ich wie ein Tramp lebe. Fakt ist, ich besitze kein Geschirr und ich habe immer noch kein Bett, weil ich nicht weiß, wie lange ich in meinem Appartement sicher bin.

Davon abgesehen hab ich mich an die Paletten gewöhnt. Nach der letzten Nacht muss ich meine Entscheidung allerdings noch mal überdenken. Julins Bett ist der Wahnsinn, ein absoluter Traum … Okay, falsche Richtung! Ich werde jetzt nicht an den Russen denken, schon gar nicht an seinen … Verdammt, zu spät!

„Ähm …“ Claire reibt sich die Stirn und läuft rot an, als hätte sie meine Gedanken gelesen. „Tut mir leid, Kylie, aber ich treffe mich mit Tyler?“

Warum hat sie das als Frage formuliert? „Mit wem?“

„Meinem, ähm, One-Night-Stand?“

Richtig, der Chippendale-Typ hat einen Namen.

„Was machst du dann noch hier?“

Sie grinst von Ohr zu Ohr, wirft mir einen Luftkuss zu und trippelt auf ihren Heels zum Ausgang.

Ich seufze und entscheide mich gegen das Bleiben. Was soll ich allein hier rumsitzen? Also stürze ich den Cappuccino runter, stelle meine Tasse auf die Theke und renne mit der Nase voran in weiches Nappaleder. Als ich aufblicke, braucht es einen Moment, bis mein Hirn verarbeitet hat, wen ich vor mir habe.

Wildes, rabenschwarzes Haar, dunkelbraune Augen, volle Lippen, kantiges Kinn und die unvermeidliche Lederjacke. Ich glaub, ich träume. „Matteo?“

„Hi Sweetie!“

*

Eigentlich hatte Julin vor, Skyler zu überraschen. Das Eisen schmieden, solang es heiß war. Zumindest redete er sich das ein. In Wahrheit wollte er sie wiedersehen. Die letzte Nacht hatte sein Hirn frittiert, er konnte an nichts anderes denken, als an das Gefühl ihrer samtigen Haut unter seinen Händen. Ihr Gemurmel im Halbschlaf und die Zartheit ihres Gesichts, wenn sie schlief. Sie hatte einen unruhigen Schlaf, sich von einer Seite auf die andere gewälzt und versuchte sich immer wieder aus seinen Armen zu lösen. Doch sobald er ihren Namen geflüstert hatte, ihren wahren Namen, sie an sich gezogen und ihr Haar geküsst hatte, hatte sie sich entspannt und an ihn geschmiegt. Danach schlief sie eine Weile, bis das Ganze von vorn losgegangen war. Offensichtlich war er nicht der Einzige der von Träumen geplagt wurde.

Nach dem Vormittags-Training hatte er die Nase voll, über das Mädchen zu fantasieren, *sein* Mädchen. Er ortete sie über ihr Handy – keine leichte Aufgabe, wenn er bedachte, dass die Kleine eine Disguise-App installiert hatte, um eben das zu verhindern. Zum Glück hatte er gestern Gelegenheit, ihre App durch ein Placebo zu ersetzen. Auf diese Weise wusste er immer, wo sie sich aufhielt.

Er war bereits an der Tür des Coffeeshops, als ihre Freundin Claire an ihm vorbeirauschte. Das Smartphone am Ohr plapperte sie ohne Punkt und Komma und achtete nicht auf ihn.

Und dann entdeckte er ihn. Julin erstarrte und trat einen Schritt zurück.

Matteo, der Sohn der Stripperin, die das Kind an die Mafia verkauft hatte. Und Silvio hatte zugegriffen, Söhne waren zu der Zeit rar. Julin musste es wissen, schließlich hatte sein Onkel Andrej das *Massaker von New York* angeordnet. Er war in seinem Arbeitszimmer gewesen, als dieser den Befehl erteilt hatte. Alle Köpfe der Vory waren anwesend gewesen. Sie haben ihr Einverständnis gegeben, immerhin bedeutete das einen Krieg. Silvios Kinder mussten sterben, einzig die Frauen waren verschont worden.

Als es mit den Morden losgegangen war, war er siebzehn gewesen, alt genug, um zu begreifen, was vor sich ging. Alt genug, um nicht zu vergessen. Den abgrundtiefen Hass auf die Rossis in sich aufzunehmen und über Jahre hinweg zu schüren.

Seit fünfzehn Jahren schwelte dieser Hass in ihm, doch noch nie war er seiner Rache so nah wie heute. Er stand kurz vor dem Ziel und würde sich den Sieg nicht nehmen lassen. Schon gar nicht von einem Bastard wie Matteo.

Normalerweise drückten die Familien beide Augen zu, wenn aus den Fehltritten der Patriarchen Bälger entsprangen, so was kam immer wieder vor. In der Regel gab man ihnen kleinere Aufgaben, beobachtete, wie sie sich entwickelten, und entschied dann, wie hoch sie in der Organisation klettern durften.

Silvio hatte Matteo von Anfang an ausgeschlossen. Laut Julins Spionen nahm er an keinen Meetings teil, wurde in keine Entscheidung einbezogen und saß bei den entsprechenden Gelegenheiten nicht an Silvios Seite. Bald war klar, dass Silvio den Jungen nicht als seinen Nachfolger heranzog, was keinen Sinn ergab, schließlich hatte er nur noch ihn. Bastard hin oder her, in der Not nahm man, was man kriegen konnte. Selbst die unehelichen Kinder.

Die Struktur der italienischen Mafia war anders als die der Russen. Bei den Italienern herrschten die Patriarchen der großen Familien. Das Zentrum lag in Chicago bei Cesare Jackson. Das war der Dreh- und Angelpunkt, hier wurden die Entscheidungen getroffen. Cesare hatte zwei Söhne, mit einem der beiden wollte Silvio seine Tochter verheiraten. Cesare war mehr als willig, seine Familie stärker an den Big Apple zu binden. Obwohl Chicago das Herz des Syndikats war, lag die wahre Macht an der Ostküste. Dort befanden sich die finanzstärksten Städte, wie Boston, Philadelphia, Baltimore, Washington und Miami. Nicht zu vergessen Delaware, das Steuerparadies der Staaten. Und New York City war die Bank, die Stadt, die alles finanzierte und zu der die Gewinne flossen. Wer Skyler heiratete, wäre ein gemachter Mann. Eben darum war sie so gefragt.

Mit ihrer Flucht hatte sie nicht nur ihren Vater gegen sich aufgebracht. Skyler war eine Schlüsselfigur in der Organisation. Sie kam aus bester Familie, besaß sozusagen blaues Mafiablut und kannte das Geschäft. Sie war zudem eine der talentiertesten Fälscherinnen der Ostküste. Ihr

Verschwinden hat eine riesige Lücke hinterlassen und einigen Leuten den Kopf gekostet. Skylers Zolldokumente waren besser als die Originale. Für so was hatte sie ein Händchen.

Während Silvio an Ansehen verlor, da er seine eigene Tochter nicht im Griff hatte, fürchtete Cesare um die Zukunft seiner Söhne, die Zukunft der Familien. Skyler war das Band, das alles zusammenhalten sollte. Auf diese Weise blieb das Geld in der Familie und alle Parteien wären zufrieden.

Doch es gab noch das Vegas-Kartell, das von Chicago und New York wie ein hässliches Stiefkind behandelt wurde, da Sin City nicht ihren Standards entsprach. Vermutlich auch, weil Danilo Cross, Boss des Vegas-Klans, ein sadistisches Arschloch war. Dennoch schätzten sie die Kohle, die er einfuhr, wuschen sie in ihren Immobilienfirmen, Restaurants und Bars, und investierten das Geld in neue, legale Geschäfte.

Doch zurück zu Matteo. Warum war er hier? Und wieso hatte niemand seiner Männer den Jungen auf dem Schirm gehabt? Das hätte nicht passieren dürfen. Julin war zu nah dran, konnte den heiligen Gral bereits mit den Fingerspitzen berühren. Den würde er sich nicht wieder nehmen lassen, schon gar nicht von einem Niemand wie Matteo.

Er hatte seine Spur in Chicago verloren. Matteo musste klar geworden sein, dass er bei Silvio keine Zukunft hatte, darum hat er bei einer anderen Familie Schutz gesucht, Liam Binachi.

Die Binachi-Familie war der zweitgrößte Klan in Chicago und lag sich regelmäßig mit Cesare Jackson in den Haaren.

Binachi war Jackson ein Dorn im Auge. Er wuchs zu schnell und bildete mittlerweile einen Staat im Staat, schwächte Jacksons Macht. Doch Liam hatte keine Kinder, darum hatte er Matteo mit offenen Armen in seinem Haus willkommen geheißen.

Nachdem er Liams Haus verlassen hatte, hatten ihn Julins Leute aus den Augen verloren. Man munkelte, Cesare hätte ihn umlegen lassen. Der Alte hat Liam als Rivalen geduldet, zumal er kinderlos und seine Nachfolge nicht geregelt war. Doch mit Matteos Erscheinen änderte sich das Spiel.

Also, was zur Hölle hatte er hier zu suchen?

Kapitel 23

Matteo ist hier. In meinem Appartement, ist das zu fassen! Sitzt auf dem Boden meines schäbigen Schlafzimmers, trinkt miesen Kaffee, während er jeder meiner Bewegungen, jeder noch so kleinen Geste mit den Augen folgt. Ich sitze ihm gegenüber auf dem Rand der Palette und bin zum ersten Mal in meinem Leben um Worte verlegen.

Ich kann mich nicht entscheiden ihm den Kaffee ins Gesicht zu schütten oder ihm um den Hals zu fallen. Ich tue weder das eine noch das andere, stattdessen bin ich wie paralysiert. Wenn man gleichzeitig in zwei verschiedene Richtungen gezogen wird, bedeutet das Stillstand. Ich weiß nicht was ich denken noch fühlen soll. Ich liebe Matteo, er ist mein Halbbruder. Aber er hat mich ohne ein Wort der Erklärung verlassen. Ich habe ein Jahr nichts von ihm gehört. Warum?

Er hat mich verletzt, wie kein Mensch vor ihm, hat mich wie einen abgelegten Mantel zurückgelassen, ohne das kleinste Lebenszeichen. Hätte er mir eine Nachricht geschickt, ein kurzes „*Ich bin okay, brauche Zeit für mich*“, wäre das in Ordnung gewesen. Ich hätte es nicht gemocht, doch damit hätte ich leben können. Aber abhauen und mich meinem Vater zum Fraß vorwerfen? Wie konnte er mir das antun?

„Wie konntest du mir das antun?“

„Sky, Sweetie …“

Mein Hals schürt sich zu, und ich schlucke einen Kloß hinunter. Gleichzeitig fühlt sich mein Brustkorb an, als würde er in einem Schraubstock stecken.

„Lass das!" Meine Stimme bebt vor unterdrücktem Zorn, so darf er mich nicht mehr nennen! „Wieso hast du das getan?" Ich gebe mir alle Mühe, die lästigen Tränen fortzudrücken. Keine Ahnung, woher die plötzlich kommen.

In diesem Moment wird mir bewusst, wie lang ich meine Gefühle unter Verschluss hatte. Ich habe sie weggesperrt, um nicht auseinanderzubrechen. Um weiterzumachen und in diesem Dschungel zu überleben. Alle Menschen, die ich liebte, haben mich verlassen. Erst habe ich meine Mutter verloren, dann wurden meine Brüder ermordet, danach hat sich mein Vater von mir abgewandt. Jeder Bodyguard, mit dem ich mich verstanden habe, wurde früher oder später ausgetauscht, um eine zu große Nähe zu verhindern. Zum Schluss ist Matteo verschwunden, mein Fels.

Er stellt den Becher auf den Boden, steht auf und hockt sich vor mich. Unwillkürlich lehne ich mich zurück um Abstand zwischen uns zu bringen. Dass ich mich schützend mit beiden Armen umfange entgeht ihm nicht. Seinem Gesichtsausdruck nach zu urteilen, gefällt ihm das nicht, auch wenn er versucht, seinen Unmut darüber zu verbergen. Doch ich kenne Matteo und kann in ihm wie in einem Buch lesen.

„Ich werde dir alles erklären, das verspreche ich dir. Aber bitte sieh mich nicht so an."

Was hat er erwartet? Dass ich in seine Arme springe? „Und wie wäre das?"

Er schluckt. Sein Kiefer ist angespannt, doch seine dunklen Augen sind weich, beinah flehend. Zwischen uns liegen nur vier Jahre, im Moment würde ich ihn jedoch zehn

Jahre älter einschätzen. Bereits mit achtzehn hat er alles Jungenhafte verloren, sich einer Biker-Gang angeschlossen, nachdem unser Vater ihn von einem Meeting ausgeschlossen hatte.

Er muss seiner Mutter ähnlich sehen, ich kann keine Spur von Silvio in seinen Zügen finden. Dunkle Stoppeln bedecken Wangen und Kinn, er braucht dringend eine Rasur. Die vollen Lippen hat er zu einer Linie zusammengepresst. Seine Augen sind auf mich fokussiert, dunkle Obsidiane, umgeben von dichten, langen Wimpern, die bei einem Mann komplett verschwendet sind.

„Wie einen Verräter“, unterbricht er meine Gedanken.

„Wie soll ich dich sonst ansehen, du hast mich schließlich verraten.“

„Ich musste eine Zeit lang … verschwinden.“

„Und wo immer du warst, gab es weder Internet noch Telefon. Oder hast du meine Nummer verloren?“

„Ich wollte sicher sein, dass du nicht in dieser Sache drinsteckst, Sweetie.“

„Nenn mich nicht so!“ Ich bin schon lange nicht mehr sein Sweetie. Er hat das Recht verloren, mich so zu nennen … verdammt, jetzt kommen mir doch Tränen. Ich blinzle sie fort, anscheinend nicht schnell genug.

Bevor ich weiß, was er vorhat, ist er bei mir und zieht mich in seine Arme. Zuerst erstarre ich, werde innerlich ganz steif. Ich will das nicht, will seine Nähe nicht mehr. Er hat es nicht verdient, hat *mich* nicht verdient. Nicht, nachdem er mich so verletzt hat.

Doch mein Körper hat eine eigene Agenda, immer mehr Tränen kommen, die reinste Sintflut.

„Shhhhtt!“ Matteo zieht mich auf seinen Schoß und drückt meinen bebenden Körper gegen seinen. Er hüllt mich in seine Arme und es ist wie nach Hause kommen.

Vermutlich ist das der Grund, warum der Damm bricht. Ich heule wie ein Schlosshund, ich, das taffe Miststück, das sich nicht unterkriegen lässt. Nicht von ihrem Vater, der Mafia oder den Behörden.

„Ich hasse dich!“, flüstere ich, nachdem ich wieder Luft bekomme.

„Und ich liebe dich.“

Nicht, was ich erwartet habe. Ein zweiter Weinkrampf sucht mich heim und schüttelt meinen ganzen Körper.

Keine Ahnung, wie lang wir so dasitzen. Es kommt mir wie Stunden vor, wahrscheinlich waren es nur ein paar Minuten. Ich kann mich nicht erinnern, wann ich das letzte Mal geweint habe. Nach dem Tod meiner Mutter stand ich unter Schock, redete wochenlang mit niemandem. Ich hatte keine Träne rausgebracht, war wie blockiert. Das hat sich bis heute nicht geändert. Ich schätze mal, dass die aufgestauten Tränen einer ganzen Dekade auf einmal rauswollen.

Als es vorbei ist, bin ich so erschöpft, dass ich in Matteos Armen einschlafe.

Ich wache vom Geräusch der Tür auf und brauche einen Moment, mich zu sammeln. Wie bin ich ins Bett gekommen? Warum riecht es nach chinesischem Essen, und wieso schlägt mein Herz Purzelbäume?

Als Matteo das Zimmer betritt, den Arm voller Take-Out-Food, kommt die Erinnerung mit einer Wucht zurück, die mich zurück auf meinen Schlafsack sinken lässt. Doch statt aufkommender Tränen, spüre ich Erleichterung. Es kommt mir vor, als hätte sich ein Knoten in meinem Magen gelöst und ich kann wieder besser atmen.

Matteo ist ein Teil meines Lebens, ich habe ihn immer in meiner Zukunft gesehen. Ein Leben ohne ihn konnte ich mir nicht vorstellen, das kann ich weder unterdrücken noch verleugnen.

Er klettert zu mir aufs Bett und öffnet eine der zahllosen Pappschachteln vom Panda-Express, einem Chinesen zwei Straßen weiter. Er hat mir Ente süß-sauer besorgt, dazu Gemüse und meine Lieblingssoße, extra scharf – yum! Ich lasse zu dass er mich füttert, bis mein Magen seltsame Geräusche von sich gibt und ich ihm die Stäbchen abnehme. Schweigend futtern wir uns durch ein halbes Dutzend Schachteln. Es ist wie in alten Zeiten und doch ist alles anders. Matteo hat mein Herz gebrochen. Dass er hier ist, hat etwas Tröstliches und doch tut es höllisch weh.

Nachdem ich den letzten Karton geleert habe, werfe ich ihn auf den Boden und wende mich Matteo zu. „Was ist geschehen?" Diesmal klingt die Frage nicht gepresst, sondern sanft.

Er fährt sich mit einer Hand durch das dichte, dunkle Haar, das er nun länger trägt. In New York hatte er es militärisch kurz getrimmt. Jetzt reicht es ihm bis zum Ohr.

„Es ist etwas passiert, das ich erst mal verdauen musste."

„Und du konntest nicht mit mir darüber reden?" Sie hatten sich immer alles gesagt.

„In diesem Fall nicht. Ich musste … nachdenken"

„Und hast du genug nachgedacht?"

Er schließt die Augen und stößt die Luft aus. „Ja."

„Dann lass mal hören." Ich klinge ruhiger, als ich mich fühle. Meine Hände sind schwitzig und mein Herz rast. Ich bin so unfassbar wütend, weil er mich ausgeschlossen hat, aber auch total erleichtert, dass es ihm gut geht. Dass er hier ist.

„Dazu muss ich ein bisschen ausholen."

„Ich habe heute nichts mehr vor."

Das zaubert ein Lächeln in seine Züge. Er beugt sich zu mir und zieht mich zwischen seine Beine. „So ist es besser", wispert er und küsst meine Schläfe. Statt sich zurückzuziehen, fährt er mit der Nase über mein Haar, inhaliert meinen Duft und seufzt leise.

„Ich hab dich vermisst."

Dazu schweige ich, was soll ich auch sagen? Ich war krank vor Sorge, und ich war nicht diejenige, die sich bei Nacht und Nebel aus dem Haus geschlichen hat. Zumindest solang er da war. Das mit dem Wegschleichen kam später.

Abermals küsst er mein Haar, danach drückt er mich kurz und lehnt mit dem Rücken gegen die Wand. Und dann redet er. Zuerst stockend, als würde er nach den richtigen Worten suchen, schließlich immer schneller. Ich mache es mir bequem, kicke die leeren Schachteln vom Bett und lege den Kopf gegen seine Schulter. Seine Hand ist in meinem Haar, mit der anderen gestikuliert er – Matteo war immer ein lebhafter Erzähler. Seine Lederjacke hat er ausgezogen und sie mir wie eine Decke über die Beine gelegt. Er trägt ein enges schwarzes T-Shirt, durch das sich seine Muskeln drücken. Er ist nicht so definiert wie Julin, dafür hat er mehr Masse und ist kompakter gebaut.

Ich komme nicht umhin, die beiden zu vergleichen, zwei Outlaws, die früh ihren Halt verloren haben. Während Julin von seiner Familie aufgefangen wurde hatte Matteo in den ersten Jahren seine Mutter, eine Tänzerin in einem Nachtklub. Er hat nie von dieser Zeit erzählt, und nach einer Weile habe ich sein Schweigen akzeptiert und das Thema nicht mehr angeschnitten.

Als er zu uns kam, hat sich sein Leben grundlegend verändert. Er war praktisch von der Gosse in einen Palast katapultiert worden. Aber er war ein zorniger Junge, von Dankbarkeit keine Spur. Das habe ich als Erstes an ihm geliebt, seinen leidenschaftlichen Hass auf die Welt an sich und auf unseren Vater im Besonderen.

Silvio hat ein Kind erwartet, das er manipulieren und lenken kann. Matteo war nichts dergleichen. Er hat ihm bei jeder Gelegenheit gezeigt, was er von ihm hält und dass er sich von ihm nichts sagen lässt. Und Silvio ist niemand, der Respektlosigkeiten durchgehen lässt. Was im Klartext bedeutet, dass Matteo ziemlich viel einstecken musste. Erst Schläge, dann Prügel, und nachdem das immer noch nicht den gewünschten Effekt zeigte wurde er weggesperrt.

Es war einer dieser Nächte, in denen ich nicht schlafen konnte, als ich ihn das erste Mal besucht habe. Matteo hatte sich auch mir gegenüber wie ein Arsch verhalten. Ich war ja bloß ein Mädchen, ein kleines noch dazu. Ich schätze, er konnte nichts mit mir anfangen, darum hat er mich meist ignoriert.

Doch in jener Nacht, als ich an den Wachen vorbei in sein Zimmer geschlüpft bin, einen Korb voller Kekse und einen Kasten Verbandszeug unterm Arm, hat sich etwas verändert. Wie heute haben wir zunächst geschwiegen. Ich hab seine Verletzungen versorgt, während er den Inhalt meines Korbs inhaliert hat. Irgendwann während seiner Fressorgie habe ich ihn in ein Geheimnis eingeweiht. „Papa ist nicht so schlau wie er denkt."

Zuerst hat er so getan, als wäre ich nicht da. Und obwohl das Jod ein Loch in seine Wunden gebrannt haben musste, gab er keinen Mucks von sich.

„Du kannst ihn austricksen."

„Was du nicht sagst."

„Wenn er etwas will, nicke ich und tue so, als ob er recht hat. Ich lass ihn glauben, dass er gewonnen hat. In Wahrheit mach ich, was ich will."

„Und das wäre?"

„Ich hacke mich in seinen Computer und lese seine Mails."

Damit hatte ich seine Aufmerksamkeit.

„Was schreibt denn der gute Silvio so?"

„Das ist keine interessante Frage."

„Nicht?"

„Na-ah."

„Und was wäre eine interessante Frage?"

„*Wem* er schreibt."

Von da an hatten wir so etwas wie eine Verbindung. Selbst als Kind, als ich meinen Vater noch bedingungslos liebte, war ich nicht blind für seine Fehler. Und was Matteo angeht, hat er viel falsch gemacht. Das ist vermutlich der Grund, warum Matteo sich mit achtzehn einer Harley-Gang in Brooklyn angeschlossen hat. Wäre ich nicht gewesen, wäre er vermutlich schon damals abgehauen. Doch ich war vierzehn und steckte in der Hölle der Pubertät. Ich habe ihn gebraucht und er mich irgendwie auch. Ich war so etwas wie ein emotionaler Halt für ihn. Seine Vertraute, Geheimnishüterin und, nun ja, kleine Schwester. Als er zu uns gekommen ist, habe ich ihm aus der Dunkelheit geholfen. Dafür hat er sich später revanchiert. Er ist geblieben, solang er Silvios Gegenwart ertragen konnte. Ich wusste immer, dass die Uhr tickt. Aber nie hätte ich gedacht, dass er ohne mich geht.

Umso wichtiger ist es, seine Geschichte zu hören. Er erzählt mir wo er war, in Chicago bei Liam Binachi, und dass der alte Jackson ihm drei seiner Schläger hinterhergeschickt hat. Angeblich wollte er mit ihm reden, doch Matteo wusste es besser – jeder hätte es besser gewusst. Cesare Jackson hasst Liam, er würde niemals ein Bündnis zwischen New York und seinem Erzrivalen tolerieren. Davon abgesehen, hätte Matteo ihm zuerst seine Aufwartung machen und um Erlaubnis fragen müssen, Liam aufzusuchen.

Stattdessen hat Matteo die Regeln ignoriert, Jackson den virtuellen Stinkefinger gezeigt und sein Ding durchgezogen.

„Die alten Säcke haben mich nie akzeptiert. Warum sollte ich mich an ihre Vorschriften halten?"

Damit hat er einen Punkt. Auch wenn es ungesund ist, dem Paten von Chicago den Respekt zu verwehren.

„Sie dachten, ich wäre allein in der Stadt, doch meine Jungs waren nie weit."

Seine Biker-Kumpel nehme ich an.

„Sie haben Jacksons Männer ausgeschaltet, danach musste ich untertauchen."

Kann ich mir vorstellen. Wenn das wirklich wahr ist, steht Matteo jetzt auf Cesares Abschussliste. Würde mich nicht wundern, wenn der alte Jackson das Ganze so geplant hat. Er schickt ihm eine Handvoll entbehrlicher Handlanger nach, Matteo knallt sie ab, und schon hat Jackson einen Grund, ihn wie einen tollwütigen Hund zu jagen.

„Komm mit mir zurück nach New York!“

Seine Bitte reißt mich aus meinen Gedanken. Wie war das? „Hast du sie noch alle?“

Auch diesmal reagiert er nicht hitzig, wie ich es von ihm gewohnt bin.

Er nimmt mich in den Arm und drückt mich an sich, die Nase in meinem Haar. „Ich will noch mal von vorn anfangen, mit dir an meiner Seite. Wir würden alle Entscheidungen gemeinsam treffen, wären gleichberechtigte Partner.“

Ich muss ein paarmal blinzeln, ich glaub, ich höre nicht richtig.

„Mit Unterstützung der Bianchi-Familie habe ich im letzten halben Jahr die Russen und Chinesen aus SOHO und Harlem gedrängt.“

Liam Binachi spielt ein gefahrliches Spiel. Er stammt aus Chicago und hat keinen Grund, sich in die New Yorker Geschäfte einzumischen. Es sei denn, der Oberboss befiehlt es. Wenn Binachi Matteo unterstützt, lehnt er sich damit nicht nur gegen Silvio auf, sondern auch gegen Jackson.

Was Matteo angeht, ist die Position der Bosse unklar. Bisher hat man ihm keinen eigenen Bezirk gegeben, um den er sich kümmern muss. Wenn er sich nun in Eigenregie Gebiete erobert, die nicht zu den Italienern gehören, dürfte das die Bosse im Grunde nicht stören. Aber so ticken die nicht. Sie kontrollieren dieses Business bis ins kleinste Detail, und Matteos Vorstoß stört das sensible Gleichgewicht und somit den zerbrechlichen Frieden, der mehr oder weniger unter den verschiedenen Organisationen herrscht. Die Bezirke in Manhatten sind stark umkämpft. Außenstehende glauben immer, die Bronx oder Queens wären die umsatzstärksten Gebiete, wenn es um Drogen geht. Doch die Yuppies auf der Upper East Side und in Midtown, Börsenmakler, Künstler und Investmentbanker, machen fast ein Drittel des gesamten Umsatzes von New York aus. Die nehmen nur das gute Zeug und das in Riesenmengen.

„Wenn du einsteigst, könnten wir New York innerhalb von ein paar Wochen übernehmen."

Klar könnten wir das. Anders als ich hat Matteo kein Geburtsrecht, über die Stadt zu herrschen. Bei mir sieht die Sache anders aus. Den Bossen wären bei einer geborenen Rossi die Hände gebunden, schließlich bin ich Silvios Erbe.

Was Matteo bei seinem lupenreinen Plan jedoch nicht eingebaut hat, ist die Tatsache, dass das nicht mehr meine Welt ist, es vermutlich nie war. Ich habe ein neues Leben entdeckt und eine zweite Chance bekommen. Warum sollte ich das für etwas aufgeben, das ich in Wahrheit niemals haben wollte? Ich dachte, das wäre, was ich will, aber mittlerweile ist mir klar geworden, dass es die ganze Zeit nur darum ging, von meinem Vater akzeptiert zu werden.

Also warte ich geduldig auf die Stelle, an der er mich fragt, was ich möchte, doch die kommt nicht. Stattdessen malt Matteo unsere neue Zukunft als Bonnie und Clyde aus, wie wir erst New York übernehmen und schließlich die ganze Ostküste. Wer ist der Kerl, und was hat er mit meinem Halbbruder gemacht? Matteo wollte nie etwas mit Silvios Geschäften zu tun haben, schon gar nicht mit seinen Drogen. Sein Traum war eine Werkstatt zu eröffnen und dort Autos und Harleys zu reparieren. Er wollte Sonderanfertigungen bauen, *Custom Made Bikes.*

Was ist zwischen ihm und Silvio vorgefallen? Ich erkenne Matteo nicht wieder und verstehe diese Wandlung nicht. Um Distanz zwischen uns zu bringen, löse ich mich aus seiner Umarmung und rücke von ihm ab. „Matteo, was ist los?"

Einen Herzschlag lang herrscht Schweigen, während wir uns ein Blickduell liefern. Die Stille dehnt sich aus, Matteos Blick wirkt forschend, als würde er nach einer Antwort in meinen Augen suchen.

Schließlich sieht er weg und presst die Lippen zusammen. „Dir ist klar, dass Silvio nie vorhatte, mich ins Familiengeschäft einzuführen."

Die Frage ist rhetorisch, darum reagiere ich nicht. Es ist kein Geheimnis, dass mein Vater Matteo ausgeschlossen hat.

„Weißt du auch, warum er mich jahrelang aus allem rausgehalten hat?"

Weil er ihm den Dreck, den dieses Business mit sich bringt, ersparen wollte. Er sollte es besser haben als unser Vater – zumindest habe ich das immer angenommen. Stellt sich die Frage, warum er mich nie rausgehalten hat.

„Dein Vater hat uns jahrelang mit Lügen gefüttert", fährt er in bitterem Ton fort.

„Du meinst, unser Vater."
„Nein, Sky, ich meine *deinen* Vater."

Kapitel 24

Julin lief rastlos in seinem Condo auf und ab. Skylers Handy hatte sich seit Stunden nicht bewegt, was bedeutete, dass sie immer noch in ihrem Appartement war – mit ihm!

Was für eine Beziehung hatten die beiden? Er hatte gehört, dass sie sich nahestanden. War es möglich, dass sie während Skylers Flucht in Kontakt geblieben waren? Wie standen sie heute zueinander? Liebte sie ihn?

Mit einer Handbewegung fegte er den Schreibtisch leer. Stifte, Papier und Kleinkram flog durch die Luft und verteilte sich über das Parkett. Was trieben die zwei in Skylers Wohnung? Die einzige Bewegung war ein Take Out Service, der ihnen Essen gebracht hatte. Das war vor zwei Stunden gewesen. Seitdem hatten seine Leute niemanden rein- oder rauskommen sehen. Mittlerweile war es zwei Uhr morgens. Seine Geduld schmolz mit jeder Minute. Zumindest brannte Licht in der Wohnung, was immer das zu bedeuten hatte.

Julin rubbelte sich mit beiden Händen durchs Gesicht und fluchte. Er war nicht gut darin, abzuwarten. Er war jemand, der die Dinge in die Hand nahm, ihnen seinen Stempel aufdrückte. Gerade als er dachte, mit Skyler Fortschritte zu machen, kam dieser Nobody aus dem Nichts und stahl ihm die Show. Entführte sein Mädchen vor seinen Augen und … Fuck!

Sollte Julin je erfahren, dass er sie anrührte wäre er Fischfutter. Warum hatte er auch keine Augen im Appartement? Jim hatte eine Minikamera durch den

Türspalt geschoben, doch die zeigte nur was sich im Flur tat, und da gab es nichts zu sehen.

Mit einem Knurren schlug er mit der Faust auf den Schreibtisch. Das Sicherheitsglas der Platte zerbarst und vermischte sich mit dem Kram auf dem Boden.

Dieser Motherfucker würde ihm nicht in die Parade fahren, nicht so kurz vor dem Ziel!

Nachdem er ein letztes Mal tief durchgeatmet hatte, schnappte er sich seinen Autoschlüssel und machte sich auf den Weg.

Kapitel 25

Meinen Vater? Was soll das bitteschön heißen?

„Meine Mutter hat nie über meinen Dad geredet. Die einzige Info, die sie mir als Kind gegeben hat war, dass er ein wichtiger Mann in der Unterwelt sein soll. Aber was heißt das schon. Für sie war jeder Türsteher wichtig, und einen Namen hat sie nie erwähnt." Matteos dunkle Augen verengen sich, sein Kiefer spannt sich an. „Wer immer er war, ich habe ihn gehasst. Zwölf Jahre hat er mich und meine Mutter in der Bronx verrotten lassen. Wir waren ihm scheißegal. Er hat zugelassen, dass meine Mom von Zuhältern und Freiern verprügelt wurde. Keine Ahnung, wie oft ich sie zusammengeflickt habe, das erste Mal war ich fünf Jahre alt."

Ich schließe die Augen und schlucke den Kloß hinunter. Ich wusste, dass Matteo in Strip-Bars und Bordellen aufgewachsen ist. Dass das keine optimale Umgebung für Kinder ist, war mir klar. Wie schlimm es wirklich war, davon hatte ich keine Ahnung.

„Erst nachdem seine Söhne im Mafiakrieg umgekommen sind, hat Silvio mich zu sich geholt."

Er sagt das, als wären meine Brüder Kollateralschaden, dabei waren sie das Ziel. Nico war unser Familienanwalt, der Consigliere. Thoma war die rechte Hand meines Vaters und Paolo sollte Silvios Geschäfte weiterführen. Sie waren viel älter als ich. Ich war so etwas, wie eine ungeplante Nachzüglerin. In einem schwachen Moment hat mein Vater mir einmal gestanden, dass meine Mutter unbedingt ein Mädchen wollte. Als ich geboren wurde, hat sie mich ein kleines Wunder genannt, ihren Engel, zumal ich ihr helles Haar und ihre Augen besitze.

„Ich habe versucht, Silvio zu respektieren. Ihm die Dankbarkeit entgegenzubringen, die er so offensichtlich von mir erwartet hat, aber …“ Er schüttelt den Kopf und nimmt einen tiefen Atemzug.

Schon klar. Es ist nicht schwer, seine Wut nachzuempfinden. Ich hab ihm deswegen nie einen Vorwurf gemacht. Obwohl er mir nie erzählt hat, was er in den ersten Jahren passiert ist, war es offensichtlich, dass seine Kindheit keine immerwährende Party war. Matteo hat es nie geschafft seine Abneigung gegen Silvio zu überwinden. Den Hass, dass er ihn und seine Mutter jahrelang im Stich gelassen hat.

Als ich Matteo in die Augen sehe, hat sich sein Blick geschärft. Er taxiert mich, als würde er mich zum ersten Mal sehen. Als wäre ich eine Fremde. So hat er mich in den ersten Wochen angesehen. Nachdem wir Verbündete geworden waren, schmolz das Eis in seinem Blick mehr und mehr, wich einer Wärme, die nicht nur mein Herz, sondern meine Seele erreicht hat. Im Lauf der Jahre hat er den wichtigsten Platz in meinem Leben eingenommen. Er war mein bester Freund, mein Vertrauter – mein Bruder. Dass er in diesem Augenblick Distanz zwischen uns aufbaut, schmerzt mehr, als ich sagen kann. Instinktiv weiß ich, dass, was immer er mir sagen will, es unsere Beziehung unwiderruflich verändern wird.

Das ist der Moment, in dem ich spüre, dass ich ihn vielleicht für immer verlieren werde.

„Als ich letzten Herbst in Las Vegas war, ist Cross in meiner Suite aufgetaucht."

Danilo Cross, Boss der Vegas Familie und ein Psycho, wie er im Buche steht.

Ich erinnere mich an Matteos Trip. In New York hat er sich bewusst aus dem Big Business rausgehalten. Drogen und Prostitution waren für ihn tabu. Stattdessen hat er sich in verschiedenen Kampfsportarten und im Umgang mit der Waffe ausbilden lassen und hat mir einige Tricks beigebracht. Er und seine Biker haben sich auf Personenschutz spezialisiert und genug Kohle gemacht, um auf eigenen Beinen zu stehen. Manchmal waren er und seine Männer nur Hintergrundkulisse, um die Konkurrenz einzuschüchtern.

Jedenfalls war Matteo in Vegas, um sein Startkapital zu verdoppeln. Er hat ein Händchen beim Blackjack, und, na ja, er zählt Karten. Solang er es nicht übertreibt und unterm Radar bleibt, ist das kein Problem. Doch Danilo ist niemand, der sich über den Tisch ziehen lässt. Dass er Matteo aufgesucht hat, ist mir neu.

„Er hat mich gefragt, wie lange ich mich von Silvio verarschen lassen möchte", fährt Matteo mit gepresster Stimme fort.

Ich habe das Bedürfnis, zu ihm zu kriechen, ihn in den Arm zu nehmen und ihm zu sagen, dass alles gut werden wird. Doch ich rühre mich nicht. Ich will ihn nicht unterbrechen, möchte wissen, was in Vegas geschehen ist. Darum höre ihm zu und nehme die neuen Infos mit angehaltenem Atem auf.

„Er hat gelacht wie eine Hyäne, während er mir von Silvios Coup erzählt hat, der nach hinten losgegangen war."

Ich habe keinen Schimmer, wovon er redet. Doch ich schweige, warte, bis er abermals tief Luft holt.

„Hat dein Vater dir erzählt, dass er mit Cross in Staten Island aufgewachsen ist?", fragt er mit vor Zorn zitternder Stimme.

Ich weiß, dass Cross über sieben Ecken mit Cesare Jackson verwandt ist. Ein Cousin mütterlicherseits, den Cesare unter seine Fittiche genommen, und zu meinem Großvater Julio nach New York geschickt hat. Um das Business zu lernen und *einen Mann aus ihm zu machen.* Doch nachdem Julio mit ihm fertig war, hat Cross nicht den Mann in sich entdeckt, sondern den Psychopathen. Er hat nur so zum Spaß getötet und sich dabei Zeit gelassen. Es hieß, dass er einem Mann während eines Verhörs aufgeschnitten hat, nur um herauszufinden, wie lang sein Darm ist. Selbst die hartgesottensten Männer meines Großvaters haben sich bei diesem Anblick die Seele aus dem Leib gekotzt. Danach wurde Cross durch die Gegend geschickt, da ihn niemand lange bei sich haben wollte. Er war ein Jahr in Chicago, dann in Detroit, New Orleans, danach in Miami und ist schließlich in Las Vegas gelandet. Sin City war seine Stadt, sein Spielplatz, auf dem er sich ausgetobt und in Rekordzeit eine steile Karriere hingelegt hat. Über seine Methoden wird bis heute geschwiegen.

„Als uns die Russen überfallen haben, hat er wie alle anderen seine Söhne verloren." Matteos Hände ballen sich zu Fäusten. „Zumindest alle legitimen."

Fragend fahren meine Brauen in die Höhe, doch ich beiße mir auf die Zunge, um ihn nicht zu unterbrechen.

„Seinen Bastard haben sie übersehen." Er macht eine Pause und hebt den Kopf. Die Traurigkeit in seinem Blick zerreißt mir beinah das Herz.

„Mich."

„Das ist kompletter Blödsinn! Du bist Silvios Sohn, warum hätte er dich sonst in unser Haus bringen sollen?"

„Eine interessante Frage."

Ich massiere meine Schläfen und versuche, aus Matteos Worten schlau zu werden, doch sie ergeben keinen Sinn.

„Silvio und Cross waren Todfeinde, das hat er mir selbst gesagt", fährt Matteo fort. „Ein Jahr nach dem Blutbad in eurem Haus hat meine Mutter versucht, Geld für mich rauszuschlagen. Stattdessen hat Cross ihr Geld für eine Abtreibung gegeben. Doch davor hatte sie zu viel Angst. Sie hat mich behalten, hatte jedoch Probleme, sich um mich zu kümmern."

Was die Untertreibung des Jahres ist. „Sie wollte Geld." Darauf nickt er.

Im Geiste rechne ich zurück. Der Krieg war mehr ein Blitzkrieg und dauerte wenige Tage. In dieser Zeit wurde kurzer Prozess mit der New Yorker Familie gemacht. Ich weiß bis heute nicht, was ihn ausgelöst hat, nur, dass er kurz und brutal war, und sich im Kern gegen unsere Familie gerichtet hat. Das ist jetzt fünfzehn Jahre her. Cross ist sechsundvierzig, also war er damals einunddreißig. Er hatte zwei Söhne und war geschieden. Über seine Frau weiß ich nichts, nur, dass sie mit ihren Kindern gestorben ist.

„Nach dem Blutbad kam sie wieder, doch Cross war damals in Miami, also hat Silvio mit ihr verhandelt, hat mich ihr abgekauft."

„Warum sollte er Cross' Sohn bei sich aufnehmen?"

„Um sich zu rächen." Matteo fährt mit einer Hand über seine Bartstoppeln. „Danilo wurde zu einer Bedrohung", ergänzt er mit leiser Stimme. „Nach Julios Tod hat Silvio seinen Platz als Familienoberhaupt eingenommen. Da er Julios Sohn war, hat niemand daran gerüttelt. Mit Ausnahme von Cross. Er hat bei einem Treffen behauptet, dass Julio ihn wie einen Sohn aufgenommen hat. Dass ihm ein Anteil an New York zustehen würde. Silvio ist explodiert, als die anderen Oberhäupter Cross recht gaben. Sie dachten an einen kleinen Anteil, mehr als Geste als ein ernst zu nehmendes Gebiet. Doch sie kannten ihn nicht wie Silvio. Dein Vater hat gewusst, wer Cross in Wahrheit war. Oder besser, *was*."

Ein Monstrum, doch das spreche ich nicht aus. „Aber warum sollte Vater dich in unsere Familie aufnehmen? Was hatte er davon?"

„Stell dir vor, dein einziger Sohn wäre bei deinem Feind aufgewachsen. Er braucht ihn, um seine Zukunft abzusichern. Doch was passiert, wenn dich dein Sohn zutiefst verabscheut und die Werte und Ideen deines Erzrivalen übernommen hat?"

Wäre es nicht so traurig, wäre der Plan genial. Und skrupellos. Aber irgendwie ist für Silvio alles schiefgelaufen, oder? Matteo hat *ihn* gehasst, nicht Cross. Er war nicht lenkbar, ließ sich nicht indoktrinieren. Er war ein Sturkopf, der sein eigenes Ding gemacht hat. Und Silvio ist nicht der

Typ, der ein Kind mit Liebe und Aufmerksamkeit überhäuft. Er hat es nicht geschafft, Matteo an sich zu binden, weder emotional noch finanziell.

Matteo hatte nie einen Platz in der Familie, ich war sein einziger Halt. Im Stillen hat Silvio Matteo ebenso abgelehnt wie dieser ihn. Darum hat sein Plan auch nicht funktioniert. Matteo war ihm gegenüber nie loyal. Er war es nur zu mir. Dabei fällt mir ein …

„Moment mal, Cross hat doch Kinder!“

Matteo nickt. „Sandro und Luise, die beiden sind vierzehn und zehn.“

Also, darum hatte er nicht angebissen.

„Noch sind sie zu jung, doch Cross ist nicht dumm. Er hat sich eine rechte Hand aufgebaut, Fabio Castello. Er ist ein guter Führer und hat die Loyalität seiner Männer. Sie sind ihm treu ergeben, aber sie fürchten Cross.“

Kein Wunder.

„Davon abgesehen hat Cross so viele Bastarde, dass er ein Casino mit seinen Nachkommen füllen kann. Der Typ vögelt durch die Gegend, schwängert Angestellte wie Gäste und hat schon ein halbes Dutzend Vaterschaftsklagen verloren.“

„Hast du Beweise, dass er dein Vater ist?

Matteo schnaubt. „Diesmal habe ich meine Hausaufgaben gemacht. Hab ihm ein paar Haare ausgerupft – er war mehr als bereit dazu und wollte mir eines seiner Drogenlabore zur Verfügung stellen.“

Ja klar, sehr vertrauenswürdig.

„Ich hab die Proben nach Connecticut in ein neutrales Labor geflogen und die Ergebnisse persönlich abgeholt.“

„Und?“

„Dieses Arschloch ist mein biologischer Vater.“

Langsam stoße ich den Atem aus.

Matteo ist nicht mein Halbbruder. Er ist der Sohn von Danilo Cross.

Kapitel 26

Gegen zwei war Julin in den Gym gefahren und hatte seine Rastlosigkeit am Speedball ausgelassen, danach am Boxsack.

Um halb vier hatte er die Schnauze voll. Es war ihm egal, ob er sich zum Affen machen würde. Wenn er noch eine Minute länger auf diesen Sack eindrosch, würde er den Verstand verlieren. Der Gedanke, dass sein Mädchen mit diesem Wichser zusammen war, machte ihn wahnsinnig. Also duschte er, zog sich um und fuhr nach Brentwood. Zwei seiner Männer hatten den Vorderausgang im Blick, einer den Hinterausgang. Ein weiterer lag auf dem Dach des gegenüberliegenden Gebäudes und bewachte die Fenster. Das Licht brannte und er konnte Bewegung hinter den Vorhängen ausmachen. Es sah aus, als würde jemand im Raum umhergehen.

Julin starrte minutenlang auf den Schatten. Als er schließlich verschwand, traf er eine Entscheidung. Er würde jetzt da raufgehen und …

Die Haustür flog auf und der Bastard trat auf die Straße. Er sah sich um, steckte sich eine Kippe an und inhalierte den Rauch.

Julin betrachtete den Jungen, der schon lange kein Junge mehr war. Sie waren ungefähr gleich groß und ähnlich gebaut. Matteo wirkte massiger als Julin und seine Bewegungen waren nicht so kontrolliert wie seine. Möglicherweise war er auch nur erschöpft. Zumindest sah er so aus, als er die Zigarette in den Rinnstein schnippte und sich mit steifen Gliedern auf sein Bike schwang. Er blickte sich noch einmal um, dann nach oben zu Skylers Fenster. Eine Minute später verschwand er mit röhrendem Motor und wurde von der Nacht verschluckt.

Julin vergeudete keine Zeit. In Nullkommanichts war er auf der Treppe, öffnete die Haustür und brachte die zwei Stockwerke in Rekordzeit hinter sich. Seine Faust hämmerte gegen die Tür, einmal, zweimal, dreimal, dann öffnete sie sich, und Skyler stand vor ihm.

Ihre Augen waren gerötet, er hatte sie noch nie so verletzlich gesehen. Als sie den Mund öffnete, tat sie es nicht, um ihn zur Schnecke zu machen. Ihn zu fragen, woher er wusste, wo sie wohnte und was er um diese Zeit hier zu suchen hatte. „Ich hasse meinen Vater", flüsterte sie stattdessen, dann presste sie die Hände vors Gesicht und weinte.

*

Ich stehe in der Tür und flenne wie ein Kind, ist das zu fassen? Keine Ahnung, was in mich gefahren ist, doch Julins Anblick ist wie Balsam für meine Seele, auch wenn das keinen Sinn ergibt. Etwas in mir beruhigt sich, und obwohl es totaler Quatsch ist, fühle ich mich mit einem Mal sicher.

In Julins Gegenwart habe ich das Gefühl, schwach sein zu dürfen, wenn auch nur für einen Augenblick. Ehe ich es verhindern kann, öffnet sich das Tor, und ich heule wie ein Schlosshund. Schon wieder. Fünfzehn Jahre habe ich keine Träne vergossen, und nun kann ich nicht mehr damit aufhören.

Plötzlich liege ich in Julins Armen, die Tür schließt sich hinter uns und er trägt mich zum Bett.

„Hier wohnst du?“ Er klingt so geschockt wie ich mich fühle.

Obwohl ich eben noch das heulende Elend war, muss ich plötzlich lachen. Ich lache und lache, bis Julin mich über die Schulter wirft.

„Wa …?“

„Du bleibst auf keinen Fall in diesem Drecksloch.“

Ich fange an zu strampeln, er soll mich gefälligst runterlassen.

„Setz mich ab!“

„Wie heißt das Zauberwort?“

„Sofort!“

Er lacht leise, doch er erfüllt mir meinen Wunsch. Seine Arme schließen sich um mich, er drückt mich gegen seinen warmen Körper, und dann küsst er mich.

Alles in mir seufzt, allen voran mein Herz. Das ist genau was ich brauche, eine Dosis Julin. Sein himmlischer Duft, seine heißen Küsse auf meiner Haut und Hände, die wissen was sie tun. Ich brauche seine Sanftheit, seine Leidenschaft, das Feuer, das er in mir entfacht und die Zärtlichkeiten, die er mir ins Ohr flüstert. Vielleicht sind es auch Sauereien, so gut ist mein Russisch nicht.

Ich wünschte, ich könnte ihn hassen, das würde alles so viel einfacher machen. Doch obwohl er ein Monster ist, kann ich mich nicht dazu überwinden. Okay, nicht *er* ist das Monster, sondern seine Bosse. Kranke Freaks, die meine Familie beinah ausgelöscht haben. Ich werde mich für jeden einzelnen revanchieren, Nico, Thoma, Paolo … meine

Mutter. Aber nicht jetzt. Hier und heute will ich, dass er mich vergessen lässt. Die Bilder in meinem Kopf, die Albträume, die mittlerweile jede Nacht kommen, und die Angst, so zu enden wie meine Mom.

Ich stehe mit dem Rücken zur Wand, als Julin mich anhebt und die Lippen über meine Brust gleiten lässt – wann ich meine Klamotten verloren habe, ist mir schleierhaft. Die Finger seiner freien Hand verschwinden zwischen meinen Schenkeln, doch das Vorspiel kann er sich sparen. Ich bin so bereit für ihn, wie ich bereit sein kann. Das scheint ihm auch klar zu werden, denn er gibt ein Geräusch von sich, das wie ein Grollen klingt. Ich knabbere an seinem Kinn, beiße spielerisch in seine Unterlippe und diesmal bin ich mir sicher, dass er knurrt. Er öffnet seine Jeans, befreit seine Erektion, und …

„Ahhhhhhhhh!"

„Ja, Baby", flüstert er in mein Ohr und versenkt sich so tief in mich, dass ich ihn bis in die Fußspitzen fühle.

„O Goooott!" Ich bin reduziert auf das Gefühl von seinem Schwanz in mir, der sich zurückzieht und abermals zustößt. Wir küssen uns hungrig, fast brutal, während er mich wieder und wieder gegen die Wand nagelt. Meine Beine sind um seine Mitte geschlungen, ich klammere mich an ihn und nehme seine harten Stöße in mich auf. Er vögelt mir buchstäblich den Verstand raus, meine Ängste und Sorgen und reduziert mich auf das Pochen zwischen meinen Schenkeln, das zu meinem Epizentrum wird.

Julin gibt ein Grunzen von sich, dann liegt sein Mund wieder auf meiner Brust. Er saugt und beißt, während sein Daumen meine Klitoris massiert. Ich spüre den nahenden

Höhepunkt, wölbe mich ihm entgegen und wir fliegen gemeinsam über die Klippe.

Oh. Mein. Gott. Genau das habe ich gebraucht.

Als die Sonne aufgeht lieben wir uns langsam, genussvoll und lassen uns Zeit. Julin erkundet meinen Körper, küsst, streichelt und murmelt leise Worte in mein Ohr. Ich falle und falle und lande schließlich in seinen Armen, atemlos und voller Verwunderung.

Nachdem ich wieder auf der Erde gelandet bin möchte er mich in sein Condo nehmen, er hasst meine Wohnung. Kann ich ihm nicht verübeln, schön ist sie wirklich nicht. Ich mache mir nichts vor, vermutlich werde ich sie nie einrichten. Das hier ist mehr meine Höhle, ein Ort an dem ich untertauche. Der Plan ist jedoch hinfällig, mittlerweile geht es hier wie in einem Taubenschlag zu. Erst schneit Claire herein, dann Matteo nun weiß sogar Julin, wo ich wohne. Ich muss bald umziehen, wozu also das Nest einrichten?

Wir dösen ein oder zwei Stunden, dann küsst Julin meinen Nacken und verschwindet. Ein Blick auf mein Smartphone zeigt an, dass es kurz nach sechs ist.

Am Morgen beschließe ich, die Uni sausen zu lassen. Ich bekomme kaum die Augen auf. Davon abgesehen muss ich später arbeiten und könnte deshalb nach dem Unterricht nicht mal ein Nickerchen halten. Also rolle ich mich auf die Seite, ziehe mir das Kissen über den Kopf und kehre zurück ins Land der Träume.

Als ich das nächste Mal aufwache, ist es Nachmittag. Ich hab den ganzen Tag verpennt. Dafür mache ich nicht nur den Schlafmangel verantwortlich oder die Tatsache, dass Julin die halbe Nacht in mir war.

Gestern Abend habe ich eine Tonne Infos bekommen, das muss ich erst mal verdauen. Und wenn ich Matteos Gesichtsausdruck richtig gedeutet habe, war das noch nicht alles. Wobei ich mich frage, was er nach dieser Bombe noch loswerden könnte.

Was es auch ist, ich bin froh, dass er wieder da und in meinem Leben ist. Mir ist es schnurz, ob er mein Halbbruder ist, für mich gehört er zur Familie. Mir tun jedoch all die Lügen leid und die Art, wie er es erfahren musste.

Allmählich frage ich mich, ob ich meinen Vater überhaupt kenne. Ist er absichtlich so grausam, oder warum verletzt er ausgerechnet die Menschen, die ihm am nächsten stehen. Seine Unnahbarkeit und die emotionale Kälte habe ich dem Blutbad zugeschrieben, das unsere Familie vor so vielen Jahren heimgesucht hat. Aber vielleicht ist Silvio einfach bloß ein kalter Bastard, dem die Gefühle anderer egal sind.

Nach einer schnellen Dusche und einem Coffee To Go jogge ich zu meinem Chrysler und fahre zu Q's Bar am Wilshire Boulevard. An den Freitagnachmittagen ist der Schuppen bereits um sechs Uhr proppenvoll, ab acht steppt hier der Bär und gegen zehn versteht man sein eigenes Wort nicht mehr. Durch die Nähe zur Uni haben wir viele Studenten als Stammgäste, aber auch Laufkundschaft und Touristen. Am Wochenende veranstaltet mein Boss regelmäßig Themenabende mit Karaoke. Letztes Mal war Country dran, Quentins Lieblingsmotto. Die Studenten stehen mehr auf Rock und Pop, was mir entgegenkommt, da es mir den lächerlichen Cowboyhut erspart.

Jedes Mal wenn ich die Bar betrete, frage ich mich, warum ich mir das antue. Ich muss hier nicht arbeiten, erst recht nicht nach dem letzten Scheck für den Aufbau eines Onlineshops. Dieser Auftrag hat mir zudem zwei weitere fette Jobs gebracht, die ich zwischen den Vorlesungen abarbeiten kann. Ich hätte nie gedacht, dass Empfehlungen in diesem Bereich so eine Bedeutung haben. Aber ich musste vorher auch nie Geld verdienen. Woher sollte ich das wissen.

Es hat mich überrascht, dass ich gerne arbeite, solang ich meine Freiheit habe. Was vermutlich der Grund dafür ist, dass ich in der Bar bin. Meinem inneren Widerstand zum Trotz bin ich immer besser gelaunt, wenn ich die Stühle hochgestellt habe und nach Hause fahre. Der Laden hat mir geholfen, lockerer zu werden, und, na ja, die Leute hier sind echt nett. Und das nicht, weil mein Vater der Pate von New York ist und sie meinen Hintern küssen müssen. Hier tun die Gäste, was sie wollen. Wenn sie einen nicht abkönnen, kann man sich von seinem Trinkgeld verabschieden.

Ich liebe den direkten Kontakt ohne Filter und Intervention der *famiglia*. In der Bar bin ich bloß Kylie, eine kellnernde Studentin, wie tausend andere in der Stadt. Auch wenn es ungewohnt ist, bereitet es mir eine irre Freude, auf eigenen Beinen zu stehen.

Quentin gibt mir ein Zeichen und mein Blick fliegt zur Uhr. Halb eins. Die letzten Bestellungen werden angenommen, in zwanzig Minuten schließen wir. Ich bin gerade dabei die leeren Gläser zu spülen, als Julin plötzlich vor der Theke steht. Er trägt ein hellblaues Shirt, das perfekt zu seinen Augen passt. Sein Haar ist feucht, er sieht aus, als hätte er gerade geduscht. Das legt die Vermutung nahe, dass er vom Training kommt.

„Baby, du siehst zum Anbeißen aus."

Beim Klang seiner rauen Stimme setzt mein Herz einen Schlag aus. Um meine Verlegenheit zu verbergen, blicke ich an mir hinunter, und frage mich, was er sieht. Wie immer wenn ich arbeite, trage ich Skinny Jeans und ein ausgeschnittenes schwarzes T-Shirt. In den letzten beiden Wochen habe ich Claires Mascara und Eyeshadow ausprobiert. Der Effekt kann sich sehen lassen. Heute habe ich es ein bisschen krachen lassen und blutroten Lippenstift aufgelegt. Ein bisschen vampmäßig, aber vampmäßig cool.

Als sich unsere Blicke treffen, muss ich grinsen. „Wir schließen, Champ. Wenn du etwas trinken möchtest, bist du zu spät."

„Ich wollte meinen Nachtisch abholen, und habe gehört, dass er gegen eins fertig ist."

Darauf muss ich lachen. „Da hat dich jemand hochgenommen, hier gibt's nichts Süßes."

„Oh, ich glaube schon." Ehe ich weiß was er vorhat, ist er über der Theke und ich liege in seinen Armen. Als er mich küsst, ist es zart und voller Gefühl. Seine Zunge zieht eine heiße Spur über meine Unterlippe bis zu meinem Mundwinkel. Ich schlucke geräuschvoll, während er mit verführerischer Langsamkeit wieder und wieder über den Saum streicht bis ich mich öffne. Als unsere Zungen verschmelzen und sich unsere Lippen in einem gemeinsamen Rhythmus bewegen, hätte ich am Liebsten geseufzt.

Quentins Räuspern bringt mich zurück in die Gegenwart. „Kylie, du, ähm, kannst dann gehen. Ich bring den Müll heute selbst raus."

„Okay." Keine Ahnung, ob er mich gehört hat, es kam wie ein Flüstern raus.

Julin grinst. Er gibt meinem Hintern einen Klapps, nimmt die Hand jedoch nicht weg. Stattdessen umfängt er meinen Po und nutzt den Kontakt um unsere Körper näher zusammenzubringen.

„Hast du alles?", fragt er gegen meine Lippen.

„Meine Jacke und Tasche sind im Lager."

„Hol sie, ich warte draußen auf dich."

„Okay", widerhole ich wie ein Trottel und stehe noch einen Moment da, nachdem er die Bar mit einem Augenzwinkern verlassen hat.

Sein Condo liegt am belebten Sunset Strip, obwohl man auf der obersten Etage nichts davon mitbekommt. Abgesehen von der leisen Musik, die im Hintergrund läuft, ist es überraschend ruhig. Die Musikwahl wundert mich. Ich hätte Julin nicht für den Beethoven-Typ gehalten. Dennoch passt es zu ihm, einem Mann voller Gegensätze.

Wir verbringen eine schlaflose Nacht, in der ich eine ganz neue Seite an Julin kennenlerne. Er hält sich zurück, obwohl ich seinen Hunger spüren kann, ist sanft und aufmerksam und kümmert sich mehr um meine Lust als um seine. Nachdem wir uns das ganze Wochenende in den Laken gewälzt haben, kann ich ohne Übertreibung sagen, dass das die leidenschaftlichste Nacht meines Lebens war.

Versteht mich nicht falsch, ich mag es, wenn Julin wie die trojanische Armee über mich herfällt. Aber es ist ein unbeschreibliches Gefühl, wenn sich ein Mann mit Julins Fähigkeiten um meine Bedürfnisse kümmert. Ich liebe die Art, wie er mich ansieht, voller Sehnsucht und Verlangen. Die geflüsterten Worte. Haut auf Haut, sein Herzschlag unter meinen Fingerspitzen. Julins Atem auf meiner Wange. Arme, die mich halten und seine Lippen auf meinen, die brennende Pfade über meinen Körper ziehen. Daran könnte ich mich gewöhnen.

Und eben das ist die Gefahr.

Sobald mein Virus versandfertig ist, war es das mit unserer Freundschaft, so viel ist sicher.

Warum nur schmerzt dieser Gedanke plötzlich so sehr, dass mir alles wehtut?

Kapitel 27

Montagmorgen kann ich in Kunstgeschichte die Augen kaum offenhalten. Nicht etwa, weil ich nach dem Wochenende todmüde bin, sondern weil das Fach stinklangweilig ist. Als mein Handywecker heute Morgen losging war es kurz nach sieben, und Julin war bereits verschwunden. Er hat mir einen Zettel hinterlassen, auf dem stand, dass ich mich wie zu Hause fühlen und mir Frühstück bereiten soll. Im ersten Moment habe ich meine mangelnde Weitsicht verflucht sowie die Tatsache, dass ich ohne Equipment gekommen bin. Das wäre *die* Gelegenheit, Minikameras und Wanzen zu hinterlassen. Aber es besteht die Gefahr, dass die Bude verkabelt ist und ich beobachtet werde.

Wäre das der Fall, wüsste er vom Keylogger auf seinem Rechner und hätte ihn entfernt. Niemand bei Verstand lässt sich wissentlich ausspionieren. Und die Passwörter, die ich in den letzten Tagen gesammelt habe, sind nichts, was er in meinen Händen wissen möchte. Er hat keinen Schimmer, dass er nicht mehr Herr über seinen Rechner ist, noch weiß er, dass ich mit einem Klick all seine Konten schließen kann, selbst die in Moskau.

Normalerweise wäre das ein Grund, die Korken knallen zu lassen. Stattdessen fühle ich mich bedrückt. Ich hätte gedacht, dass es mehr Spaß machen würde, die Russen aufs Kreuz zu legen, aber damit lag ich falsch.

Neben der Nachricht hat Julin mir zwei Tickets zu seinem UCL Titelkampf nächsten Samstag hinterlassen, eins für mich das andere für Claire, wie ich annehme. Wenn ich ihr das Teil gebe, flippt sie aus, da bin ich mir sicher. Auch wenn der Fight im Sumpf von L.A. stattfindet, im Warzone Boxing Club, eine Autostunde von meinem Appartement entfernt. Ich hoffe, dass Claire mir ihre Fahrdienste anbietet. Ich bezweifle, dass mein Chrysler die Strecke ohne rumzuzicken durchhält. Und das ist keine Gegend, in der man nachts mit 'ner Panne liegen bleiben möchte.

Um in meinem Kurs wachzubleiben und nicht mit der Stirn auf der Tischplatte zu landen, simse ich Claire die Nachricht vom Kampf.

*SexySister: *kreisch* Bin dabei!*
SexySister: Lass uns vorher shoppen gehen!
Kylie: Wozu?
SexySister: Für den Kampf natürlich!
Kylie: Willst du dich ernsthaft für behaarte & nach Schweiß stinkende Fleischklöpse aufbrezeln?
SexySister: Wenn du es so beschreibst … Party pooper!
Kylie: Jeans und Shirt. Trag bloß keinen Rock!
SexySister: :-(
Kylie: Schmoll so viel du willst, später wirst du mir danken.
SexySister: Darf ich wenigstens Heels anziehen?
Kylie: Solange du sie jemanden in den Hintern rammen kannst.
SexySister: Himmel, hast du 'ne Laune. War der Sex nicht gut?
Kylie: Woher weißt du, dass ich Sex hatte?!
SexySister: Stand heute morgen vor deiner Tür. Rate mal, wer nicht da war.

Oh Shit!

Kylie: Sorry!!!
SexySister: Worte, nichts als Worte …

Das lässt mich lächeln. Man kann Claire einiges nachsagen, aber sie hat Humor.

Kylie: Coffee House in einer halben Stunde. Die Getränke gehen auf mich.
SexySister: Jey! Bis gleich!

Den Rest der Vorlesung muss ich an Matteo denken. In einer einzigen Nacht hat er meine Familiengeschichte umgeschrieben. Das war vor vier Tagen. Seitdem habe ich nichts mehr von ihm gehört.

Dass mein Vater ein Gauner ist, wusste ich. Dass er so weit gehen würde, Danilos Kind als sein eigenes auszugeben, um seinem Rivalen später eins auszuwischen, ist eigentlich nicht sein Stil. Wobei ich mich frage, ob Matteo strategisch wichtig war oder bloß ein Ass im Ärmel?

Nach der Vorlesung kann ich nicht schnell genug aus dem Auditorium verschwinden. Auf dem Campus halte ich einen Moment inne und lasse mein Gesicht von der milden Oktobersonne wärmen. Ich schließe die Augen und atme die erdige Luft ein.

Matteo hat gesagt, dass er sich bei mir melden wird. Stellt sich die Frage, wann. Ich habe weder seine Nummer noch sonst eine Möglichkeit, Kontakt zu ihm aufzunehmen. Er hat gesagt, dass er sich mit jemandem treffen will, der nur für dieses Meeting aus London eingeflogen ist. Aber er hat nicht gesagt, mit wem er sich trifft, auch nicht, wann dieses ominöse Treffen stattfinden soll. Vertraut er mir nicht, oder was soll ich davon halten?

Wie erwartet ist Claire wegen der Tickets ganz aus dem Häuschen, was mich zum Lachen bringt. Das scheint ihr nicht zu gefallen.

„Das ist nicht irgendein Kampf, Kylie, das ist ein Titelfight, *The Killer* gegen den *Zerstörer!* Das ist das Ereignis des Jahres!"

Grinsend werfe ich ein Päckchen Zucker nach ihr. „Seit wann interessierst du dich für Untergrund Kämpfe?"

Zu meiner Überraschung läuft ihr Gesicht rot an.

„Na ja", sie räuspert sich und reibt sich die Stirn. „Seit ich deinen Freund auf der Party gesehen habe, will ich ihn oben ohne sehen."

„Was ist aus Tyler geworden?"

„Wem?"

„Deinem Chippendale-Freund."

„Oh, der … Es hat sich herausgestellt, dass er bereits eine Freundin hat."

So wie sie das sagt, scheint sie nicht gerade am Boden zerstört zu sein.

„Davon abgesehen ist gucken erlaubt, oder? Und wer weiß, vielleicht ist der *Zerstörer* ja noch Single!"

Für einen Moment gelingt es uns, ernst zu bleiben, dann brechen wir in schrilles Gelächter aus.

Mann, das tut gut. Wann habe ich das letzte Mal so unbeschwert irgendwo gesessen und rumgelabert? Obwohl … was hat sie eben gesagt?

„Er ist nicht mein Freund!“

„Ähm, Kylie, du hattest Sex mit ihm.“

„Schon, aber …“

„Mehr als einmal.“

„Das stimmt, aber wir sind bloß …“

„Und es hat dir gefallen.“

Mist. „Wir sind mehr so …“ Ja, was eigentlich?

„Freunde mit gewissen Vorzügen?“

Ein weiteres Zuckerpäckchen fliegt in ihre Richtung.

Sie duckt sich und ich treffe den Hinterkopf von … Oops. Viktoria aka Melody dreht sich auf ihrer Bank und wirft Claire einen giftigen Blick zu. „Geht's noch?“

„Sorry“, sagt Claire kleinlaut und beißt sich auf die Unterlippe, um nicht abermals loszuprusten.

Als Melodys Blick mich findet, presst sie die Lippen aufeinander, bis sie eine weiße Linie bilden. Ich hebe eine Braue, was arrogant aussehen soll aber auch bedrohlich. Es scheint zu wirken, denn Miss Bully rutscht aus der Bank und gibt ihren Minions ein Zeichen, ihr zu folgen.

„Lasst uns verschwinden!“, schnappt Melody. „Der Moccacino hat mehr Kalorien als ein Big Mac.“ Sie dreht sich zu Claire. „An deiner Stelle würde ich kürzer treten, sonst braucht dein Hintern bald eine eigene Postleitzahl!“ Damit dreht sie sich zum Ausgang und verlässt mit ihrem Anhang das Café.

Claires Augen werden rund. „Ich trinke doch gar keinen Moccacino.“

Ich zucke mit den Schultern und grinse in meinen Espresso. „Dann lauf ihr nach und erinnere sie daran.“

„Besser nicht. Bei ihrer Laune bin ich froh, dass sie weg sind. Obwohl es seltsam ist, die sind doch eben erst gekommen.“

Abermals hebe ich die Schultern. Was soll ich auch sagen? Dass die gute Melody keine Moccacino- sondern eine Klosteinallergie hat? Eher nicht.

Kapitel 28

Julin bekomme ich die ganze Woche nicht zu Gesicht. Das gemeinsame Training hat er abgesagt, da er sich auf den Kampf konzentrieren muss. Natürlich verstehe ich das, dennoch bin ich enttäuscht. Unser Sparring ist zu so was wie das Highlight meiner Woche geworden, obwohl die Arbeit mit Oliver auch nicht zu verachten ist.

Es war gut, ihn um Hilfe zu bitten, er hat ein paar brillante Ideen, und wenn wir erst mal loslegen, werfen wir uns gegenseitig die Bälle zu. Oliver kennt nur einen Teil des Codes. Ihn in alle Aspekte einzuweihen, ist nicht nötig und wäre zu riskant. Er hilft mir, das Geschwindigkeitsproblem zu lösen und schreibt den Download Code. Er hat keinen Schimmer, wer meine Zielperson ist oder an welche Daten ich heranwill. Dass er nicht nachhakt, zeigt, dass er weiß, dass er keine Antwort bekommen wird. So läuft das in der Hacker-Szene. Wer Fragen stellt, ist uncool.

Was meinen Virus angeht, spüre ich, dass ich kurz vor dem Durchbruch stehe. Ich kann das Ziel förmlich riechen.

Ich gebe es nicht gern zu, aber der Sex mit Julin hat mir den Kopf freigepustet und mir einen regelrechten Schub gegeben. Während Julin trainiert, schreibe ich das Cover-up-Programm neu, das die Spuren hinter mir verwischen soll. Nachdem ich am Freitag die letzten Testdurchläufe durchgegangen bin, grinse ich wie ein durchgeknallter Freak. Das ist die beste Arbeit, die ich je geschaffen habe. Die Codierung ist, das muss ich einfach sagen, perfekt.

Das Einzige, das meine Freude trübt, ist die Tatsache, dass ich die ganze Woche nichts von Matteo gehört habe.

Jetzt ist er gerade mal fünf Minuten zurück in meinem Leben und schon ist er verpufft. Das gefällt mir nicht. Aber es ist ja nicht so, als ob ich etwas tun könnte. Auch wenn es ein schwacher Trost ist, weiß ich zumindest, dass es ihm gut geht.

Als Claire und ich Samstagabend den Warzone Boxing Club betreten, komme ich mir vor wie im Zoo. Von außen sieht das flache Gebäude wie ein Walmart aus, was vermutlich daran liegt, dass es ein Walmart ist.

Julin hat mir gesimst, nicht direkt zur Halle zu fahren, sondern am Liefereingang des Supermarkts auf einen Typen Namens Mike zu warten.

Der kahl rasierte Hüne mit den wässrig blauen Augen führt uns über den Liefereingang in die Lagerhalle, die den Supermarkt mit dem Boxclub verbindet.

In der Halle stehen die Leute so dicht, dass kein Durchkommen ist. Glücklicherweise befinden wir uns auf der Gästeliste, darum führt dieser Mike uns durch einen abgetrennten Bereich bis zur ersten Reihe vor dem Ring. Wow.

Sitzplätze gibt es bei diesen Kämpfen nicht, dennoch komme ich mir mit einem Mal ziemlich bedeutend und wichtig vor.

Claire bekommt ihren Mund nicht mehr zu. Zum ersten Mal seit ich sie kenne, ist sie sprachlos. Kann ich ihr nicht verdenken. Ich kenne mich mit Gaunern aus, aber so viele Halsabschneider, Zuhälter und Kleinkriminelle hab selbst ich noch nicht auf einem Haufen gesehen. Willkommen in der Untergrund-Liga.

Die Ankunft der Champions haben wir verpasst, die beiden Kämpfer stehen bereits in ihrer Ecke. Julins Gegner, der Zerstörer, kommt aus der Ukraine und ist wie ein Hydrant gebaut. Er ist einen halben Kopf kleiner als Julin, dafür Kompakt mit Armen wie Popeye – also, nach der Spinat-Nummer. Sein Haar ist dunkel und militärisch kurz, das Kinn kantig, die Nase schief. Wie bei Julin wurde sie so oft gebrochen, dass er sich offensichtlich nicht mehr die Mühe gemacht hat, sie richten zu lassen. Was ein Zeichen für eine schlechte Deckung ist, aber das behalte ich für mich.

Was ihn zum Zerstörer macht, sind jedoch nicht seine Muskeln oder die Art, wie er den Kiefer knacken lässt, sondern seine Augen. Flach und tot, zwei dunkle Murmeln, ausdruckslos wie die eines Zombies.

Claire neben mir schaudert.

Ich kann ihr nur beipflichten, der Kerl ist gruslig. Ich habe Mühe, meinen eigenen Schauder zu unterdrücken.

Julin dagegen ist, nun ja, Julin. Seit dem letzten Kampf hat er das Haar wachsen lassen, es ist oben länger, die Seiten hat er kurz rasiert. Im Licht der Scheinwerfer wirkt es, als hätte es jemand mit Goldstaub bestreut. Ein starker Kontrast zu den dunklen Tattoos, die seine Arme und den durchtrainierten Körper bedecken.

Claire leckt sich die Lippen. Ich würde es ihr gerne nachtun, Julin sieht zum Anbeißen aus.

Als hätte er gespürt, dass ich ihn mit den Augen verschlinge, wendet er den Kopf und unsere Blicke treffen sich.

Ich habe ihn noch nie kurz vor einem Kampf gesehen und muss ein paarmal schlucken. Er wirkt zuversichtlich, strahlt Ruhe und eine Kraft aus, die ich noch nie an ihm gesehen habe. Nein, nicht Kraft sondern … Macht. Als ob ihm dieser Laden gehört. Das hier ist sein Spielfeld, das strömt er mit jeder Pore aus. Sein Ring. Sein Kampf. Seine Fans – sein Sieg.

Er hebt einen Mundwinkel und zwinkert mir zu. Dann beugt er sich zu Milan und sein Blick wird konzentriert, während ihm der hässliche Zwerg letzte Instruktionen eintrichtert.

Als der Gong ertönt, zieht sich das Team zurück. Eine Maus in Stringtanga und oben ohne stöckelt in Netzstrümpfen und High Heels um den Ring, ein Schild mit einer Eins in Händen, das sie vor sich herträgt.

„Halt das Schild höher, Süße, ich kann nichts sehen", ruft ein Typ hinter mir. Wieherndes Gelächter bricht los.

Als ich mich umdrehe, bin ich überrascht, dass das Großmaul zu einer Studentengruppe gehört. Was haben diese Sonnyboys in diesem Rattenloch verloren? Bevor ich darüber nachgrübeln kann ertönt ein zweiter Gong. Der Kampf beginnt.

Bei den Untergrundkämpfen ist alles erlaubt, Tritte ins Gesicht und Schläge unterhalb der Gürtellinie sind normal. Der Ringrichter mischt sich nur ein, wenn akute Lebensgefahr besteht. Die einzige Regel, an die sich jeder Kämpfer hält, ist, aufzuhören, sobald der Gegner am Boden liegt. Eine Runde dauert drei Minuten, das Abzählen besorgen die Zuschauer. Hier gewinnt man nicht nach Punkten, es gibt auch keine Begrenzung der Partie. Ein

Kampf dauert eine Runde oder zwanzig. Es ist vorbei, wenn der Gegner nicht mehr aufsteht.

Und Claire und ich stehen in der ersten Reihe.

Der Zerstörer kommt gleich zur Sache und greift Julin frontal an – Jab, Jab, Uppercut – doch Julin ist zu schnell für ihn. Er duckt sich, tänzelt rückwärts durch den Ring und wartet auf eine Gelegenheit, einen Punch zu landen.

Doch der Ukrainer ist nicht dumm. Offensichtlich hat er sich Julins Fights angesehen, weiß wie er vorgeht. Er lässt den Killer nicht ins Spiel, verhindert, dass er einen Rhythmus findet und gibt ihm keine Zeit, in die Offensive zu gehen.

Als der erste Durchgang vorbei ist, hat Julin keinen einzigen Treffer gelandet. Der Ukrainer auch nicht, dafür hat er den Killer drei Minuten durch den Ring gejagt. So was wollen die Leute nicht sehen. Der Unmut der Zuschauer ist fühlbar. Die Studenten hinter mir pfeifen.

„Mach mal was, du Flasche!“

Ich schnaube und versuche, meine Hand aus Claires eisernem Griff zu befreien, die sie sich irgendwann in der ersten Runde geschnappt, und nicht mehr losgelassen hat.

„Ich hatte keine Ahnung, dass das so aufregend ist!“ Da sie sich weiterhin an meine Hand klammert, lasse ich sie ihr, auch wenn ich allmählich das Gefühl darin verliere.

„Dieser Zerstörer ist ein Tier, hast du seinen Blick gesehen?“

Und wie ich das habe. Der Kerl will den Sieg, und er hat eben klar gemacht, dass er alles tun wird, um zu verhindern, dass Julin seine Killer-Nummer abzieht.

Während Julin Wasser tankt, lässt ihn der Ukrainer nicht aus den Augen.

„Der Kerl macht mir Angst", wispert Claire. „Er sieht wie eine Maschine oder so was aus."

Oder so was. Vermutlich gedopt bis zum Anschlag.

In der zweiten Runde geht Julin wie ein Berserker auf ihn los. Als sein Gegner den Arm hebt, um zuzuschlagen, geht Julin in die Lücke und landet einen Aufwärtshaken. Danach dreht er sich, puncht ihm ihn die Seite und landet einen dritten Treffer in die Nieren.

Doch der Ukrainer blinzelt nicht mal, steckt die Treffer weg und zieht sein Ding durch, als würde Julin nicht einen Punch nach dem nächsten landen. Jab, Kick, Jab, Jab, Southpaw, Kick, und der Zerstörer wankt nicht mal.

In der fünften Runde werde ich nervös. Seit fünfzehn Minuten drischt Julin auf seinen Gegner ein, ohne jede Wirkung. Wie lang kann er das Tempo durchhalten, ohne selbst getroffen zu werden? Irgendwann werden seine Arme müde und seine Aufmerksamkeit lässt nach. Dann wird ihn dieser Zombie in den Ring stampfen. Tatsächlich trifft er in diesem Augenblick sein Ziel. Julin versucht auszuweichen, doch er erwischt ihn an der Schulter. Besser als das Kinn, doch Julin stolpert zurück und kann nur knapp dem nächsten Schlag ausweichen. Obendrein ist er aus dem Rhythmus. Das ist die Gelegenheit für den Ukrainer, zuzuschlagen.

Als die Runde vorbei ist, bin ich diejenige, die Claires Hand zerquetscht. Das Shirt klebt auf meiner Haut, ich bin schweißgebadet.

Warum macht Julin diesen Mist? Das hat er doch nicht nötig! Er verdient genug Kohle, wozu muss er sich im Ring von diesem Roboter abschlachten lassen?

Als es in die sechste Runde geht, bin ich so angespannt, dass ich zunächst nicht bemerke, dass mich jemand an der Schulter berührt.

Dann bricht der Zerstörer Julins Nase und ich zucke zusammen, als hätte er mich erwischt. Blut spritzt und landet als Sprühnebel auf meinem Gesicht.

Die Menge brüllt, die Studenten hinter mir brechen in Wolfsgeheul aus.

Meine Nerven sind zum Zerreißen gespannt, ich bin dermaßen geladen, dass ich mich zu ihnen drehe, um ihnen meine Version eines Bodyslams zu präsentieren. Doch statt der Loser steht Matteo in seiner ganzen dunklen Pracht hinter mir. Der Blick seiner Schokoaugen ist so entwaffnend, dass ich für einen Augenblick vergesse, wo ich bin.

An seiner Seite ist Dex, sein Biker-Buddy, der ihm in der Vergangenheit bei mehr als einer Gelegenheit den Rücken freigehalten hat. Obwohl Dex schmächtig ist mit dem ausgemergelten Gesicht eines Kettenrauchers, sollte man sich vor seinem rechten Haken in acht nehmen. Ich habe gesehen, wie er Kerle, die einen Kopf größer waren als er und doppelt so viel wogen, mit einem einzigen Schlag gefällt hat.

Mein Blick geht zurück zu Matteo und meine Brauen wandern in die Höhe. Wie ist er hier reingekommen, und woher zum Henker wusste er, dass ich hier bin? Oder ist das ein Zufall?

Als hätte er meine Frage gespürt, beugt er sich zu mir.

„Wir müssen gehen."

Jetzt? Mitten im Kampf? „Wohin?", rufe ich über das Gebrüll der aufgepeitschten Menge. Ich bin total verwirrt.

Matteo ergreift meine Schultern und dreht mich so, dass ich ihm gegenüberstehe, den Rücken zum Ring. Eine Hand legt er auf meine Wange. Sie ist so groß, dass mein halbes Gesicht darin verschwindet. Dann beugt er sich zu mir, die Lippen an meinem Ohr. „Jemand möchte dich sehen. Und wenn du mich fragst, solltest du sie nicht warten lassen."

Sie? Tausend Fragen schießen mir gleichzeitig durch den Kopf, doch ich komme nicht dazu, eine zu formulieren. In der Halle ist es mit einem Mal unnatürlich still geworden. Als ich mich zum Ring drehe, liegt Julin auf den Brettern, sein Gesicht ist blutüberströmt. Doch statt darauf zu warten, dass er wieder aufsteht, tritt ihm der Ukrainer in die Seite, einmal, zweimal, und noch mal.

Bei diesem Anblick bleibt mir für einen Augenblick die Luft weg. Schock durchzuckt mich wie ein Stromschlag, neben mir schnappt Claire nach Luft. Während er versucht, sich vor den Tritten zu schützen liegt sein Blick auf mir. Die Emotionen, die sich in seinen Augen spiegeln, quetschen mir das Herz zusammen. Wut, Schock, Hass und … Schmerz. Doch sein Schmerz hat nichts Körperliches, er sitzt tiefer, berührt mich in Regionen, die ich lange für tot gehalten habe. Wie zum Beispiel mein Herz.

Ich schüttle den Kopf, um meine Verwirrung zu vertreiben. Es nützt nichts. Wie konnte er in diesen Zustand geraten, ich hab doch bloß zwei Sekunden mit Matteo geredet! Ich blinzle, doch das Bild bleibt das Gleiche. Julins rechtes Auge schwillt zu, das gesunde Auge hält mich gefangen – ich habe das Gefühl zu ersticken.

Die College-Gruppe hinter mir jubelt, das ist der Moment als ich aus meiner Schockstarre erwache. Ich trete an den Ring, die Hände auf den Brettern und beuge mich vor. „Steh auf!"

Julin rührt sich nicht, warum zum Teufel stoppt niemand diesen Psychopathen?

„Julin!" Zorn schwingt in meiner Stimme. „Steh auf und kämpfe!"

Obwohl sein Gesicht eine blutige Maske ist, sehe ich, wie sich seine Mundwinkel heben. Dann ertönt der Gong. Ich hatte keine Ahnung, dass drei Minuten so lang sein können. Mir kam es wie drei Stunden vor.

Endlich lässt dieser Irre von ihm ab.

Milan und das Team springen in den Ring und kümmern sich um Julin. Sein Blick liegt auf mir, es ist, als würde er meinen inneren Aufruhr in sich aufnehmen, ihn trinken, während seine Leute ihn zusammentackern. Ich kann mich nicht bewegen, das Herz schlägt mir bis zum Hals, während ich versuche, ihm auf telepathische Weise Kraft zu senden. Diesmal kann ich sein Lächeln deutlich erkennen. In all dem Blut sieht es grausam aus. Tödlich.

Als der Gong zur siebten Runde ertönt ist es, als hätte Julin einen Hebel umgelegt. Er geht auf den Zerstörer los, pfeift auf seine Deckung und hält nichts zurück. Der erste Schlag bricht dem Ukrainer die Nase, der zweite den Kiefer. Julins Kick landet in seinen Eingeweiden, es folgt ein Punch in die Nieren, Julin nutzt die Fliehkraft und tritt seinem Gegner mit der Ferse zwischen die Beine. Ein kollektives

Stöhnen geht durch die Zuschauer, die Mehrzahl der Männer zuckt zusammen. Und der Ukrainer knickt ein.

Doch für Julin hat die Show gerade erst begonnen. Jetzt nimmt er den Zerstörer wie eine Weihnachtsgans auseinander, schlägt und tritt in die empfindlichsten Regionen: Hals, Solarplexus, die Knie.

Als der Zerstörer stürzt, buhen die Jungs hinter mir. „Fick dich, du Pussy!"

Es kommt mir vor, als würde ich zum ersten Mal nach einer gefühlten Ewigkeit Luft holen, und mit dem Sauerstoff durchströmt mich tiefer Abscheu. Langsam drehe ich mich um, schiebe Matteo zur Seite, hole aus und ramme meine Faust in das Gesicht des Rädelsführers.

Seine Augen rollen zurück, und er kippt in die Arme seiner Kumpel.

„Fick dich selbst, du Flachwichser!"

Ein Aufruhr geht durch die Menge.

Als ich mich umdrehe, ist der Kampf gelaufen. Julin hat den Zerstörer zerlegt, der besiegt in seiner eigenen Blutlache liegt.

Im Stillen frage ich mich, warum ich überhaupt gekommen bin. Ich bin keine Heuchlerin, mit Gewalt dieser Art bin ich aufgewachsen, hab sie live und in Farbe miterlebt. Ich weiß, wie mein Vater mit illoyalen Mitarbeitern verfährt und habe keine Illusionen darüber, was er Verrätern antut. Das heißt aber nicht, dass es mir Vergnügen bereitet, zuzusehen, wie ein Mann in einen blutenden Fleischhaufen geprügelt wird.

Obwohl ich Julins Blick auf mir fühle, drehe ich ihm den Rücken zu und lasse mich von Matteo aus der Halle führen, Claire dicht auf den Fersen.

Dex bildet das Schlusslicht. Er wird meine Freundin sicher nach Hause bringen. Das versichert Matteo mir, bevor er mich auf sein Bike setzt.

Er will mir nicht verraten wohin wir fahren, und ich fühle mich zu schwach, um zu protestieren. Es kommt mir vor, als hätte mich der Kampfgeist verlassen, meine Wut und der Hunger nach Rache.

Warum lasse ich mich von Julin berühren, jemandem, dem mein Hass gelten sollte? Julin und seine Familie stehen für das Unglück, das meiner Familie widerfahren ist. Sein Onkel Andrej und seine Söldnerbande haben alle Menschen getötet, die mir wichtig sind. Obwohl *geschlachtet* besser passen würde. Meine Brüder waren keine Unschuldslämmer, hatten wie Silvio Blut an den Händen. Aber sie waren alles, was ich hatte.

Ich gebe zu, dass ich mich kaum an sie erinnern kann. Als sie starben war ich ein Kind. Sie waren bereits aus dem Haus und standen auf eigenen Beinen. Seltsamerweise weiß ich noch jedes Detail meiner Mutter, obwohl sie ungefähr zur gleichen Zeit gestorben ist. Ich weiß, wie sie gerochen hat, fruchtig mit einem Schuss Vanille, würde ihre Stimme jederzeit erkennen und kann mich noch gut an ihr helles Lachen erinnern. Die Russen haben auch ihren Tod auf dem Gewissen. Sie hatte mit diesem Krieg nichts zu tun, dennoch musste sie sterben.

Ich könnte ihnen vielleicht den Mord an meinen Brüdern vergeben, immerhin waren sie Teil des Familiengeschäfts.

Sie haben gemordet, ein Ritual, das bis heute als Initiierung gilt. Erst danach ist man ein *Made Man* und gehört offiziell dazu.

Aber was ich ihnen nie vergeben werde, ist der Mord an meiner Mutter Emily. Was hat sie ihnen je getan? Welches Verbrechen hat sie begangen, das den Tod verdient hätte?

Ich habe dieses Leben aus gutem Grund verlassen. Zugegeben, nicht ganz uneigennützig. Ich bin vor einer Hochzeit geflohen, und weil ich Matteo finden wollte. Zumindest war das der Plan. Später hat mir die Distanz geholfen, die Dinge klarer zu sehen. Solang man in einem System steckt, ist es schwer es zu durchschauen, vor allem, wenn man dazugehört. Ich war ein Teil von Silvios System, habe jahrelang davon profitiert. Vom Geld, dem Luxus und dem süßen Leben, das es mir beschert hat. Bis ich festgestellt habe, dass ich das weder brauche, noch will. Die Dienstboten, die goldenen Wasserhähne, ein Palazzo und all die Klamotten, Dinge, die mich nicht glücklich machen und von denen ich mir keine Freunde kaufen kann.

Je weiter ich gereist bin, desto surrealer kam mir mein altes Leben vor. Wie eine Seifenoper, in der ich eine Nebenrolle gespielt habe. Die mürrische Tochter, die lieber Rechner auseinandernimmt, als an Familienfesten teilzunehmen.

Ich bin davon überzeugt, dass wir alle einen Chip in uns haben, der uns sagt, wann wir Mist bauen und etwas total verbockt haben. Ich schätze, dass mir immer klar war, dass es nicht normal ist, Leute zu erpressen, sie zu bestehlen und wie Parasiten von den Errungenschaften anderer zu leben. Auch wenn mir von klein auf etwas anderes eingetrichtert wurde, ich hab immer gewusst, dass es falsch ist, was wir tun.

Und im Moment will ich bloß weg aus diesem Schlachthaus. Den Schlägern und dem Gestank nach Blut und Gier.

Hätte ich geahnt, was mich an diesem Abend erwartet, wäre ich nach Hause gefahren, hätte mich eingeschlossen und mir die Bettdecke über den Kopf gezogen. Doch es gibt Tage, an denen tritt einem das Leben mit Anlauf in den Südpol.

Kapitel 29

Während ich mich an Matteo klammere, der durch die Stadt rast, als würde die Geschwindigkeitsbegrenzung nicht für Zweiräder gelten, kommen mir plötzlich Zweifel. Keine Ahnung wie das passiert ist, aber mit einem Mal bin ich mir nicht sicher, ob ich das Richtige tue. Noch vor ein paar Tagen wäre dieser Gedanke absurd gewesen. Heute jedoch …

Statt Julin fertigzumachen, will ich mit ihm reden. Ich möchte ihn mit den Fakten konfrontieren und ihm dabei in die Augen sehen. Seine Reaktion, und wie er versucht, sich da rauszuwinden.

Aber vor allem möchte ich ihn sehen, weil … Ich lehne die Stirn gegen Matteos Rücken und schließe die Augen. Wie von selbst erscheint das Bild von Julin, wie er blutend auf den Brettern liegt. Er hat mich angesehen als ob … Ich schlucke einen Kloß hinunter. *Als würde ich ihm etwas bedeuten.* Als wäre es wichtig, dass ich bei ihm bin, ihm Kraft gebe. Ihn unterstütze.

Ob er schwer verletzt ist? Nach dem Kampf findet eine Party im *Smirnow* statt. Doch so wie er aussah, kann ich mir nicht vorstellen, dass ihm nach Feiern zumute ist.

Als Matteo endlich hält, habe ich zuerst keinen Schimmer wo wir sind. Er steigt vom Bike, stellt das Fahrwerk hoch und hilft mir runter. Erst jetzt sehe ich, dass wir an der Manhatten Beach gehalten haben, am Pier beim Aquarium. Dafür, dass es schon dunkel ist, ist hier noch richtig was los. Dann fällt mir ein, dass Wochenende ist. Die Surfer feiern ihre Strandpartys, darum wimmelt es hier von Touristen und Studenten. Die Cafés haben geöffnet, Bars und Restaurants sind rappelvoll.

Matteo deutet zum Beach Hotel neben dem *Strand House Café* an der Ecke. „Sie hat eine Suite im Hotel gemietet und wartet auf dich."

„Wer?"

„Das musst du selbst rausfinden."

„Matteo, ich verstehe das nicht. Warum hast du mich hergebracht?"

Matteo zögert, und ich nutze die Gelegenheit, ihn in Augenschein zu nehmen. Er wirkt reifer und irgendwie auch taffer. Obwohl er lächelt ist sein Blick ernst und er sieht älter als seine fünfundzwanzig Jahre aus.

„Das ist meine Art, mich bei dir zu entschuldigen, Sweetie. Dass ich einfach verschwunden bin. Ich hab ein paar Tage gebraucht, den Kopf freizubekommen. Als ich nach New York gekommen bin, um dich zu holen, warst du fort."

Er ist zurückgekommen. Die Erleichterung, die ich bei diesen Worten empfinde, kann ich nicht in Worte zu fassen. Der dumpfe Schmerz in meiner Brust lässt nach, und ich habe das Gefühl, besser atmen zu können.

„Du solltest sie anhören."

„Von wem redest du?" Meine Stimme klingt heiser.

Statt zu antworten, schüttelt er den Kopf.

Das hier wird immer verwirrender. Die Tatsache, dass er mich holen wollte, schüttet Glückshormone in mir aus, gleichzeitig wächst meine Ungeduld.

Was soll diese Heimlichtuerei?

„Glaubst du im Ernst, ich würde da reinmarschieren, ohne mir den Laden vorher anzusehen?"

„Ich hab das Hotel gecheckt, es ist sauber." Er nickt zu der Stelle gegenüber vom Eingang.

Dort steht eine Harley, darauf hockt ein Mann mit Lederweste und Ziegenbart, der mir vage bekannt vorkommt.

„Meine Jungs überwachen das ganze Gelände, hier bist du sicher."

Als ich nicht reagiere, heben sich seine Brauen. „Du bist heute in eine Halle voller Meuchelmörder spaziert, ohne einen Schimmer zu haben, was dich erwartet."

Dass er recht hat, ärgert mich noch mehr, als seine Geheimniskrämerei. „Das war eine Ausnahme."

„Das war leichtfertig, Sky, und passt nicht zu dir."

Während wir uns ein Blickduell liefern, wird mir einmal mehr klar, dass das nicht mehr der Matteo ist, der mich verlassen hat. Ich bin mir nicht sicher, ob mir der neue Matteo gefällt.

Im Stillen frage ich mich, ob ich mir Sorgen machen muss. Kann es sein, dass ihn die Wahrheit über seine Herkunft gegen mich aufgebracht hat? Dass das hier eine Falle ist, in die ich wie ein Anfänger getappt bin, weil ich meine eigenen Regeln vergessen habe. Eine davon lautet: Traue niemandem!

Matteo ist der einzige Mensch, dem ich blind vertraue. Zumindest habe ich das. Doch ein Jahr ist eine lange Zeit, in der kann viel passieren. Er hat erfahren, dass Silvio ihn benutzen wollte, dass er ihn jahrelang belogen und betrogen hat. Und ich bin seine Tochter. Wie könnte er es Silvio mehr heimzahlen, als mich seinen Feinden ans Messer zu liefern? Von wegen Auge um Auge und so.

Das Problem ist, dass das hier Matteo ist, mein Freund. Kann ein einziges Ereignis Jahre der Verbundenheit auslöschen? Könnte er mich in eine Falle locken, um sich an Silvio zu rächen?

Plötzlich werden meine Hände schwitzig, mein Herzschlag verdoppelt sich und ich muss mich am Motorrad abstützen. Kann es sein, dass Matteo mich verraten hat?

Zum Glück entgeht ihm mein kleiner Schwächeanfall. Sein Blick schweift über den Strand, bevor er wieder auf mir landet. „Ich werde jetzt fahren." Er nickt zu den Taxen vor den Bars. „Wenn du sie heute nicht sehen willst, nimm eines von denen." Er beugt sich zu mir und umrahmt mein Gesicht mit den Händen. „Du solltest sie anhören, ich vertraue ihr."

„Wem?", widerhole ich.

„Ich habe versprochen, ihre Identität zu schützen. Wenn du bereit für die Wahrheit bist, geh zu ihr, sie wird hier jeden Tag auf dich warten. Aber nimm dir nicht zu viel Zeit, ihr Flieger geht in drei Tagen." Er beugt sich zu mir und sieht mich eindringlich an. „Das ist deine Chance, zu erfahren, was wirklich geschehen ist."

Keine Ahnung woher ich weiß, worauf er anspielt, ich weiß es einfach. Tränen brennen in meinen Augen, ich trete einen Schritt zurück. „Warum sagst du es mir nicht?"

Abermals schüttelt er den Kopf. „Das ist ihre Geschichte. Ich habe nicht das Recht, sie zu erzählen." Als wäre damit alles gesagt, schwingt er sich zurück aufs Bike, klappt das Fahrwerk hoch und startet den Motor.

Echt jetzt? Bevor ich Piep sagen kann ist er verschwunden und lässt mich am Strand zurück, ohne sich noch mal umzudrehen.

Wer ist der Typ, und was hat er mit meinem besten Freund gemacht?

*

Julins Kiefer mahlte, während Dimitri die Platzwunden öffnete, sie desinfizierte und abermals zusammentackerte. Der Sieg schmeckte schal, auch wenn er verdient war. Dieser Typ war bis zur Halskrause mit Amphetaminen und Anabolika voll gewesen. Julin hatte die Nase voll von Nieten auf Steroiden. Als er mit dem Kämpfen angefangen hatte, hatten ihm die Wettbewerbe etwas gegeben, das ihm gefehlt hatte. Anerkennung und einen Kick, den er in dieser Art nicht gekannt hatte. Außerdem waren die Fights eine Möglichkeit, den Druck rauszulassen, der irgendwann angefangen hatte, ihn von innen heraus zu zerfressen.

Mittlerweile hatte er das nicht mehr nötig. Vielleicht sollte er darüber nachdenken, mit diesem Unsinn aufzuhören. Seine Prioritäten hatten sich geändert. Er brauchte die Kämpfe nicht mehr, zumindest nicht wie früher.

„Wann bist du endlich fertig?“, schnauzte er den Arzt an.

Dimitri schnalzte mit der Zunge. „Drei Rippen sind gebrochen, die muss ich bandagieren.“

Das würde den Schmerz in seiner Seite erklären. „Scheiß auf die Bandagen, ich muss los.“

„Junge, im Ring magst du das Sagen haben. Hier bin ich der Boss."

Da er den Arzt respektierte, ließ er ihn den Verband anlegen.

Danach scheuchte er Dimitri aus dem Büro des *Smirnow*, das ihm sein Geschäftsführer überlassen hatte. Welcher Vollidiot hatte die Idee gehabt, hier nach dem Sieg abzufeiern? Oh, richtig, das war er gewesen. Er stieß die Luft aus und fuhr sich mit einer Hand durchs Haar, als Lew das Büro betrat.

„Brauchst du Hilfe?", fragte er und deutete auf das Hemd, das über der Stuhllehne lag.

Er konnte sich allein anziehen, doch mit Lews Unterstützung würde es schneller gehen.

Während Lew über den Kampf redete und welchen Schnitt sie gemacht hatten, schweiften Julins Gedanken ab. Die Geschäfte liefen so gut wie nie, der Deal mit Boris konnte ohne weitere Zwischenfälle abgeschlossen werden. Aber wo war Skyler? Und was hatte dieser Bastard zu ihr gesagt? Als er sich über sie gebeugt hatte, sah es aus, als würde er sie küssen. Doch das konnte nicht sein, es sei denn sie wussten mittlerweile, dass sie nicht blutsverwandt waren. Julins Hand ballte sich zur Faust. Wohin hatte Matteo sie gebracht, und warum war er so kläglich informiert? Normalerweise wusste er, was in seinen Bezirken los war. Warum glitt ihm Skyler immer wieder durch die Finger?

Über das Handy konnte er sie nicht orten, laut GPS hatte sie es im Auto ihrer Freundin gelassen. Ihr Appartement war leer, von Matteo gab es ebenfalls keine Spur. Also, wo zum Henker war sie?

Kaum war er in seinen Klamotten, verließ er den Klub über den Hintereingang und fuhr zu seinem Condo. Seine linke Seite und das Auge taten höllisch weh. Dimitri hatte ihm was gegen die Schwellung gegeben, gegen die Schmerzen wollte er nichts. Sie hielten ihn wach und aufmerksam und erinnerten ihn daran, was wichtig war. Im Moment konnte er allerdings nur an eines denken, und das war sein Mädchen.

Er parkte in der Tiefgarage, gab die PIN ein und fuhr mit dem Aufzug in die oberste Etage. Als er in den Flur trat sprang das Licht nicht automatisch an. Das hätte ihn warnen sollen. Doch er war vom Duft nach Sommer und Aprikosen abgelenkt. Die Fahrstuhltüren schlossen sich und nahmen das Licht mit.

Im nächsten Moment drückte sich das Ende eines Pistolenlaufs gegen seine Schläfe.

Bevor er es verhindern konnte, bogen sich seine Mundwinkel nach oben. „Babe, ich bin hart wie Granit."

„Das ist kein Scherz!" Skylers Stimme klang gepresst. Sie war angepisst, aber auch verwirrt.

„Ich scherze nie, wenn es um meinen Schwanz geht."

Trotz der Dunkelheit konnte er ihr Augenrollen ausmachen und unterdrückte ein Lachen. Er hatte nicht gelogen, er war erigiert wie ein notgeiler Hengst. Ihr himmlischer Duft gepaart mit dem Zittern ihrer Stimme, und dann die Knarre …

Wenn er an den Kampf dachte und die energische Art, wie sie ihn angeschrien hatte. Sie so zu sehen, voller Wut und Sorge um ihn, hatte einen regelrechten Adrenalinschub bei ihm ausgelöst. Ihre Kraft hatte ihm geholfen, sich zu überwinden und dem Motherfucker zu zeigen, wer der wahre Champ war.

Mit anzusehen, wie sie dem Poloshirtträger aufs Maul gehauen hatte, hatte ihm einen Dauerständer verpasst. Es gab nichts Erotischeres als eine Frau, die sich behaupten konnte.

In sein Condo einzudringen konnte nicht leicht gewesen sein. Was zeigte, dass sie so gut war, wie seine Leute behaupteten. Stellte sich die Frage, wie weit sie gehen würde. Hätte sie vor, ihn zu töten, würde er bereits in seinem Blut liegen.

Also strapazierte er sein Glück, entwaffnete sie und presste seine Lippen auf ihre.

„Umghfff", machte sie, versteifte sich, um einen Herzschlag später gegen ihn zu schmelzen. Er fuhr mit der Zunge über den Saum ihrer Lippen, drang in sie und ihr Mund öffnete sich ohne Zögern. Er vertiefte den Kuss, während seine freie Hand unter ihr Shirt glitt. Er wurde mit nackter Haut belohnt und einem Stöhnen, das Musik in seinen Ohren war. Zum Teufel, er wollte sie. Als er ihr das Shirt kurzerhand über den Kopf zog, schien sie zu sich zu kommen. Statt sich zu bedecken, holte sie aus und schlug ihm mit der flachen Hand ins Gesicht. Zum Glück war es seine unverletzte Seite, sonst würde er jetzt Sternchen sehen.

„Du Dreckskerl!", zischte sie, im nächsten Moment presste er sie gegen die Wand und öffnete ihre Jeans. „Ich liebe es, wenn du mir Sauereien zuflüsterst", wisperte er und küsste sie abermals. Eine Hand lag auf ihrer Brust, die andere glitt in ihr Pantie, und bei Gott sie war feucht. Am

Liebsten würde er sie gegen die Wand nehmen, doch sie fing an sich zu wehren. In seinem angeschlagenen Zustand konnte sie einigen Schaden anrichten.

Also drehte er sie, sodass ihr Rücken gegen seine Brust gedrückt war. Ihre Handgelenke hielt er mit festem Griff umschlungen, während er sie ins Masterbad manövrierte. Hier funktionierte das Licht. Zwei Bodenleuchten sprangen an, als er die Tür öffnete.

Er verlor keine Zeit. Seine Hose war geöffnet, bevor er sie bäuchlings auf die Marmorablage vor dem Spiegel legte. Mit dem Fuß spreizte er ihre Beine, dann versenkte er sich der Länge nach in ihr. Sie schrien gleichzeitig auf, doch Skylers Schrei ging in ein sinnliches Stöhnen über. Sie hielt sich am Wasserhahn fest und bog sich ihm entgegen während er sie mit einer Hand im Nacken fixierte und seinen Schwanz in sie versenkte. Obwohl sie feucht war musste es wehtun. Sie war supereng, und er nicht gerade zimperlich. Doch Strafe musste sein. Niemand brach bei ihm ein und hielt ihm eine Waffe an den Kopf. Auch wenn ihn das zugegebenermaßen ziemlich angetörnt hatte. Doch es ging ums Prinzip.

Außerdem stand sie auf harten Sex, das hatte sie bei mehr als einer Gelegenheit bewiesen. Was immer ihren Zorn erregt hatte, der Hate-Sex machte sie an. Er spürte ihren nahenden Höhepunkt. Ihr Atem beschleunigte sich, während sich ihre inneren Wände zusammenzogen.

Um es ihr schwieriger zu machen beugte er sich vor, schlang die freie Hand um ihr Haar und zog ihren Kopf zurück, bis er ihr Gesicht im Spiegel sah.

Die grünen Augen leuchteten, ihr Blick war lustverschleiert. Die vollen Lippen waren vom Kuss geschwollen und leicht geöffnet.

Fuck!

„Sie mich an“, keuchte er in ihr Ohr. „Sieh den Mann an, der dich fickt!“ Als sie Anstalten machte die Augen zu schließen, zog er fester am Haar, bis ihre Lider aufflogen.

„Wer fickt dich?“, flüsterte er und versenkte sich abermals in sie. Sie biss sich auf die Unterlippe, beinah hätte er gestöhnt. Sie versuchte, ihren Schlafzimmerblick zu klären, doch jedes Mal, wenn er in sie drang, vernebelte sich ihr Blick aufs Neue.

Sie war mindestens so erregt wie er, und stand kurz vor dem Höhepunkt. Also hielt er inne und küsste ihren Hals.

„Bitte“, keuchte sie und biss sich erneut auf die Lippe. Das ist ihr vermutlich nicht leicht gefallen. Ein kleines Wort, aber eine Rossi musste nie um etwas bitten, darum fühlte es sich umso süßer an.

„Bitte, was?“, fragte er leise und glitt mit der freien Hand zwischen ihre Schenkel. „Wem gehörst du?“ Langsam verteilte er ihre Flüssigkeit über ihrer Klitoris, woraufhin sie ein tiefes Stöhnen von sich gab.

„Dir, ich gehöre nur dir!“ Jetzt flehte sie beinah, und da er selbst kurz vor davor stand, erfüllte er ihren Wunsch und sie kam mit einem Schrei.

„Aaahhhhhhh!“

Statt aufzuhören zog er sich fast vollständig aus ihr zurück, und stieß wieder und wieder zu, bis er seinen eigenen Höhepunkt nicht länger zurückhalten konnte. Ein letztes Mal versenkte er sich in ihr, dann pumpte er seinen Samen in sie, während sie sich nicht aus den Augen ließen.

Fuck, das war heiß. Und wenn er ihren verklärten Blick richtig deutete, waren sie noch nicht miteinander fertig.

Kapitel 30

Ich hasse Julin, so weit nichts Neues. Aber was er in seinem Bad mit mir angestellt hat, ist eine ganz neue Dimension des Hasses. Ich hasse es, wie er mich ansieht, mit diesen flüssigen Quecksilberaugen, die direkt in meine Seele zu blicken scheinen. Hasse seine rauen Hände auf meiner Haut, die Art wie mein Herzschlag auf ihn reagiert. Ich hasse es, dass er mich überrascht hat, hasse sein wildes Wesen und die Weichheit in seinem Blick, wenn er mich ansieht. Ich hasse seinen selbstgefälligen Gesichtsausdruck, wenn ich seinen Namen rufe, hasse einfach alles an ihm! Aber am meisten hasse ich die Tatsache, dass er mich dazu gebracht hat, dass ich ihn liebe.

Ich, Skyler Rossi, habe mich in meinen Erzfeind, Julin Petrow verliebt, Neffe des Schlächters von New York. Ich muss das beenden, bevor es für mich zu spät ist. Falls es nicht schon zu spät ist.

Ich möchte dieses Katz- und Maus-Spiel hinter mich bringen, damit ich endlich meinen Frieden finde. Julin und seine ganze Familie wird für das, was sie uns angetan hat, bezahlen, und zwar heute.

Warum nur kann ich mich nicht dazu überwinden, mich aus dem Bett zu rollen und ihm den Todesstoß zu geben?

Etwas unmotiviert werfe ich mir sein Hemd über, schließe für einen Moment die Augen und inhaliere seinen Duft. Verdammt. Diese Nacht werde ich nie vergessen. Wie kann jemand so … so wunderbar sein und gleichzeitig so ein Biest?

Ich schlucke meine Bedenken runter, horche, ob er noch duscht und mache mich auf den Weg. Als ich es endlich in sein Arbeitszimmer geschafft habe, klingelt sein Telefon und der Anrufbeantworter springt an. Es ist Milan, seine Stimme klingt gereizt.

„… lass den Mist mit der Rossi-Schlampe! Wenn du das Miststück an Silvio verkaufen willst, tue es endlich und hör auf, mit ihr zu spielen. Für so was haben wir keine Zeit …"

Den Rest blende ich aus, meine Gedanken wirbeln wie Kaffeesatz in meinem Kopf. Julin weiß, wer ich bin, wusste es die ganze Zeit! Verfluchter Mist.

„Bist du wirklich überrascht?"

Ich fahre herum, und da steht er in seiner ganzen männlichen Pracht. Muskulös, voller Tattoos, blauer Flecken, einer blutigen Gesichtshälfte, nicht zu vergessen die gebrochene Nase. So sieht der Mann aus, den ich so sehr verabscheue, dass mir alles wehtut. Und der mir die heißeste Nacht meines Lebens beschert hat. Sieben Orgasmen, ich meine, *sieben*!

Aber Lust ist nicht alles, schließlich bin ich nicht hormongesteuert. Es ist nur eine körperliche Reaktion, in Wahrheit bedeutet er mir nichts. Also der Sex, nicht Julin … verdammt! Ich schüttle den Kopf, um den Knoten in meinem Hirn zu lösen.

Doch Julin trägt nur eine Jeans, ein Fakt, der mich irritiert. Obendrein ist sein Haar nicht feucht. Er stand also nicht unter der Dusche sondern hat mich verladen, vermutlich schon seit Wochen. Ich bin so was von dämlich!

„Hey!" Mit drei langen Schritten ist er bei mir und ergreift meine Oberarme. „Ich wusste vom ersten Moment, wer du bist. Glaubst du ernsthaft, eine neue Haarfarbe würde daran etwas ändern?"

„Es hat ein ganzes Jahr funktioniert!" Meine Stimme ist so schwach, wie ich mich fühle.

„Solang du in Bewegung warst, vielleicht. Aber jetzt lebst du hier. Du bist nachlässig geworden."

Seine Worte treffen mich mehr als Matteos. Auch er hat mich nachlässig genannt. „Deine Brauen sind zu hell und du hast einen blonden Ansatz."

Der Ansatz ist maximal zwei Millimeter breit. Außerdem ist er ein Kerl, seit wann achten die auf so etwas?

Julin tritt einen Schritt zurück und kreuzt die Arme vor der Brust, eine Geste, die seinen Bizeps hervortreten lässt. Falls es überhaupt möglich ist, kann ich mich jetzt noch weniger konzentrieren.

Ich würde gerne behaupten, dass er mir was in den Drink gekippt hat, aber das wäre gelogen. Ich habe nichts getrunken und bin ganz allein für mein idiotisches Verhalten verantwortlich.

„Skyler." Seine Stimme ist sanft und viel zu nah. Mein Name auf seinen Lippen sollte sich nicht so, so … köstlich anhören, wie eine Delikatesse. Mein Herz schlägt schneller, doch ich zwinge mich zur Ruhe. Ich bin kein verliebter Teenager, dem die Sicherungen durchbrennen. Ich bin Skyler Rossi, und wir Rossi-Frauen sind stärker als das, was ich hier gerade abliefere.

Ich befreie mich aus seinem Traktorstrahl, und da er mir die Heckler abgenommen hat, strecke ich ihm den Zeigefinger wie eine Waffe entgegen. „Dein Onkel hat meine Brüder ermordet!"

„Nachdem Silvio meinen Vater getötet hat, meine beiden Brüder und meine Schwester."

Warum klingt seine Stimme so ruhig? Und warum bin ich so durcheinander?

„Das hat er getan, nachdem dein Vater meine Mutter erschossen hat!" Die Nacht. Das Gewitter. Der Albtraum. O Gott!

Julin schüttelt den Kopf und kommt langsam auf mich zu, während ich vor ihm zurückweiche.

„*Dein* Vater hat deine Mutter getötet."

Mein Hintern stößt gegen seinen Schreibtisch. „Du verlogener Wichser!" Meine Stimme zittert, wie meine Hände.

„Skyler, ich …"

Keine Ahnung, was er mir sagen will, ich handle instinktiv. Meine Finger ertasten die bauchige Lampe auf der Tischplatte. Ohne nachzudenken, greife ich nach dem Fuß und ziehe ihm das Teil über den Kopf.

Julin fällt zusammen wie eine Marionette, der man die Fäden zerschnitten hat. Ich ignoriere mein Herz, das sich schmerzhaft zusammenzieht, fühle seinen Puls – er lebt – und laufe zurück ins Schlafzimmer.

Wenn er wusste, wer ich bin, ist hier mit Sicherheit alles verkabelt. So oder so muss ich hier raus, und zwar pronto. Aber wohin soll ich verschwinden? Ich muss nachdenken, Pläne schmieden, den Virus einspeisen …

Das ist deine Chance, zu erfahren, was wirklich geschehen ist. Warum mir ausgerechnet jetzt Matteos Worte in den Sinn kommen, kann ich mir nicht erklären. Mein Blick fliegt zur Uhr, zwanzig vor zehn. Ob es zu spät für einen Besuch ist?

Ich ziehe mich in Rekordzeit an, finde meine Waffe auf dem Boden vor dem Nachtisch, als ich den Fahrstuhl höre. Shit.

„Boss?“

Ich riskiere einen Blick in den Flur. Doppelshit. Der glatzköpfige Hüne, der Claire und mich zum Ring begleitet hat, und ein Bursche, der wie sein Zwilling aussieht, verlassen den Lift. Für mich heißt das, dem Ruf der Feuerleiter folgen. Mit einem hätte ich es aufnehmen können, aber nicht mit beiden, zumal sie bewaffnet sind. Das sind keine Studentenloser, sondern trainierte Killer.

Also verriegle ich die Tür des Schlafzimmers und öffne das Fenster.

Unten winke ich ein Taxi zu mir. Zum Glück sind wir auf dem Sunset Strip, hier wimmelt es von den gelben Dingern.

„Manhatten Beach!“

Während der Fahrt versuche ich, mich auf die nächsten Schritte zu konzentrieren. Doch mit einem Mal wird mir das alles zu viel. Statt einen supergenialen Plan auszuklügeln, konzentriere ich mich auf meinen Atem, um nicht in Tränen auszubrechen.

Warum fühlt sich mein Herz an, als hätte es jemand in den Mixer geworfen und auf Feinpürieren gestellt? Weshalb fällt es mir so schwer, Luft zu bekommen? Und wieso ist plötzlich alles so kompliziert? Als ich hergekommen bin, hatte ich eine klare Vorstellung: Finde den Russen, infiziere das System, pack die Koffer und tauche unter. Die Strategie war idiotensicher. Zumindest war sie das, bis ich Julin begegnet bin. Jetzt ist alles durcheinander, voller Emotionen, Schmerz und Angst.

Ich möchte ihn nicht verlieren, aber darauf lief es von Anfang an hinaus, oder? Es war doch klar, dass das kein Spaziergang wird, und dass es Opfer geben würde. Wenn man sich mit der Russenmafia anlegt, rollen am Ende Köpfe. Um das zu wissen, muss man kein Genie sein.

Um kurz nach zehn nehme ich die Stufen zum *Beach Hotel*, das Bed & Breakfast neben dem Eckcafé, das Matteo mir gestern gezeigt hat. Obwohl die Urlaubszeit eigentlich vorbei ist, sind immer noch Touristen in der Stadt. Davon abgesehen hängen am Ocean Drive immer 'ne Menge Studenten ab. Sonntagvormittag ist es hier allerdings ruhig, darum ist der Strand erfreulich leer.

In der Lobby fällt mir auf, dass ich keine Ahnung habe, wonach ich Ausschau halten soll, oder besser nach wem. Zwei Rentner sitzen an einem Ecktisch und lösen Kreuzworträtsel, eine Mutter füttert ihr Kind mit Apfelkuchen, ein älterer Herr sitzt am Panoramafenster und liest Zeitung. Ich scanne das Foyer, doch keiner dieser Leute macht den Eindruck, als würde er auf mich warten.

An der Rezeption fällt mir eine junge Frau auf, die mich mit gerunzelter Stirn ansieht. Sie hat kurze schwarze Haare, eine Adlernase und wache Augen, die auf mich gerichtet sind. Als sich unsere Blicke treffen, kommt sie auf mich zu.

„Sind Sie Skyler?" Sie hat einen englischen Akzent. „Ich bin die Assistentin von Mrs De Luca, sie erwartet Sie."

De Luca. Heilige Scheiße!

Ich bin zu geschockt, um auf dem Absatz kehrtzumachen und das Weite zu suchen. Als sich mein Hirn wieder einschaltet, befinden wir und in der ersten Etage. Vor Suite 102 hält sie inne, klopft kurz und öffnet die Tür.

Als ich zögere, nickt sie mir aufmunternd zu. „Sie hat lange gewartet, um sie zu treffen.“

Keine Ahnung, was ich von diesem Satz halten soll. Mein Hals fühlt sich an, als hätte ich Sägespäne inhaliert, aber nicht, weil ich eine Falle wittere. Die Heckler steckt im Hosenbund in meinem Rücken. Das kühle Metall sollte mich beruhigen, immerhin bin ich nicht wehrlos. Doch je tiefer ich in die Suite eindringe, desto schwerer fällt mir das Atmen. Die Terrassentüren stehen offen und eine sanfte Meeresbrise weht mir entgegen. Draußen sitzt eine ältere Frau, die sich erhebt, als sie mich kommen sieht. Mit jedem Schritt, den ich ihr entgegengehe, erkenne ich, dass sie keine Fremde ist. Helle Haut, helles Haar, grüne Augen und ein voller Mund, der ein warmes Lächeln formt. Als ich die Terrasse betrete, pocht mein Herz bis zum Hals, und ich weiß ohne den Hauch eines Zweifels, wem ich gegenüberstehe. Dies ist eine ältere Version meiner Mutter – eine ältere Version von mir.

Vor mir steht Esther De Luca, meine Großmutter.

*

Julin stand unter der Dusche, die Hände gegen den kühlen Stein der Wände, den Kopf gesenkt. Normalerweise entspannte ihn das warme Wasser, heute funktionierte der Trick allerdings nicht. Skyler schien die schlimmsten Eigenschaften in ihm hervorzurufen, obwohl sie nichts anderes tat, als sie selbst zu sein. Und das war das Problem. Es sollte ihm egal sein, was sie sagte oder tat, oder wie sie ihn ansah, wenn er sie in die Arme schloss. Die Art, wie sie sich an ihn schmiegte, während sie schlief, ganz zu schweigen von ihrem engelhaften Gesichtsausdruck.

Stattdessen war er emotional involviert. Das war Fehler Nummer eins. Nummer zwei war, dass er seine Finger nicht von ihr lassen konnte. Normalerweise langweilte er sich schnell, von Skyler konnte er nicht genug bekommen. Der dritte Fehler lag darin, dass er ständig an sie denken musste, so wie jetzt. Er müsste sich auf sein Vorhaben konzentrieren, stattdessen fragte er sich wo sie war und ob es ihr gut ging.

„Fuck!" Er schlug mit der Faust gegen den grauen Stein und stellte das Wasser ab.

Er brauchte einen Bourbon, am besten einen doppelten. Julin band sich ein Handtuch um die Hüfte, ging zur Küche und öffnete das Fach mit dem Whiskey. Er machte sich nicht die Mühe, nach einem Glas zu suchen, sondern trank aus der Flasche.

Der erste Schluck brannte, doch das Brennen wurde schnell zu etwas Angenehmen, Wärmeren, das sich schnell in seiner Brust ausbreitete. Der zweite Schluck war sogar noch besser, und beim dritten bemerkte er das Brennen nicht mal mehr. Was blieb, war die Hitze, die nach einer halben Flasche eine betäubende Wirkung hatte. Und eben darum ging es. Die Gefühle auszuschalten sowie die Tatsache, dass sich etwas zwischen Skyler und ihm entwickelt hatte, das er sich nicht leisten konnte. Er durfte jetzt nicht schwach werden, nicht so kurz vor dem Ziel.

Er hatte sein halbes Leben auf diese Gelegenheit gewartet, den alten Rossi fertigzumachen, hatte fünfzehn verfickte Jahre investiert, in denen er darauf hingearbeitet hatte, das

Gesicht dieses Wichsers zu sehen, wenn er ihm das einzige Kind nehmen würde, das ihm geblieben war.

Nachdem er Skyler kennengelernt hatte, musste er den Plan modifizieren. Er würde ihr nicht das Leben nehmen, sondern sie gegen New York City eintauschen. Doch selbst dazu konnte er sich nicht mehr überwinden. Was war in ihn gefahren, seit wann agierte er wie eine gefühlsduselige Pussy?

Als er die zweite Flasche öffnete, zog er kurz in Erwägung, zum ersten Plan zurückzukehren, um den verfluchten Schmerz in seiner Brust loszuwerden, der ihn wie ein glühender Schürhaken durchbohrte. Irgendwann war er so hackevoll, dass er alle Pläne über Bord warf und bereit war, ein Wagnis einzugehen. Eines, das ihm Kopf und Kragen kosten würde. Er könnte seine Führerschaft verlieren, die Loyalität seiner Männer.

Andrejs Vertrauen.

War er wirklich bereit, dieses Risiko für ein Mädchen einzugehen, von dem er nicht mal wusste, ob sie eine gemeinsame Zukunft hatten?

Doch er sah keine andere Möglichkeit, Skylers Leben zu schonen, und sich selbst davor zu bewahren, komplett den Verstand zu verlieren.

Fakt war, dass er nicht wusste, ob sie dieses Opfer wert war. Er könnte alles verlieren, und das nur, weil er auf sein Bauchgefühl hörte. Sein Herz. Das war das erste Mal, dass er sich von Gefühlen leiten ließ und er hasste es. Emotionen waren launische Ratgeber, also warum zum Teufel ließ er sich darauf ein?

Was, wenn sie ihn verarschte? Wenn sie ihr Spiel mit ihm trieb und ihn am Ende Silvios Männern zum Fraß vorwarf?

Was, wenn er sich in ihr geirrt hatte?

Kapitel 31

„Skyler."

Das ist keine Frage, sie weiß, wer ich bin. Natürlich weiß sie es. Ihr muss es vorkommen, als würde sie in einen Spiegel sehen. Oder einen Jungbrunnen. Ich dagegen weiß gar nichts mehr. Ich komme mir wie ein Kind vor, hilflos und auch ein bisschen dumm. Gerade dachte ich, ich hätte die Kontrolle über mein Leben zurück, glaubte, ich könnte meinen Vater bändigen und Matteos Anker sein … Mann, da lag ich ja mal daneben.

Silvio hat uns alle veralbert, allen voran mich. Ich hab mir viel zu lang etwas vorgemacht. Heute weiß ich, dass Matteo mein Halt war, nicht umgekehrt. Erst als er weg war, begriff ich, was ich verloren hatte. Im Moment bin ich mir nicht mal mehr sicher, was wir sind.

Als er mich gestern hierhergebracht hat, hat er gesagt, dies wäre seine Art, sich bei mir zu entschuldigen. Das ist doch etwas Gutes, oder? Ich meine, ich kenne diese Frau nicht, habe nur ein paar Mal von ihr gehört. In meiner Kindheit war sie meine unbekannte Großmutter. Um ehrlich zu sein, habe ich immer geglaubt, sie wäre tot und habe deswegen keine Fragen gestellt.

„Lass dich ansehen, Kind."

Ich möchte nicht, dass sie mich berührt, trete einen Schritt zurück, als sie die Hand nach mir ausstreckt. Ich brauche Abstand und mehr Zeit, also fange ich an, zu reden. „Hat Matteo dich aufgestöbert?" Dass ich so schroff zu ihr bin ist der reine Selbstschutz.

Sie lässt sich nichts anmerken, sondern deutet auf den Platz neben sich.

Die Terrasse ist wie eine Lounge angelegt mit Korb-Sofas die sich gegenüberstehen. Die Seite zum Meer ist verglast. Ein guter Windschutz, zumal es um diese Jahreszeit Abends empfindlich auffrischt.

Bei Tageslicht hat man einen fantastischen Blick auf den Strand. Das Meer kann ich nicht sehen, dazu ist es zu dunkel, aber ich kann die Brecher hören und das Salz auf der Zunge schmecken. Ganz nebenbei hat man von hier auch den Eingang zum Hotel im Blick und kann sehen, wer kommt und geht. Clever.

Als ich auf dem Sofa ihr gegenüber Platz nehme, schwebt eine Kellnerin herein und serviert verschiedene Getränke, inklusive meinem Lebenselixier, einem doppelten Espresso. Anschließend entzündet sie zwei Feuerkörbe, die eine angenehme Wärme verbreiten.

Während sich das Feuer durch die Scheite frisst, betrachte ich meine … *Esther*. Sie sieht gut aus, wenn ich bedenke, dass sie Ende sechzig sein muss, womöglich ist sie schon in den Siebzigern. Sie hat glatte Haut, gepflegtes Haar, schöne Hände. Ihr Erscheinungsbild ist das einer Lady, fehlt nur noch der Hut. Sie hat überhaupt nichts Ältliches an sich, im Gegenteil. Sie trägt ein graues Leinenkostüm und hat einen bunten Schal um den Hals gebunden, der ihr einen künstlerischen Touch verleiht.

„Meine Güte“, flüstert sie, nachdem die Kellnerin verschwunden ist, und mir wird klar, dass wir uns gegenseitig anstarren.

„Du bist das Abbild deiner Mutter.“

„Dasselbe wollte ich auch gerade sagen“, erwidere ich und fische den Espresso vom Tisch um meine Hände zu beschäftigen. Darauf lächelt sie. „Dann weißt du, wer ich bin?“

Ich nicke.

Esther lehnt sich ins Polster zurück, ohne mich aus den Augen zu lassen. „Um deine Frage zu beantworten, ja, Matteo ist auf mich zugegangen.“

„Wie hat er dich gefunden?“

„Das war nicht besonders schwer. Die De Lucas stehen zwar nicht im Telefonbuch, aber jeder, der ein bisschen recherchiert, kann herausfinden, wo wir leben.“

„Warum hat er das getan?“

„Du warst verschwunden. Es ist kein Geheimnis, wer deine Mutter war. Wer jemanden finden möchte, fängt normalerweise bei Freunden und Familie an, zu suchen.“ Sie lächelt, doch es wirkt traurig. „Ich habe viele Jahre auf so eine Gelegenheit gewartet. Dein Vater hat dich wie eine Gefangene bewacht. Es war unmöglich, Kontakt zu dir aufzunehmen, oder hast du einen meiner Briefe erhalten?“

„Du hast mir geschrieben?“

„Das ist dann wohl ein Nein“, murmelt sie und ergreift ein Glas mit O-Saft.

„Warum sollte mein Vater nicht wollen, dass du mir schreibst?“ Oder mich besucht, wo wir gerade dabei sind.

Esther nimmt einen Schluck und lässt sich mit der Antwort Zeit. „Man kann Rossi vieles nachsagen, aber dumm ist er nicht.“

„Oh?“

„Er wusste, dass ich gegen diese Ehe war, und ihm war klar, dass ich dich ohne zu Zögern zu mir geholt hätte.“ Ihre Finger krampfen sich um das Glas, ihre Hand zittert leicht. „Er hat meine Tochter zerstört. Ihr die Zukunft geraubt und die ihrer Kinder.“ Sie stellt das Glas zurück auf den Tisch und atmet tief durch. „Es tut mir leid, mein Kind. Dich hier vor mir zu sehen, die Erinnerung an Emily … das ist ein bisschen viel für mich.“

Das ist keine Show, sie zittert wirklich. Etwas Kaltes in meiner Brust schmilzt, dennoch bin ich immer noch total verkrampft. Und damit meine ich nicht die Waffe, die sich in meinen Rücken bohrt, sondern meine verknoteten Eingeweide.

„Als Emily deinen Vater kennengelernt hat, war sie im siebten Himmel“, fängt sie unvermittelt an.

Ich stelle die Tasse ab und lehne mich ebenfalls zurück.

„Es war am Neujahrsabend. Wir sind von London nach New York geflogen, um Emily einen Wunsch zu erfüllen. Sie war in diesem Dezember achtzehn geworden und hat seit Jahren von den Staaten geträumt.“

Warum hat mir niemand gesagt, dass ich Familie in England habe? Nicht mal meine Mutter.

„Sie hat Rossi auf einer Gala getroffen. Am darauffolgenden Abend hat er sie zu einer Broadway Show eingeladen, am Abend danach in den Madison Square Garden. Wir haben sie die ganze Woche kaum zu Gesicht bekommen, doch sie war so glücklich.“

Es ist offensichtlich, dass Esther mit den Erinnerungen zu kämpfen hat. Also gieße ich mir ein Glas Wasser ein und gebe ihr Zeit, sich zu sammeln.

„Zurück in London hat sie von nichts anderem geredet, als diesen Rossi. Gerald, mein Mann, hat Erkundigungen eingeholt. Er hat Kontakte zu Interpol, darum dauerte nicht lang, bis er herausfand, aus welchem Milieu dieser Mann kam."

Die Mafia, schon klar.

„Wir hatten keine Ahnung, dass sie Kontakt gehalten haben. Emily war in ihrem ersten Studienjahr an der *University of the Arts* in London, wollte Kunst studieren. In ihren Semesterferien im Frühjahr wollte sie nach Hause kommen, stattdessen kam Rossi eingeflogen und hat sie uns vor der Nase weggeschnappt. Was wir auch anstellten, wir kamen nicht an sie heran."

Mittlerweile hänge ich an ihren Lippen, ich höre das heute zum ersten Mal.

„Im darauffolgenden Sommer kam die Einladung zur Hochzeit. Ich bin nach New York geflogen. Gerald hat es nicht über sich gebracht, dem Mann die Hand zu schütteln, der unser Kind praktisch von der Schule entführt hat." Sie fischt eine Serviette vom Tisch und betupft ihre Augen. Mein Hals hat sich zugeschnürt, ich bekomme kein Wort heraus.

„Für deine Mutter war es eine Wirbelwindromanze. Sie hat nicht verstanden, auf wen sie sich einlässt –, in was sie hineingezogen wird. Als sie es endlich begriffen hat, war dein Bruder Nico bereits unterwegs."

Mein ältester Bruder. Er war einundzwanzig als er starb.

Esther schließt für einen Moment die Augen, bevor sie mit leiser Stimme fortfährt. „Danach hat Emily Kontakt zu uns gesucht, doch Rossi hat ihre Schwangerschaft als

Vorwand genommen, sie in New York zu halten. Also bin ich zu ihr gereist, doch egal wo wir uns getroffen haben, Rossi hat ihr seine Bluthunde überall mitgeschickt. Angeblich, weil es in der Stadt zu gefährlich sei. Wir waren nie allein, und in ihrem Haus hatten die Wände Ohren."

Es ist kein Geheimnis, dass Silvios Villa verwanzt ist, aber die Dinger sind nur in bestimmten Räumen. Ich muss es wissen, ich habe sie selbst angebracht und regelmäßig ausgetauscht.

„Ich konnte sehen, dass es ihr nicht gut ging, dass sie unter der Isolation litt. Sie war jung und wollte die Welt erobern. Doch statt ihr das Fliegen beizubringen, hat er ihre Flügel gestutzt und sie in einen Käfig gesperrt. Nach dem zweiten Kind wurde sie depressiv, und als das Dritte unterwegs war, hat sie versucht, es abtreiben zu lassen."

Oh Shit. Ich bin nicht sicher, ob ich das hören will. „Woher weißt du das?"

„Sie hat es mir gesagt."

„Ich dachte, du kamst nicht an sie heran."

„Sie hat sich über die Köchin ein Prepaid-Telefon besorgt. Maria war eine der wenigen Angestellten, der sie vertraut hat. Der einzig sichere Raum war das Badezimmer. Deine Mutter war sich sicher, dass Rossi dort keine Abhörtechnik hatte. Dennoch lief immer das Wasser in der Dusche, wenn wir telefoniert haben."

Bei dieser Neuigkeit krampft sich mein Magen zusammen, und obwohl ich nichts gegessen habe, wird mir schlecht. Warum wundert mich das überhaupt? Silvio hat mich genauso behandelt, ich war ständig von Aufpassern umgeben. Aber ich habe ein Schlupfloch gefunden, das

Internet. Meine Fähigkeiten haben es mir ermöglich, ins Netz zu flüchten. Dabei habe ich Silvios Vorsichtsmaßnahmen, wie er sie genannt hat, nie angezweifelt. Ich habe sie gehasst, hab aber verstanden, warum sie nötig waren. Meine ganze Familie ist ermordet worden, da waren nicht viele Erklärungen notwendig.

Meine Mutter hatte weniger Glück. Sie war keine Programmiererin und hatte Schwierigkeiten, einen Weg zu finden, mit der Außenwelt in Kontakt zu treten. Sie war eingesperrt und machtlos.

Wäre mein Vater jetzt hier, würde ich ihm das Buttermesser in den Hals rammen. Was für ein Arsch! „Hat sie auch versucht, mich abzutreiben?" Keine Ahnung woher das kommt, aber es ist raus, bevor ich es aufhalten kann.

Esthers Blick ist scharf wie ein angespitzter Bleistift, als sie mir antwortet. „Du warst ihr Wunschkind."

Es fällt mir schwer das zu glauben.

„Emily hat sich ein Kind gewünscht, um das sie sich kümmern konnte. Sie hatte keinen Einfluss auf die Erziehung deiner Brüder, Silvio hat das übernommen."

Aber er hat keinen Pfifferling um eine Tochter gegeben. Das ist so traurig, dass ich am liebsten heulen würde.

„Skyler!" Esther hat sich vorgebeugt und ergreift meine Hand. Sie ist warm und weich, und mit einem Mal kämpfe ich tatsächlich gegen Tränen.

Sie drückt meine Hand. „Mein Liebes, hör mir zu, was ich zu sagen habe, ist wichtig."

Was denn noch? Reicht es nicht, dass mein Vater ein Tyrann ist?

„Den Krieg vor fünfzehn Jahren haben nicht die Russen angefangen.“

„Esther, jeder weiß, dass sie es waren.“ Ich versuche, ihr meine Hand zu entziehen, doch etwas in ihrem Blick lässt mich innehalten. Trauer, und … Gott, so viel Schmerz.

„Emily hatte ein Verhältnis mit einem von Silvios Partnern.“ Abermals drückt sie meine Hand und beugt sich weiter vor.

Emily hatte eine Affäre? Jetzt entziehe ich ihr doch meine Hand und lehne mich gegen das Rückenpolster.

„Ich bin nicht stolz darauf, aber ich kann sie verstehen“, ergänzt sie nach kurzem Zögern.

Meine Mutter hatte etwas mit einem von Silvios Partnern angefangen, das waren ja mal Neuigkeiten. Also hatte sie doch ein Schlupfloch gefunden. Die einzige Freiheit die ihr geblieben ist, war Betrug. Vielleicht hat sie den Mann auch nur benutzt, um dem Kerker zu entfliehen. Oder um ihren Kerkermeister bloßzustellen.

„Wer war es?“ Fast bekomme ich die Frage nicht raus.

„Nikolai Petrow.“ Als sie meinen entsetzten Gesichtsausdruck sieht, schüttelt sie energisch den Kopf. „Nein! Du bist nicht seine Tochter, zu der Zeit warst du schon auf der Welt.“

Nicolai Petrow, Julins Vater. Es fühlt sich an, als würde sich der Boden unter mir auftun. Das Gefühl, zu fallen, ist geradezu übermächtig. Halt suchend kralle ich die Hände in die Polster, als mir einfällt, was Julin vorhin gesagt hat.

Unfassbar, dass es erst eine Stunde her ist, mir kommt es vor, als wären Tage vergangen. „Er hat es herausbekommen, oder?“

Esther nickt.

O Gott. „Er hat sie erschossen?" Meine Stimme ist kaum mehr als ein Flüstern.

„Beide. Erst ihn, dann Emily."

Oh. Mein. Gott.

„Als ihm klar wurde, was er getan hat, hat er seine Männer zusammengerufen und Nikolais Familie ausgelöscht. Es sollte so aussehen, als wäre es ein interner Streit gewesen. Darum haben sie die Waffen der Russen benutzt." Sie schüttelt den Kopf und umfängt sich mit beiden Armen. „Sie haben Julins Brüder getötet, Mica und Kirill. Seine Schwester Elena war zehn Jahre alt. Julin haben sie mit dem Sohn des Chauffeurs verwechselt, nur deswegen hat er den Anschlag überlebt." Sie schließt die Augen, doch eine Träne entkommt und zieht eine feuchte Bahn über ihre Wange. „In dieser Nacht sind achtundzwanzig Menschen gestorben, weil dein Vater seinen Doppelmord vertuschen wollte."

Silvio hat meine Mutter erschossen, ich fasse es nicht! Ich schließe ebenfalls die Augen, und die Bilder kommen, als hätte ich sie gerufen. Die Nacht. Das Gewitter und die seltsamen Geräusche. Meine Mutter hatte geweint, das ist mir jetzt klar. Es waren ihre unterdrückten Schluchzer.

Mit einem Mal ist mir das alles zu viel. Ich schließe die Augen, konzentriere mich auf meinen Atem, und öffne die Hände, die ich zu Fäusten geballt habe. „Woher weißt du das alles?", bringe ich mühsam hervor. Als ich die Augen öffne hockt Esther vor mir und ergreift meine Hand.

„Julin war dabei, als es geschah. Er war unter seinem Bodyguard begraben und hat die Männer erkannt, die das getan haben."

Julin war siebzehn als es passiert ist. Ich kann mir nicht mal vorstellen, was es ihn gekostet haben musste, sich nicht auf die feigen Mörder zu stürzen. Die Männer meines Vaters. Er muss gewusst haben, dass sie ihm haushoch überlegen waren, und dass es einen Zeugen brauchte, der die Wahrheit kennt.

Ich beiße auf sie Innenseite meiner Wange, um nicht zu weinen. All die Toten. Und dann der Gegenschlag. Meine Brüder. Im Grunde hat Silvio auch sie getötet, und das nur, um seine Spuren zu verwischen. Damit niemand herausfand, dass er in Wahrheit den Krieg ausgelöst hatte. Und das wäre passiert, wenn herausgekommen wäre, dass er den Kopf der Russenmafia ausgelöscht hat.

Wieso wusste ich nichts davon? „Wie kann es sein, dass die Wahrheit nie ans Licht gekommen ist."

„Das ist sie, mein Liebes, doch die Italiener haben Silvio geglaubt, und nicht Julin."

Was für eine Überraschung. Und dann hat sein Onkel Andrej die Sache in die Hand genommen.

Ein Schauder schüttelt mich und Esther legt ihre Arme um mich. Ich lehne mich hinein, lasse zu, dass sie mich an sich drückt und atme ihren Duft nach Orangen und Mirabellen ein. Ich kenne diese Frau nicht, dennoch hat ihre Gegenwart etwas Tröstliches. Meine Mutter hat nach Mirabellen gerochen, ich dachte immer, das wäre ihr Parfum.

Noch einmal atme ich ihren Duft ein, dann ist es Zeit, loszulassen.

Der Krieg hat nicht mal eine Woche gedauert und war ein unfassbares Blutbad. Er hat hundertzwanzig Menschen das

Leben gekostet. In diesen wenigen Tagen wurden zwei Drittel der italienischen Mafia in New York City ausgelöscht und die Hälfte der Russenmafia. Und die Polizei hat zugesehen, immerhin hat ihnen der Abschaum der Stadt die Drecksarbeit abgenommen.

Niemand hat je für diese Leben die Verantwortung übernommen. Für das Leben meiner Mutter, aber auch das der anderen Unschuldigen. Frauen, Kinder, Gäste, Zeugen, die zufällig in der Nähe waren. Lieferanten und Hauspersonal, das nichts weiter getan hat, als seinen Job. Alle tot.

Mein Vater hat als Einziger davon profitiert. Vor dem Krieg war er eine von vielen Familien in New York. Danach hat er das Machtvakuum gefüllt, das die Russen hinterlassen hatten. Würde mich nicht wundern, wenn er im Eifer des Gefechts noch ein paar lästige Rivalen losgeworden ist.

Und diesem Mann wollte ich mit einem Virus helfen? Zum Glück ist der Glatzkopf in Julins Condo gekommen, sonst hätte ich sein System verseucht und die Russen für lange Zeit aus dem Verkehr gezogen.

Wenn man von Meuchelmördern umgeben ist, ist es irgendwann schwer zu sagen, wer mehr Dreck am Stecken hat. Eines ist mir nach Esthers Geschichte jedenfalls klar geworden. Mein Virus kann ich vergessen. Ich muss erst mal meine Familiengeschichte aufarbeiten, wenn nicht sogar neu schreiben. „Woher weißt du das mit meiner Mutter? Dass Silvio sie …“ Meine Stimme bricht, doch Esther versteht auch so was ich fragen will.

Sie setzt sich neben mich, legt einen Arm um meine Schultern und zieht mich an ihre Seite. „Als dein Vater

Nikolaj erschossen hat, ist Emily in Panik geraten. Sie ist ins Bad gelaufen und hat sich eingeschlossen.“ Esther schluckt hörbar. Dass es ihr schwerfällt, darüber zu reden, ist offensichtlich. Aber ich habe auch den Eindruck, dass es ihr guttut, das loszuwerden. Manche Last ist zu groß, um sie allein zu tragen, und ich möchte wissen, was damals wirklich passiert ist. Ich habe lange genug die Lügen geschluckt, die mir mein Vater serviert hat.

„Sie hat mich angerufen.“ Ihre Stimme ist so leise, dass ich erst glaube, mich verhört zu haben.

Als mir klar wird, was sie damit sagen will, halte ich den Atem an. Meine Mutter hat Esther angerufen, wahrscheinlich war sie komplett neben sich. Silvio hat ihren Lover erschossen, den Kopf der Vory. Sie weiß, dass sie die Nächste ist, schließt sich im Bad ein und ruft ihre Mutter an.

Shit! Esther musste mit anhören, wie Silvio ihre Tochter aus dem Bad geholt und hingerichtet hat. Der Mann, vor dem sie Emily nicht beschützen konnte. Der Mann, den sie mehr als jeden anderen gehasst hat. Der ihr das einzige Kind genommen und eine Gefangene aus ihr gemacht hat. Wenn sie wenigstens glücklich gewesen wäre, aber Pustekuchen. Sie war einsam und wahrscheinlich ziemlich verzweifelt.

Möglicherweise hat sie mit Nikolai geschlafen, damit er sie aus ihrem Käfig befreit. Wahrscheinlicher ist, dass der Russe versucht hat, über Emily an Silvio ranzukommen. Dass er sie als Informantin benutzt hat. Das ist natürlich nur Spekulation. Aber es liegt nahe, oder?

Langsam stoße ich den Atem aus. So sehr ich Esthers Gegenwart schätze, aber ich brauche eine Minute für mich. Oder eine Woche. Ich muss allein sein.

Wir erheben uns gleichzeitig.

Esther drückt mir ihre Karte in die Hand, die ich in die Rücktasche meiner Jeans stecke. Ich habe immer noch die Klamotten von Julins Kampf an. Und sein Hemd, das ich ihm gemopst habe.

Julin.

Nach allem, was ich eben gehört habe, kann ich nicht fassen, dass ich ihm die Lampe übergezogen habe. Er hat allen Grund, mich zu hassen. Laut Milan hatte er vor, mich an meinen Vater zu verkaufen. Ich schätze mal, dass er Anteile an New York City haben will, immerhin hat Silvio durch das Massaker die Russen aus dem Big Apple vertrieben.

Leider ist es zu spät, ihn zu fragen, was er vorhatte, denn was immer das zwischen uns war, ich hab's gründlich vermasselt.

Das mit uns beiden hätte ohnehin nicht funktioniert. Uns trennen ein Familienkrieg, literweise Blut und Berge von Leichen. „Das erklärt dann ja wohl, warum mich mein Vater nie geliebt hat." Ich hatte keine Ahnung, dass ich das laut gesagt habe, bis Esther mein Gesicht in die Hände nimmt und mich eindringlich ansieht.

„Der Mann ist ein Narzisst. Er weiß nicht, wie man liebt. Warum glaubst du, ist deine Mutter in die Arme eines anderen geflohen?"

Vor diesem Hintergrund ist es vermutlich nicht hilfreich, dass ich wie ihr Klon aussehe.

Kapitel 32

Den Rest der Nacht verbringe ich in Quentins Bar und besaufe mich, bis ich meinen Namen vergesse. Ich hab allen Grund, mir die Kante zu geben, immerhin stamme ich aus einer Familie von Psychos. Wenn das kein Anlass ist, mich volllaufen zu lassen, was dann? Mein Vater ist der Oberpsycho, der seine eigene Frau kaltgemacht und seinen Kindern ohne mit der Wimper zu zucken die Mutter genommen hat.

Ich war sechs, verdammt noch mal! Als wäre das nicht gestört genug, schiebt er sein Verbrechen den Russen in die Schuhe und fängt einen Krieg an. Einen Krieg! Und seine Strategie geht auf.

Silvio steht wie der trauernde Witwer da und ist mit einem Schlag nicht nur seine Frau los, die anscheinend schon länger zu einer Belastung für ihn geworden ist, sondern macht einen Riesensprung in der Hierarchie der Big Bosse. Fortan regiert er allein in der größten Stadt der Ostküste, die er in einem privaten Feldzug ganz nebenbei von seinen Mitbewerbern gesäubert hat.

Das nenne ich mal eine gelungene Strategie.

Und obwohl Emily das Opfer in dieser Geschichte ist, hat sie in meinen Augen ziemlich verantwortungslos gehandelt. Und egoistisch. Esther ist ihre Mutter, ich kann nachvollziehen, warum sie sie in Schutz nimmt. Aber wie verwöhnt muss man sein, seinen Eltern den Stinkefinger zu zeigen und bei der erstbesten Gelegenheit davonzulaufen? Mit achtzehn ist man noch jung, keine Frage, aber nicht automatisch dumm. Gerald und Esther haben ihre Tochter an der Uni ihrer Wahl studieren lassen, haben ihr die Freiheit gegeben, ihren Traum zu verwirklichen. Und was macht sie? Haut mit Al Capone ab, ohne an ihre Eltern zu denken, und wie sie sich dabei fühlen! Und dann heiratet sie Silvio auch noch. Hatte diese Frau keine Instinkte? In jedem Fall hat sie einen hohen Preis für ihre Naivität bezahlt, das steht mal fest.

Ich habe eine bruchstückhafte Erinnerung, wie ich an diesem Abend ins Bett gekommen bin. Ich vermute, Q hat Claire angerufen, und die hat mich in ihre Wohnung gebracht. Als ich endlich wieder mit meinem Smartphone vereint bin, versuche ich, Julin zu erreichen, doch er hebt nicht ab. Zum Glück. Ich bin dermaßen dicht, keine Ahnung, was ich ihm vorgelallt hätte.

Am Montag lässt Claire mich schlafen, Gott segne sie! Als ich gegen zwei aus meinem Alkoholkoma erwache, spiegelt der Himmel meinen Zustand wider, es schüttet wie aus Eimern.

Nach einem kurzen Körpercheck – jep, ich lebe noch – ziehe ich mich aus und schleppe mich ins Bad. Ich kann nicht fassen, dass ich mit der Heckler im Rücken geschlafen habe. Ein Blick auf meine Rückseite zeigt einen fetten blauen Fleck. Hab ich ein Glück, dass die Waffe gesichert war und nichts passiert ist.

Kaum drehe ich das Wasser der Dusche auf kommt die Übelkeit. Ich schaffe es gerade noch zur Toilette und knutsche für die nächste halbe Stunde die Kloschüssel.

Das nenne ich mal einen Start in den Tag.

Nach der Kotzorgie wasche ich mich, ungefähr eine Stunde oder so, danach fülle ich meinen Magen mit

Toastbrot, um ihn zu beruhigen. Während bei meinen Lebensgeistern allmählich die Lichter angehen, checke ich übers Handy die Außenanlage meines Appartements. Zwei Mann am Vordereingang, einer ist hinten, und in meinem Flur hängt ebenfalls ein Typ ab. Das heißt dann wohl, dass ich nicht zurück kann.

Als ich ins Innere meiner Wohnung sehen will, gehen dem blöden Ding die Lichter aus. Wann hab ich das Telefon zum letzten Mal geladen?

Fluchend werfe ich es auf Claires Küchentheke. Ihre Wohnung ist schockierend ordentlich und hypermodern. IKEA sucht man hier vergeblich. Einbauschränke, Parkett, und einen begehbaren Schrank, dessen Inhalt nur aus Edelmarken besteht. Da meine Klamotten ein Fall für den Schredder sind, leihe ich mir Wäsche, Jeans und ein Shirt, und hinterlasse Chlaire eine Nachricht, die ich an ihren Kühlschrank pinne. Danach sehe ich zu, dass ich verschwinde.

Ich kann nicht nach Hause. Bei Claire kann ich aber auch nicht bleiben, das würde sie in Gefahr bringen. Ich muss rausfinden, wer die Gorillas vor meinem Appartement sind, gehören die zu Matteo oder Julin? Oder hat mich mein Vater gefunden? Würde mich nicht wundern. So leichtsinnig wie ich in letzter Zeit war, hätte ich mir auch ein Fadenkreuz auf die Stirn pinseln können.

Keine Ahnung wo mein Wagen ist. Geld hab ich nicht dabei, bloß ein paar Münzen. Also gehe ich zur U-Bahn. Alles, was ich bei mir habe, ist die Heckler und Esthers Visitenkarte. Das macht die Entscheidung leicht.

Mit den öffentlichen Verkehrsmitteln dauert es eine Ewigkeit zur Manhatten Beach. An der Brentwood Station wechsle ich die Bahn und nehme die Red Line, bei Wilshire das gleiche Spiel, da steige ich Richtung Süden um. Am Manchester Square muss ich ein letztes Mal die Bahn wechseln, von hier aus sind es noch vier Stationen bis zu Esthers Hotel.

Der Manchester Square ist zu dieser Zeit hoffnungslos überfüllt, zumal er die Drehscheibe für den Flughafenverkehr ist.

Während ich mich durch die Menschenmassen der U-Bahnstation schiebe, spüre ich einen Stich in meiner Schulter. Als Nächstes legt sich ein kräftiger Arm um meine Taille, was gut ist, denn meine Beine geben nach. Was dann passiert kann ich nicht sagen. Meine Lichter gehen aus und meine Welt wird schwarz.

Kapitel 33

Julin konnte sich nicht erinnern, wann er das letzte Mal so angepisst war. Seit Samstagnacht war Skyler wie vom Erdboden verschluckt. Er war der Letzte, der sie lebend gesehen hat, und hatte es gründlich versaut. Sie hatte sogar noch angerufen, doch er steckte mit seinem Kopf so tief in seinem Hintern, dass er den Anruf ignoriert hatte. Er hatte Stunden damit verbracht, sich abzufüllen und den alten Rossi zu verfluchen.

Warum konnten sie diesen Drecksack nicht frontal angreifen? Mit genügend Männern könnten sie ihn erwischen. Oder einem Scharfschützen. Ein Schuss, und das Thema wäre erledigt. Aber das ging zu schnell. Der alte Sack musste leiden, bevor er ihm die Lichter ausblies. Davon abgesehen war Andrej gegen einen direkten Anschlag. Er wollte alles vermeiden, das Aufmerksamkeit auf ihre Organisation lenkte, vor allem jetzt, da sie eine Übereinkunft mit dem FBI ausgehandelt hatten.

Fluchend warf er das Handy auf den Schreibtisch und tigerte im Arbeitszimmer seines Condos auf und ab. Dasselbe Büro, in dem Skyler ihn mit einer Lampe k.o. geschlagen hatte. Einer Lampe! Seine Jungs im Kontrollraum waren Zeugen dieses Desasters, da er seit ihrem letztem Besuch den Raum rund um die Uhr überwachen ließ.

Nicht nur Skyler war unvorsichtig geworden. Seine Arroganz hatte ihn in diese Lage gebracht. Sein Mädchen war untergetaucht, ihr Appartement hatte sie seit Samstag nicht mehr betreten. Sie war weg – *weg!* – und es war seine Schuld.

Was hatte er sich dabei gedacht, ihr den Tod ihrer Mutter wie eine Faust ins Gesicht zu schlagen? Der alte Rossi wird seiner Tochter kaum gestanden haben, dass er ihre Mutter auf dem Gewissen hat. Er kannte die Story, die er seinen Bossen verkauft hatte. Es was unwahrscheinlich, dass sie ihm den Schwachsinn abgenommen hatten, aber was sollten sie tun? Er war einer von ihnen und die Vory wollte Vergeltung. Silvio hatte schon damals gute Verbindungen zum Syndikat gehabt. Seine Frau Emily war beliebt und stammte zudem aus bester Familie.

Niemand wusste, was wirklich geschehen war. Dass Silvio seine Frau erschossen hatte, konnten sich sie Wenigsten vorstellen. Emily war eine seltene Schönheit. Die Männer hatten Silvio beneidet. Nicht jeder hatte so viel Glück.

Julin schüttelte den Kopf, um seine Gedanken zu klären und fuhr sich mit einer Hand durchs Haar. Als sein Telefon Milans Klingelton spielte, sprang er regelrecht zum Schreibtisch. „Was!“

„Sie ist auch nicht beim Cross-Bastard!“

Matteo. Er war seine letzte Hoffnung gewesen. Wenn Skyler auch nicht bei ihm war, musste sie die Stadt verlassen haben. Mit ihren Pässen stand ihr die Welt offen, sie konnte überall sein. Obwohl es keinen Sinn ergab, sagte ihm sein Bauchgefühl etwas anderes. „Bleibt an ihm dran.“

„Geht klar.“

„Ich will jederzeit wissen, wo er sich aufhält …“

„Ich weiß!“

„… was er macht, wann er isst, was er isst und wann er pinkelt."

„Sollen dir die Jungs auch 'ne Probe mitbringen?"

Julin beendete das Gespräch. Mit Milan zu diskutieren war Zeitverschwendung. Und Zeit war ein Luxus, den er nicht hatte.

Er ging in die Küche und bereitete sich einen extra starken Kaffee. Er musste nachdenken. Das war leichter gesagt, als getan, seine Gedanken rasten. Er war sich sicher, dass er etwas übersehen hatte. Er stützte sich mit beiden Händen auf der Kücheninsel ab und schloss für einen Moment die Augen.

In was für eine Scheiße hatte er sich geritten? Der Plan war, sich das Mädchen zu schnappen und mit Silvio abzurechnen. Doch jetzt stand er hier und machte sich Sorgen um sie. Als ob sie die nötig hätte. Skyler war der unabhängigste Mensch, den er kannte.

Wäre es nicht so traurig, wäre es zum Lachen. Jahrelang hatte er sie aus der Ferne verabscheut. Hatte sich vorgestellt, wie sie in ihrem Prinzessinenzimmer mit ihren Freundinnen hockte und Partys schmiss. Wie sie Daddys Geld mit beiden Händen rauswarf, sich frische Erdbeeren aus Chile einfliegen ließ und die Angestellten durch die Gegend scheuchte. Die ersten Zweifel waren ihm gekommen, als er feststellen musste, dass im Netz keine Fotos von ihr existierten. Wäre sie eine Partymaus, wäre das Internet mit ihren Bildern vollgepflastert. Selbst wenn sie ein Alias benutzt hätte, hätte sein Gesichtserkennungsprogramm sie gefunden.

Er hatte Dimo, seinen besten Scharfschützen auf sie ansetzen müssen, um ein lausiges Fotos von ihr in die Finger zu kriegen, und das hatte er mit einem mordsmäßigen Teleobjektiv geschossen. Niemand, der nicht zu ihrer beschissenen *famiglia* gehörte, kam in ihre Nähe. Sein Mann hatte auf dem gegenüberliegenden Dach gelegen, und eine ganze Reihe Bilder von ihr gemacht. Sie war ständig von Bodyguards umgeben, mindestens zwei, manchmal sogar drei. Also hatte er Dimo die ganze Woche Fotos von ihr knipsen lassen, doch auf keinem sah sie glücklich aus. Sie hatte mit niemandem gesprochen und nie gelacht. Kein Mensch, der das Leben und Daddys Kohle genoss sah so aus.

Julin zog die Kaffeetasse aus der Maschine und leerte sie in einem Zug. Skyler war keine Tussi, die an den Rockschößen ihres Vaters hing. Sie war auch keine Zicke, die die Hausangestellten drangsalierte. Wäre das der Fall, hätte er jemanden im Haus gefunden, der sich hätte bestechen lassen. Irgendein Zimmermädchen war immer bereit, für eine Handvoll Informationen, ein paar Hundert Dollar zu verdienen. Doch bei Skylers Leuten war er auf Granit gestoßen.

Mithilfe eines Ablenkungsmanövers war es ihm gelungen, einen Lieferanten in ihre Hütte zu schmuggeln, der Fotos von ihren Räumen geknipst hatte. Das Ergebnis war überraschend. Die Frau war ein Technikfreak, liebte Sneakers und sammelte Waffen. Ungewöhnlich für ein junges Mädchen, damals war sie neunzehn. In ihrem Zimmer hatte er weder Fotos von Freunden, Schulbällen oder ihrer Familie gefunden. Nichts. Das Persönlichste das er hatte finden können, waren ihre Laptops, von denen sie ein halbes Dutzend besaß. Auch das war ungewöhnlich.

Julin stellte die Tasse ab und rubbelte sich mit beiden Händen durchs Gesicht. Warum ging ihm die Kleine nicht mehr aus dem Kopf? Er stand auf Frauen mit Holz vor der Hütte und einem Hintern, bei dem man zulangen konnte. Skyler passte nicht mal in sein Beuteschema. Sie war zu mager und zu jung für seinen Geschmack, zwischen ihnen lagen mehr als zehn Jahre. Obwohl er zugeben musste, dass sie deutlich reifer war, als Mädchen ihres Alters.

Auch ihre taffe Art war nichts weiter, als eine Fassade. Dahinter verbarg sich ein sensitives Mädchen, das sich tief in ihrem Schneckenhaus versteckt hatte. Skyler hasste Schwäche, besonders ihre eigene. Kein Wunder bei ihrer Familiengeschichte. Jahrelang war sie von ihrem Vater dominiert worden, der es ihr unmöglich gemacht hatte, sich zu entfalten.

Obwohl Julin bisher nur an der Oberfläche gekratzt hatte, war er darunter auf eine Goldader gestoßen. Nur ein Künstler konnte Programme schreiben, wie die Malware, die sie auf seinen Rechner geladen hatte. Er verstand einen Dreck von Viren, aber Jason, sein Technik-Mann, hatte ihm den Aufbau erklärt. Der Code war wie eine Zwiebel aufgebaut, Schicht für Schicht lag um den Kern, und Jason hatte eben erst losgelegt. Er hatte einen Ständer bekommen, während er das Teil stückchenweise auseinandergenommen hatte. So wie er geschwärmt hatte, stand er kurz davor, eine Skyler-Fangruppe auf Facebook zu gründen. Hätte Julin nicht gewusst, womit sie ihn infiziert hatte, hätte Jason die

Spyware nie gefunden. Der Code war, um Jason zu zitieren, ein Meisterwerk.

Doch es war nicht ihr Können, das ihm den Kopf verdreht hatte, sondern das Mädchen selbst. Er hatte noch nie jemanden getroffen, der so viele Gegensätze in sich vereinte. Verschmolzen in ihrer Person ergaben sie sogar einen Sinn.

Hart traf auf zart, naiv auf raffiniert und Zorn auf Empathie. Auch wenn sie anderen intellektuell voraus war, hinkte sie auf emotionaler Ebene hinterher. Die einzig funktionierende Beziehung, die sie je gehabt hatte, war ihr Verhältnis zu Matteo. Und der hatte sie im Stich gelassen. Das war nicht die einzige Verletzung, die ihr in den Knochen steckte.

Das Klingeln seines Smartphones unterbrach seine Überlegungen. Er musste nicht aufs Display sehen um zu wissen wer ihn anrief. Es gab nur eine Person mit diesem Klingelton, und die rief nur an, wenn die Hütte brannte.

Fuck.

„Andrej“, begrüßte er seinen Onkel, das Oberhaut der Vory in den Staaten.

„Jul.“ Andrejs dunkle Stimme verhieß nichts Gutes. Andererseits verhieß sie nie etwas Gutes. „Ich habe etwas, das du verloren hast.“

„Und was wäre das?“

„Ich schicke dir den Anhang über den Messenger.“ Eine kurze Pause entstand. „Überleg dir gut, was du tun willst, dann ruf zurück.“

Bevor er etwas erwidern konnte war die Verbindung unterbrochen. Zwei Sekunden später signalisierte sein

Handy eine eingehende Nachricht. Als er das erste Foto öffnete, gefror das Blut in seinen Adern, und sein Körper wurde ganz still.

Das Bild zeigte eine an Händen und Füßen gefesselte Frau. Er brauchte exakt eine Millisekunde, um Skyler zu erkennen. Eine schwere Eisenkette war um ihre Fußgelenke gewickelt, die an einem Haken an der Decke befestigt war. Sie war geknebelt und hing über etwas, das wie ein Schacht aussah.

Das zweite Bild war eine Nahaufnahme und zeigte ihr grün und blau geschlagenes Gesicht. Blut lief aus Nase und Ohr und ihre Oberlippe war geschwollen.

Das dritte und letzte Foto zeigte die Forderung:

New York gegen Skyler

Etwas, das er noch nie zuvor gefühlt hatte, bahnte sich einen Weg an die Oberfläche und brannte wie flüssige Lava in seinen Adern. Nicht mal während eines Kampfes hatte er diese Art von destilliertem Hass empfunden.

Wer immer ihr das angetan hatte, war tot. Niemand fasste sein Mädchen an und kam mit dem Leben davon.

Niemand.

Kapitel 34

Wenn man kopfüber über einem Lüftungsschacht hängt, hat man viel Zeit über sein Leben und die Fehler, die man begangen hat, nachzudenken. In meinem Fall kommen erstaunlich viele zusammen. Hätte ich vor einem Jahr gewusst, was ich seit einigen Stunden weiß, wäre ich nicht in einer Nacht- und Nebelaktion verschwunden, o nein. Ich hätte mir C4 Plastiksprengstoff bei Onkel Joe besorgt und das Haus in die Luft gejagt – inklusive Silvio. Doch es bringt nichts, über vergossene Milch zu jammern. Ich hoffe bloß, dass ich die Gelegenheit bekommen werde, mein Versäumnis nachzuholen.

Nachdem ich zu mir gekommen war, saß ich mit Händen und Füßen an einen Stuhl gefesselt. Zuerst dachte ich, Silvios Männer hätten mich gefunden und wollten mich zu Hause abliefern.

Meine Augen waren verbunden, meine Ohren nicht. Dennoch habe ich die Stimmen der Männer nicht erkannt. Sie dachten ich wäre noch betäubt und haben kein Blatt vor den Mund genommen, ein Hinweis, dass es sich um eine Truppe Söldner handelt, bis ein Name fiel: Cross.

Das war nicht gut. Wenn das hier wirklich Danilos Männer sind, stecke ich in echten Schwierigkeiten. Danilo Cross ist einer der gefährlichsten Männer der westlichen Hemisphäre, verglichen mit ihm ist mein Vater ein Witz. Danilo fehlt nicht nur jede Menschlichkeit, er ist komplett durchgeknallt. Davon abgesehen ist er, wie ich seit Kurzem weiß, Matteos Vater, der mit meinem Dad noch eine Rechnung offen hat.

Ich hoffe, es gibt auch ’ne gute Nachricht. Meine Chance, hier wieder heil rauszukommen, ist soeben auf unter drei Prozent geschrumpft. Mein Vater verhandelt nicht mit Erpressern. Er muss es wissen, er ist ein Spezialist, wenn es darum geht, seinen Gegner einzuschüchtern. Sollte er Danilos Forderungen nachgeben, zeigt er Schwäche, und schwache Führer halten sich nicht.

Doch Danilo ist nicht hier. Die Drecksarbeit lässt er seine rechte Hand erledigen, Fabio Castello. Der hockt vor mir, als mir Knebel und Augenbinde abgenommen werden und hält mir ein Handy entgegen.

„Aufgewacht, Prinzessin, dein Vater will deine süße Stimme hören.“

Ich versuche, so viel wie möglich von meiner Umgebung aufzunehmen, prüfe Wände und Decke nach potenziellen Ausgängen, nach Stromquellen. Ich sitze in einem Tunnel unter der Erde, er sieht wie ein Bunker oder stillgelegter U-Bahnschacht aus.

Castello schnippt mit zwei Fingern vor meinen Augen, um meine Aufmerksamkeit auf sich zu lenken. Er beugt sich vor und nickt zu dem Handy in seiner Hand. Er ist so nah, dass ich selbst in gefesseltem Zustand einigen Schaden anrichten könnte.

Sieht so aus, als ob mein Vater ein Lebenszeichen von mir verlangt, vermutlich um Zeit zu schinden. Da ich nicht der Typ bin, der seinen Daddy um Hilfe anbettelt, denke ich nicht lange nach. Ich lehne mich zurück, als wäre mir Castellos Nähe unangenehm.

Er geht darauf ein, grinst und rückt mir noch mehr auf die Pelle. Doch ich nehme bloß Anlauf. Im nächsten Moment schießt mein Kopf vor, mein ganzer Körper um genau zu sein, und meine Stirn landet zwischen seinen Brauen. Seine Augen rollen zurück, und er sackt zusammen. Ich lasse mich samt Stuhl nach vorn kippen, lande auf ihm und kralle mich wie eine wild gewordene Katze an ihn. Abermals schlage ich mit der Stirn zu und breche seine Nase. Ich schaffe es sogar, mein Knie in seinen Unterleib zu rammen, bevor mich seine Männer von ihm schälen und mir erneut irgendeinen Dreck spritzen.

Als ich das nächste Mal erwache, hänge ich wie ein Fisch am Haken über dem Lüftungsschacht, was mich zurück in die Gegenwart bringt.

Mir muss niemand sagen, dass ich Fehler begangen habe. Bisher hatte ich jedoch keine Ahnung von ihrem Ausmaß. Ich habe immer angenommen, ich wäre jung genug, sie zu korrigieren. In diesem Moment kommen mir die ersten Zweifel.

Castello ist ebenfalls wieder zu sich gekommen. Schade, bewusstlos hat er mir besser gefallen. Sein Gequatsche gefällt mir sogar noch weniger. Er hat meinen Vater an der Strippe, und obwohl ich Silvios Teil nicht hören kann, braucht es keinen Experten, um aus Castellos Reaktion die fehlenden Puzzleteile zusammenzusetzen.

„… sie ist deine einzige Tochter!“ Seine Stimme hallt an den Tunnelwänden und klingt so empört, wie ich mich fühlen sollte.

„Wenn du Danilos Anteil an New York abschlägst, bildet er deine Prinzessin persönlich als Sexsklavin für seine perversen VIP Kunden aus. Das sind die mit den *speziellen*

Wünschen, für die sich nicht mal Crack-Schlampen hergeben!"

Eine Pause entsteht und ich kann Silvios kalte Miene praktisch vor mir sehen.

„Dann ist es dir wohl auch egal, wenn ich sie Andrej Petrow anbiete. Danilo ist nicht der Einzige, der noch eine Rechnung mit dir offen hat. Petrow wird sie seinen Männern zum Fraß vorwerfen."

Castello geht die Sache völlig falsch an. Er hätte nicht meinen Vater sondern Cesare Jackson benachrichtigen sollen. Und er hätte es so aussehen lassen müssen, als hätte er mich gerettet. Dann wäre der Oberboss gezwungen gewesen, ihm eine angemessene Aufwandsentschädigung zukommen zu lassen, die mein Vater zahlen müsste. Ein geschickter Verhandlungspartner hätte einen Stadtteil vom Big Apple rausholen können.

Ich mag nicht so viel Wert sein wie Manhattan, aber Queens wäre in jedem Fall drin gewesen. Von hier aus könnte Cross sein Gebiet ausweiten, in jedem Fall hätte er einen Fuß in der Tür. Doch wie er die Sache aufzieht, kann er froh sein, wenn ihm die Oberhäupter am Ende sein Casino lassen.

Es ist nicht nur ein schlechter Stil, die Tochter eines Partners zu kidnappen, es verstößt auch gegen so ziemlich jede Regel, die die Mafia je erlassen hat. Und ich rede nicht von einem „*Oops-sorry-mein-Fehler*"-Verstoß, sondern einem „*Ich-werde-deine-Familie-bis-in-die-dritte-Generation-auslöschen*"-Vergehen.

Ich meine, wie stellt Cross sich die Übergabe vor? Und wie soll es seiner Meinung nach weitergehen? Weder Cesare noch mein Vater leiden unter Amnesie. Wenn Cross diese Nummer durchzieht, verpasst Silvio ihm ein Paar Zementschuhe und versenkt ihn im Hudson River. Blöd nur, dass er mich mit sich runterziehen wird, denn was er auch tut, er kann mich nicht am Leben lassen.

Wie ich es drehe und wende, Danilo Cross hat mit dieser Aktion nichts zu gewinnen. Es sei denn …

Ich schlucke einen Kloß hinunter, was schwierig ist, wenn man verkehrt herum hängt. Was, wenn das Ganze ein Ablenkungsmanöver ist und Cross in Wahrheit … Plötzlich schlägt mein Herz bis zum Hals.

Wenn Cross vorhat, was ich befürchte, würde das seine Abwesenheit erklären. Müsste er bei einem Coup dieser Größe nicht anwesend sein, damit er sofort reagieren kann, falls seine Strategie nicht aufgeht oder irgendwas schiefgeht? Denn der Plan wird nicht funktionieren. Eher wird Silvio mich hier verrotten lassen, als Cross auch nur einen Millimeter entgegenzukommen.

Das scheint Castello auch gerade klarzuwerden, denn er stößt eine Reihe italienischer Flüche aus und tritt gegen ein Metallrohr.

„Dann verabschiede dich schon mal von deiner Tochter! Andrej wird sie mit offenen Armen empfangen. Weißt du was, ich werfe sie gleich auf die Rampe und fahre sie persönlich in seine Datscha!“

Mit einem Wutschrei reißt er mir die Augenbinde runter und schlägt mir ohne Vorwarnung zweimal ins Gesicht. Sterne explodieren vor meinem inneren Auge, gleichzeitig durchzuckt mich Schmerz wie ein gigantischer Stromschlag und raubt mir für einige Sekunden den Atem.

Das ist der Moment, als mich mein Sarkasmus im Stich lässt und mir meine Situation voll bewusst wird. Was im Klartext heißt, dass mein Leben keinen Pfifferling mehr wert ist. Ich wurde entführt und niemand wird bezahlen.

Ich habe Schwierigkeiten, bei Bewusstsein zu bleiben, doch irgendwann ebbt die Benommenheit ab. Der Schwindel wird durch ein neues, beklemmendes Gefühl ersetzt, Angst. Sie kriecht durch meine Gliedmaßen, lähmt meinen Körper, mein ganzes Denken, und ich habe Probleme, ruhig zu atmen.

Ich werde in diesem Loch verrecken, werde sterben, wie meine Brüder. Viel zu jung und ohne Hoffnung auf eine Zukunft.

Ich bekomme noch mit, dass Fotos vom mir geschossen werden. Was immer er vorhat, mein Schicksal ist besiegelt. Wenn Cross mich nicht für sich selbst will, wird Castello mich an Julins Onkel ausliefern, dem Mann, der das Massaker meiner Kindheit angeordnet, und mit dessen Befehl meine Familie ausgelöscht wurde.

Julin.

Von all den Dingen, die ich verbockt habe, bedaure ich am meisten die Art, wie wir uns getrennt haben. Er wird nie erfahren, was ich wirklich für ihn empfinde, nie wissen, wie entsetzlich die Tatsache für mich ist, was mein Vater ihm und seiner Familie angetan hat.

Er wird niemals erfahren, dass ich mich in ihn verliebt habe. Dieser Gedanke schmerzt mehr als mein geschundener Körper. Ich schließe die Augen, um die lästigen Tränen zurückzudrängen, doch es ist, als hätte ich die Tür zu einem Raum geöffnet, die sich nicht mehr schließen lässt. Zu lange habe ich meine Gefühle an der kurzen Leine gehalten, habe mich gestählt für das Leben, das vor mir liegt, bis ich eine Chance gesehen habe dem zu entkommen.

Und Mann, bin ich gerannt. Europa, Asien, Australien, Südafrika und Südamerika. Innerhalb eines Jahres habe ich mir die Welt angesehen, habe all das nachgeholt, was ich mir immer ersehnt hatte. Die Freiheit, gehen zu können, wohin ich will.

Doch in Wahrheit bin ich vor etwas davongelaufen, dem man nicht entkommen kann. Meiner Vergangenheit, den Albträumen – meiner Familie. Ich habe allem den Rücken gekehrt, selbst Matteo.

Ich weiß, was ihr jetzt denkt. Von wegen, er ist abgehauen und so, und ich gebe euch recht. Aber hier und heute ist nicht der Zeitpunkt, mir etwas vorzumachen. Im Stillen habe ich immer gewusst, dass er zurückkommen würde. Fakt ist, dass ich ihn bestrafen wollte. Er hat mich mit meinem Vater alleingelassen, war nicht da, als Silvio mir seine Heiratspläne mit dem Jackson-Sohn aufgetischt hat. Also bin ich untergetaucht und habe es ihm unmöglich gemacht, mich aufzuspüren.

Ich war enttäuscht, bin es immer noch. Enttäuscht und verwirrt. Denn die Wahrheit ist, dass ich es nie aus meinem Albtraum geschafft habe. Im Grunde stehe ich immer noch unter Schock, bin das sechsjährige Mädchen, das zusehen muss, wie seine Mutter erschossen wird.

Niemand außer Antonio hat mich in jener Nacht gesehen. Ich bin in ihn gerannt und er hat mich schwören lassen nie ein Wort darüber zu verlieren, was ich gesehen habe. Mein

Vater weiß nicht, dass ich die Wahrheit kenne, die ich in den hintersten Winkel meines Bewusstseins gestopft habe. Einer Rumpelkammer voll dunkler Geheimnisse, die ich verriegelt und bis heute nicht geöffnet habe. Er hat keine Ahnung, dass ich ihn in jener Nacht gesehen hab. Und er weiß nicht, wem Emilys letzte Worte galten. Eine Kugel steckte in ihrer Brust, Blut floss durch ihre Finger, die sie auf die Wunde gepresst hatte … so viel Blut.

„Es tut mir leid." Sie lag auf dem Boden, mein Vater stand über ihr. Doch ihr Blick war nicht auf Silvio gerichtet. Er lag auf mir.

Ich wünschte, ich könnte die Zeit zurückdrehen. Wünschte ich wäre nicht gelähmt gewesen, sondern wäre zu ihr gerannt. Hätte ihre Hand gehalten, meinen warmen Körper gegen ihren kalten gedrückt. Ihr einen letzten Kuss gegeben. Stattdessen ist sie in den Armen ihres Mörders gestorben, dem Mann, den sie für die Liebe ihres Lebens gehalten und der sich als unfähig entpuppt hat, diese Liebe zu erwidern.

Ich habe ihr nie gesagt, dass ich sie liebe. Ich war zu jung. Mit Julin liegen die Dinge anders. Die ganze Zeit war ich bloß auf mein Ziel fixiert, ihn und seine Sippe auszulöschen. Dabei habe ich meine Gefühle verleugnet, habe ihn für das Unglück meiner Kindheit verantwortlich gemacht und ihn bekämpft.

Was würde ich darum geben, ihm sagen zu können, wie leid es mir tut. Wenn ich jetzt sterbe, stehen all die Lügen zwischen uns. Wozu habe ich Wochen und Monate damit verpulvert, den perfekten Virus zu entwickeln, statt mit ihm zusammen zu sein?

Während ich in Selbstvorwürfen versinke, verliere ich jedes Zeitgefühl und habe keinen Schimmer, wie lang ich wie ein Schinken von der Decke hänge. Castello hat sich in einen Nebengang verzogen, zwei seiner Leute beäugen mich von ihren Posten aus.

Als eine Explosion die Tunnelwände erzittern lässt, laufen meine Bewacher fluchend in den Hauptgang, und meine Pity-Party kommt zu einem jähen Ende. Der Adrenalinschub hat eine ernüchternde Wirkung auf mich. Als hätten sie nur auf das richtige Signal gewartet, kehren meine Lebensgeister zurück und endlich zahlt sich das Training mit Julin aus. Ich nehme Anlauf, pendle vor und zurück, vor und zurück, bis ich genug Schwung habe und mich an der Kette hochziehen kann. Ich befreie die Füße aus dem Haken, lasse los und rolle mich auf den Boden ab.

Zu den Schüssen gesellen sich nun Rufe, ein paarmal bebt die Erde (ich tippe auf Handgranaten) und Rauch weht in meinen Tunnel. Vor einer Metallplatte beim Lüftungsschacht falle ich auf ein Knie. Die Kanten sind rau und verrostet, ideal um meine Hände vom Klebeband zu befreien. Dennoch dauert alles viel zu lang.

Als ich das Band von meinen Füßen reiße, wirft jemand eine Schockgranate in den Tunnel und ich bin für einen Moment geblendet. Durch die kurze Orientierungslosigkeit bekomme ich nur am Rande mit, dass zwei Männer miteinander kämpfen. Die Rauchentwicklung macht es mir unmöglich, zu erkennen, wer auf wen losgeht. Um ehrlich zu sein, es interessiert mich auch nicht. Ich will hier raus. Bevor ich mich aufrichten kann, wirft sich ein schwerer Körper über mich. Mir bleibt nicht mal Zeit zu fluchen.

Verdammt, ich hätte es fast geschafft.

Kapitel 35

Julin kannte den Untergrund wie seine Boxhalle. Er wusste, wo sich die Schweine aufhielten. Den Belmont Katakomben unterhalb von Central L.A. Die U-Bahn Tunnel wurden 1925 von der *Pacific Electric Subway Company* eingeweiht und dreißig Jahre später geschlossen. Seitdem waren sie versiegelt und dienten ab und zu als Filmkulisse – oder als Versteck. Wer rein wollte, kam auch rein, aber dazu brauchte man Geduld, eine gute Ausrüstung und einen Unterwasserschweißbrenner.

Da er die Ein- und Ausgänge kannte, wusste er, dass es zu viele Fluchtmöglichkeiten gab. Wenn Cross sich in den Tunneln verkrochen hatte, hielt er sich vermutlich einen Nebengang offen. Den zu finden, würde zu lang dauern. Er müsste alle Ausgänge, Abflüsse und Lüftungsschächte besetzen, wenn er dieses Dreckschwein erwischen wollte. Dazu brauchte er nicht nur eine große Anzahl Männer, sondern auch Spezialmunition. Außerdem Maschinengewehre, Handgranaten – ob Boris ihm eine Bazooka besorgen konnte?

Die Alternative war, allein reinzugehen. Ein Mann, bis an die Zähne bewaffnet. Unter anderen Umständen wäre das seine erste Wahl. Nicht, weil sein Ego danach schrie, sein Mädchen im Alleingang aus diesem Loch zu holen, sondern weil das die schnellste Lösung war. Ein Team zu organisieren, die richtigen Waffen zu finden und in einer Blitzaktion den Tunnel zu stürmen, kostete wertvolle Zeit. Zeit, die er vielleicht nicht hatte.

Der Haken daran war, dass er für so eine Aktion noch nicht fit war. Die Wunden vom Kampf waren noch nicht verheilt. Wenn er einen Fehler beging oder seine Arroganz mit ihm durchging, konnte das Skylers Leben kosten.

Also biss er die Zähne zusammen, schluckte seinen Stolz hinunter und forderte einen Gefallen ein.

Nach dem Anruf rief er sein Spezialteam zusammen, das er für Sondereinsätze dieser Art ausgebildet hatte. Dazu gehörten Oleg und Dima, Jim und sein Bruder Jack. Milan war ein exzellenter Schütze, doch er brauchte ihn, um die Aktion zu koordinieren und den Rest des Teams zu führen, während er und seine Männer die Tunnel durchkämmten. Sie würden zu fünft reingehen und mit Nachtsichtgeräten und Wärmekameras das Versteck ausfindig machen. Das würde kein Spaziergang werden. Der Tunnel war mehr als einen Kilometer lang und besaß zahlreiche Nebenarme.

Während seine Jungs mit Hightech-Waffen ausgerüstet waren, beschränkte er sich auf seine *Glock* und die *SIG Sauer*, ein Combat Messer sowie ein halbes Dutzend Wurfsterne. Zusätzlich stopfte er sich die Taschen seiner Kevlar-Weste mit Munition voll. Das musste reichen. Mehr Kram wäre Ballast und er zog Mobilität vor.

Ihr Lager schlugen sie am Bunker Hill auf, Verstärkung wartete an der Olive Street in der Nähe des California Plaza. Der Eingang, den er gewählt hatte, lag hinter dem Luxushotel. Man musste in den regulären U-Bahnschacht steigen und kam über einen Seitenkanal in den Belmont Tunnel.

Im Stillen fragte er sich, ob dieser Untergrund-Scheiß eine tiefere Bedeutung hatte. Warum hatte Cross nicht einfach ein Haus gemietet, Skyler unter Drogen, und somit außer Gefecht gesetzt, und die Verhandlungen aufgenommen? Wozu das Drama? Schächte, Metallketten und die Tochter des Paten, die kopfüber von der Decke hing. Hatte Cross zu viele Vegas Shows gesehen, oder was wollte er mit dieser Nummer beweisen?

So oder so traute er diesem Hurensohn nicht. Darum sicherte er seine Klubs, verdoppelte die Posten und versetzte die Männer in Alarmbereitschaft.

Andrej war über jeden seiner Schritte informiert. Er war wie ein Vater für ihn und hatte den Kontakt zu Boris gelegt. Da der alte Gauner ihm einen Gefallen schuldete, hatte er ihm nicht nur die Waffen, sondern auch Manpower aus dem Kreuz geleiert. Seltsamerweise hatte Boris nur eine Frage. Er hatte ihn vor zwei Stunden über die Darknet Chatfunktion kontaktiert – das war wie Skype für Kriminelle, da es Dank der Binärverschlüsselung komplett abhörsicher und nicht rückverfolgbar war.

„Ist es geschäftlich oder etwas Persönliches?"

„Persönlich."

„Ist sie es wert?"

„Sie?"

Boris fiel in sein dunkles Lachen. „Junge, wenn es persönlich ist, und du eine Armee anforderst plus der neusten Technik, die auf dem Markt ist, kann es sich nur um eine Frau handeln."

Julin hatte sich vorgebeugt und in die Minikamera seines Smartphones geblickt. „Jeden verdammten Schuss!"

Boris saß in seinem Büro vor dem iPad. Er hatte genickt und sich zurückgelehnt. „Ich erwarte eine Einladung zur Hochzeit, dann sind wir quitt."

Julins Mundwinkel hatten gezuckt, doch er hatte seine ernste Miene beibehalten und genickt. „Keine Ahnung, wovon du redest, alter Mann."

Darauf war Boris in sein dunkles Lachen gefallen, was Julin nur selten zu hören bekam. Schmunzelnd hatte er die Verbindung beendet und sich mit seinem Team zur Übergabe aufgemacht.

Kapitel 36

Normalerweise bin ich nicht der Typ, der sich retten lässt. Ich ziehe es vor, mich selbst zu befreien. In diesem Fall hätte ich mich jedoch nicht beschwert, wenn Julin mit einem Messer zwischen den Zähnen den Tunnel gestürmt, und mich rambomäßig über die Schulter geworfen und hier rausgebracht hätte. Aber das hier ist die Realität. Darum liegt auch nicht mein Russe auf mir, sondern Fabio Castello. Er hat auch keine Klinge zwischen den Zähnen, sondern presst sie gegen meinen Hals. „Wenn ich draufgehe, gehst du mit. Bis dahin bist du meine Lebensversicherung."

Das muss mein Glückstag sein. Eben noch war ich frei, im nächsten Moment bin ich unter hundert Kilo Muskelmasse begraben und kalter Stahl bohrt sich direkt über meiner Halsschlagader in die Haut.

Obwohl Castello mir kräftemäßig überlegen ist, hat er nicht mit dem Wutfaktor gerechnet, der meine Stärke vervielfacht. Darum tue ich das, was ich am Besten kann, ramme ihm das Knie zwischen die Beine und rolle mich unter der Klinge weg. In Nullkommanichts bin ich auf den Beinen und trete ihm mit Anlauf in die Seite. Doch so schnell lässt er mich nicht gehen. Er ergreift meinen Fußknöchel, zieht und bringt mich abermals zu Fall.

Verflucht, das tut weh! Ich versuche mich wegzurollen, doch Castello hat ein Messer, und ich habe … nichts.

Er holt aus, und ich weiß, das ist das Ende. Statt die Augen zu schließen, zwinge ich mich, ihn anzusehen. Ich werde ihm nicht die Genugtuung geben und Schwäche zeigen. Wenn er mich umlegen will, dann muss er mir dabei in die Augen blicken. Als er zum tödlichen Stoß ausholt, durchschneidet ein leises Sirren die Luft, und ein Wurfstern bohrt sich in Castellos Hand, die das Messer hält. Ihm entweicht ein erstickter Schrei, gleichzeitig lässt er die Klinge fallen. Wir suchen den Boden danach ab, hastig, panisch, doch der Rauch ist wie eine undurchdringliche Suppe, die sich über den Tunnel gelegt hat.

Castello flucht, dann sirrt ein weiterer Wurfstern an meiner Wange vorbei und landet in Castellos Auge, das regelrecht explodiert.

Shit, ist das eklig! Ich presse die Lider zusammen und krieche wie eine Krabbe rückwärts von ihm weg. Obwohl ich seit einer Ewigkeit nichts gegessen habe, rebelliert mein Magen. Ich hab jedoch was Besseres zu tun, als mich zu übergeben, wie zum Beispiel die Quelle der Wurfgeschosse auszumachen. Schwer atmend sehe ich mich um, doch der Qualm macht eine Orientierung unmöglich.

Der Hall der Schüsse scheint von allen Seiten zu kommen, die Rufe sind ebenfalls keine Hilfe.

Als ich eine Gestalt ausmache, die direkt aus dem Rauch auf mich zukommt, geht mein Puls durch die Decke ich und taste den Boden nach Castellos Messer ab. Meine Hände zittern, mein ganzer Körper, um genau zu sein. Ich hab auch allen Grund.

Die Umrisse zeigen einen Typen in voller Kampfausrüstung. In der Linken hält er eine Knarre, in der Rechten ein Combatmesser und er steuert direkt auf mich zu. Doch statt mir den Garaus zu machen, beugt er sich zu Castello, der wie ein Fisch auf dem Trockenen nach Luft schnappt, und schneidet ihm, ohne mit der Wimper zu zucken, die Kehle durch.

Hastig versuche ich auf die Beine zu kommen, doch ich schwöre, mir tun selbst die Haarwurzeln weh. Ich wäre ohnehin nicht weit gekommen. Zwei Hände legen sich um meine Mitte und ich werde gegen einen festen Körper gezogen.

Als erstes fällt mir der Karamellduft auf, gepaart mit dem herben Aftershave. Die Hände kommen mir ebenfalls bekannt vor, darum drehe ich den Kopf, langsam, wie in Slow Motion, und blicke in ein Paar durchdringende Quecksilberaugen. Mein Mund klappt auf. „J-Julin?"

„Babe, wir müssen verschwinden. Hier fliegt gleich alles in die Luft."

Im ersten Moment weiß ich nicht, was ich denken soll und bin sprachlos. Hat er den Deal mit meinem Vater gemacht? Und Andrej hat ihn geschickt, die Ware abzuholen – also mich. Oder ist das sein persönlicher Rachefeldzug und ich bin bloß Kollateralschaden?

Als wäre das nicht verwirrend genug, hat mein Herz auch eine Meinung dazu, das bei Julins Anblick Purzelbäume schlägt. Mein Russe ist hier! Ich habe nicht mehr damit gerechnet, ihn wiederzusehen. Ich möchte ihm so viel sagen, will versuchen, ihm zu erklären, dass ich keine Ahnung hatte …

„Babe?" Er nimmt mein Gesicht zwischen seine Hände und dann küsst er mich. Kein *Schatz-ich-bin-zu-Hause*-Küsschen, sondern ein frontaler mit Zunge und allem Drum und Dran Molotow-Cocktail-Kuss, bei dem sich meine Zehen hochrollen. Holy Moly!

„Boss!“

Widerstrebend lösen sich Julins Lippen von meinen. Er schüttelt bedauernd den Kopf. „Das muss warten, Süße, wir müssen los.“

Ich nicke, dann fällt mir etwas ein. Ich knie mich auf den Boden und versuche Castellos zermatschtes Auge zu ignorieren. Vorsichtig beuge ich mich über ihn, klopfe seine Taschen ab, und friemle sein Smartphone aus der Brusttasche seines Hemds, das ich in meiner Jeanstasche verschwinden lasse.

Julin hockt sich neben mich und legt mir eine Maske um. Ich schätze mal, um mich vor dem Reizgas in den Gängen zu schützen. Dann hilft er mir auf die Beine und wir rennen Hand in Hand durch die Gänge.

Wie er sich in der Nebelsuppe orientieren kann, ist mir ein Rätsel. Der Bursche, der ihn gerufen hat, läuft vor uns her. Wenn ich nicht komplett danebenliege, hat er ein spezielles Sichtgerät auf dem Kopf. Ich tippe auf eine Wärmebildkamera.

Als wir endlich an der Luft sind, reiße ich mir die Maske vom Gesicht, sinke auf ein Knie und atme ein paarmal tief durch.

Großer Gott, das war knapp. Nachdem ich wieder Luft bekomme, blinzle ich ein paarmal und sehe mich um. Offensichtlich ist Julin nicht allein gekommen.

Ein Dutzend schwer bewaffnete Männer steigt in einen quietscheentengelben Van, der sich in Bewegung setzt, kaum dass alle an Bord sind. Kurz darauf schließen sich die Schiebetüren und er verschwindet in der Nacht.

Ein paar der Burschen kommen mir bekannt vor, wie Mike aus der Warzone und, verdammt, Milan ist ebenfalls hier. Mit wem ich jedoch nicht gerechnet habe, ist Matteo.

Für einen Moment erstarre ich.

Wie Julin ist er in Kampfausrüstung. Zwei Uzi-Messer sind um die Oberschenkel seiner Cargo Hose geschnallt, sowie zwei Glocks und Munition. Das dunkle Haar hat er zu einem kurzen Zopf zusammengebunden, sein Gesicht ist mit Blut gesprenkelt. Sein Blick liegt auf Julin, er wirkt angepisst. Matteos Ausdruck ist hart, doch als er auf mir landet, wird die Härte von Sorge abgelöst.

Hinter ihm steht Dex, der mir zuzwinkert. Statt Combatmesser hat er schwerere Geschütze aufgefahren. Handgranaten hängen wie Weihnachtskugeln von seiner Weste und ein Maschinengewehr ist auf seinem Rücken geschnallt. Was soll das werden? Haben die vor, einen Krieg zu starten?

Bevor ich eine Frage formulieren kann, ist Matteo bei mir und legt seine Arme um meinen zitternden Körper.

„Sweetie, was machst du für Sachen?", flüstert er in mein Ohr.

Das wusste ich auch gern. Ich erwidere seine Umarmung und endlich fühle ich mich sicher. Matteo würde mich nicht betrügen, obwohl ich Julins Kuss schon ziemlich überzeugend fand. Allerdings weiß ich nicht, ob ich meinen Gefühlen trauen kann. Wir haben beide Spielchen gespielt. Selbst wenn er zu meiner Rettung gekommen ist, heißt das nicht, dass ich ihm trauen kann. Vielleicht war das Ganze Matteos Idee und Julin wartet nur auf die richtige

Gelegenheit, mich an Silvio zu verschachern. Mein Gefühl sagt mir allerdings etwas anderes.

„Aufbruch!", ruft jemand. Das ist der Moment, als ich die erste Detonation höre. Heilige Scheiße, die sprengen die Tunnel! Bevor ich weiß, was los ist, übergibt mich Mike an Julin, was Matteo nicht zu gefallen scheint.

Doch Julins Blick ist eine einzige Warnung, und mein bester Freund schluckt, was immer ihm auf der Zunge liegt, runter.

Ein halbes Dutzend Geländewagen hat hinter dem Plaza geparkt. Als hätten sie das schon hundertmal getan, verschwinden die restlichen Männer in den Fahrzeugen und fädeln sich in den nächtlichen Verkehr von L.A., als würden sie eine Junggesellenfeier verlassen und kein Schlachtfeld.

Julin setzt sich hinters Steuer des Jeeps. Ich nehme auf dem Beifahrersitz Platz. Während er auf den Freeway auffährt fische ich Castellos Handy aus meiner Jeans und scrolle durch den Messenger. Mein Magen krampft sich zusammen, als ich mir die letzten Nachrichten durchlese und mein Hals wird trocken.

Danilo Cross war kein bisschen an Lösegeld interessiert. Er wollte auch keinen Anteil von New York City – er wollte alles. Meine Entführung war bloß ein Ablenkungsmanöver. Cross wollte Silvios und Cesares Aufmerksamkeit auf L.A. gerichtet haben, während er in den Big Apple einmarschiert und die Zentrale besetzt, die Bank der *famiglia*.

Der Trick ist alt. Man macht an einer Stelle ordentlich Krach und kann woanders ungesehen durchschlüpfen. Doch mein Vater ist nicht dumm. In jedem Fall ist er cleverer als der Boss von Las Vegas und hat mit Sicherheit

Vorsichtsmaßnahmen getroffen. Was vermutlich der Grund dafür ist, dass Cross' grandioser Plan gescheitert ist. Die Nachrichten im Messenger enden an der Stelle, als Cross seine rechte Hand auffordert, mich als Geisel zu nehmen. Ich war sozusagen sein Joker. Für diese zweifelhafte Ehre kann ich mich nicht wirklich begeistern, zumal Castellos Gastfreundschaft zu wünschen übrig lässt. Wenn Cross nach allem immer noch nicht kapiert hat, dass Silvio nie vorhatte mich auszulösen, ist er ein größerer Idiot, als ich angenommen habe. Was mich zum nächsten Punkt bringt.

Mein Vater.

Bei dem Gedanken, dass er keinen Finger für meine Freilassung gerührt hat, kriecht ein eisiger Schauder über meinen Rücken.

Julin legt eine Hand auf meinen Schenkel, drückt ihn leicht. Ich bedecke sie mit meiner und schenke ihm ein trauriges Lächeln. Seine Nähe gibt mir Kraft und hilft mir, den Schmerz runterzuschlucken, und meine Gedanken zu sortieren.

Was ist aus Silvios Hochzeitsplänen geworden, seinem Traum, Chicago mit New York zu verbinden? Was ist mit seinem Expansionsvorhaben, seiner Idee einer vereinten Familie? Bin ich wirklich so eine Riesenenttäuschung für ihn, dass er befürchtet, ich könnte als Frau von Cesares Sohn mehr Schaden anrichten, als Nutzen zu bringen? Was bringt einen Vater dazu, seine Tochter zu opfern?

Warum liebt er mich nicht?

Esthers Worte kommen mir in den Sinn. *„Der Mann ist ein Narzisst. Er weiß nicht, wie man liebt. Warum glaubst du, ist deine Mutter in die Arme eines anderen geflohen?“*

Ist sie wirklich in Nikolais Arme geflohen, oder hat der Russe sie benutzt? Die Wahrheit werde ich wohl nie erfahren. Ich bin mir jedoch sicher, dass Silvio sie für seine Zwecke eingespannt hat. Sie war ein Mädchen aus gutem Haus, die Tochter wohlhabender Unternehmer, war gebildet und mehrsprachig aufgewachsen. Obendrein war sie bildschön, die geborene Vorzeigefrau, Silvios persönliche Zuchtstute.

Und sie hat den Job erledigt. Drei Söhne und eine Tochter. Danach hatte sie ausgedient, darum ist er sie bei der erstbesten Gelegenheit losgeworden. Und genau das bin ich für ihn: nutzlos.

Was soll ein Mann in Silvios Position mit einer aufsässigen Tochter anfangen, die die Flucht antritt, nachdem ihre Verlobung am Verhandlungstisch beschlossen wurde, und die ihn vor seinen Partnern blamiert. Wahrscheinlich will Cesare mich nicht mehr für seinen Sohn. Dann wäre ich zweite Wahl, B-Ware, und für Silvios Zwecke uninteressant. Also schließt er die Tür hinter mir ab und überlässt mich der Willkür von Danilo Cross.

Die Krönung des Ganzen ist, dass er meine Entführung zu seinem Vorteil dreht, und ein fettes Geschäft daraus macht. Das ist die Gelegenheit, auf die er zwanzig Jahren gewartet hat. Danilo ist fertig. Er wird nicht nur Vegas verlieren, sondern auch aus der *famiglia* geworfen. Und schon wieder profitiert Silvio vom Verlust eines Familienmitglieds, als hätte er es von langer Hand geplant. Es ist gar nicht nötig mich zu verheiraten, um zu expandieren. Alles, was er tun muss ist, dabei zusehen, wie mich seine Rivalen abmurksen. Dann kann er den

Empörten spielen, Rache schwören, und sich als Entschädigung einen Teil von Sin City unter den Nagel reißen.

Doch der Plan hat ein paar Schönheitsfehler. Seine Tochter wird vom Feind gerettet, den Kopf voller Rachepläne. Das Schicksal ist wirklich ein sarkastisches Miststück. Zumindest wird es das sein, wenn ich mit Silvio durch bin.

Ich nehme einen tiefen Atemzug, öffne den Browser und logge mich auf meine Cloud ein. Plötzlich ist alles ganz einfach. Für das, was ich vorhabe, brauche ich keinen Keylogger. Ich kenne das System in- und auswendig, immerhin habe ich es aufgebaut und programmiert. Die Passwörter stammen von mir. Selbst wenn sie geändert wurden, hab ich mir eine Hintertür offengelassen. Ich werde mich nicht, wie meine Mutter, auf dem Altar von Silvios Ambitionen opfern lassen. Mein Vater wird bezahlen und heute ist Zahltag.

Ich scolle durch die Fotos, die Castello von mir geknipst hat. Auf den meisten bin ich bewusstlos, auf zweien sehe ich regelrecht tot aus. Ich nehme das, bei dem Blut aus meinem Ohr läuft, das wirkt dramatischer.

Nachdem ich das Bild bearbeitet habe lade ich *Revenge* von meiner Cloud, hänge das Virus ans Foto, und gebe Silvios private E-Mail ein, eine Adresse, die nur dem innersten Zirkel bekannt ist, der Familie und den Oberbossen.

Mein Finger schwebt über der Send-Taste, ich halte für einen Moment den Atem an. Möchte ich das wirklich? Das lässt sich nicht rückgängig machen. Das Virus aktiviert sich, sobald das Foto geöffnet wird. Wenn es einmal aktiv ist, kann es nichts und niemand stoppen, nicht mal ich.

Was ich vorhabe, wird für die italienische Mafia so tödlich sein, wie das Attentat auf die Twintower. Und es wird mindestens so lang dauern, bis sie sich davon erholt hat.

Langsam stoße ich die Luft aus. Meine Gedanken wandern zu meiner Mutter, zu Nico, Thoma und Paolo. Zu Julin. Seinem Vater, den Brüdern und seiner zehnjährigen Schwester.

„Baby, alles in Ordnung?" Julin drückt meinen Schenkel leicht. Ich drehe mich zu ihm und schenke ihm ein schwaches Lächeln. Dann presse ich den Send-Button und schicke Revenge auf den Weg.

Dies ist für all die Unschuldigen, die sterben mussten, weil sie Silvio im Weg standen.

„Skyler?"

Statt zu antworten entferne ich die SIM-Karte, knicke sie in der Mitte durch und werfe sie in den Straßengraben. Der Akku folgt, danach fliegt der Rest des Handys aus dem Fenster. Nachdem ich die Scheibe hochgefahren habe, bedecke ich Julins Hand und fädle meine Finger durch seine. „Jetzt geht's mir besser." Ich drehe mich im Sitz, damit ich Julin ansehen kann, und schenke ihm ein Lächeln, das er erwidert.

Ich hab meinen Job getan, das Virus erledigt den Rest.

Jetzt, da alles getan ist, spüre ich die Müdigkeit. Ich schließe die Augen, um zu verschnaufen. Dann übernimmt mein Körper und ich döse ein.

Kapitel 37

Julin zu überraschen war nicht einfach. Als der Anruf kam, dass Matteo in seinen Gym spaziert war und eine Waffe in Milans Mund gesteckt hatte, hatte ihn das irritiert.

Mike war am Telefon und er klang nicht glücklich. „Sollen wir ihn abknallen?“

Das wäre ungünstig, immerhin könnte Milan dabei draufgehen. Dann müsste sich Julin um all die lästigen Dinge kümmern, die Milan bisher erledigt hatte, und das war keine Kleinigkeit. „Was will er?“, fragte er, mehr um Zeit zu gewinnen, als aus Interesse.

„Du sollst vorbeikommen. Behauptet, er wüsste, wo Rossis Tochter ist.“

Das änderte die Situation.

„Sag ihm, ich bin in zehn Minuten bei ihm. Sag ihm auch, dass sollte sein Lauf dann immer noch in Milans Hals stecken, ich seine Kniescheiben zertrümmern werde. Und zwar mit seiner eigenen Waffe.“

„Geht klar, Boss.“ Er konnte Mikes Grinsen hören und beendete die Verbindung.

Er hatte nicht mit Matteo gerechnet. Wenn er jedoch Informationen über Skyler hatte, wäre er ihm willkommen. Das Bild von ihr im Bunker hatte sich in seine Netzhaut gebrannt. Das war vor einer knappen Stunde gewesen, ihm ging das alles viel zu langsam. Er hatte keinen Schimmer, wie viel Zeit ihr noch blieb, bevor diese Motherfucker sie kalt machen würden. Um die Tunnelausgänge im Auge zu behalten hatte er dort ein halbes Dutzend Männer platziert, bis seine Crew vollzählig, und bereit für den Angriff war.

Seine Jungs standen parat, doch sie waren zu wenige. Boris Leute brauchten zu lange, um sich zu organisieren. Zumindest hatte er die Waffen geliefert.

Als er im Gym eintraf, saßen Milan und Matteo im Büro und lieferten sich ein Blickduell. Der Parkplatz war voller Harleys und Biker, die bis an die Zähne bewaffnet waren. Ihnen gegenüber standen Julins Männer in Kampfanzügen und schweren Waffen. Er glaubte nicht, dass von Matteo Gefahr ausging. Er war wegen Skyler hier, nicht um sich mit ihm anzulegen.

Das bestätigte er, als Julin die Tür zum Büro öffnete.

„Schön, dass du es einrichten konntest." Der Sarkasmus war an ihm verschwendet, er hatte keine Zeit fürs Weitpinkeln. Er wollte so schnell wie möglich zu Skyler, und wenn Boris' Truppe nicht bald eintraf, würde er ohne Verstärkung losziehen.

„Die Uhr tickt, Rossi, du legst am Besten gleich los."

„Ich bin kein Rossi!"

Ein bisschen Touchy-Feely, was? „So steht's in deinem Führerschein."

„Nicht mehr lange."

Julin hob die Schultern und Matteo nahm einen tiefen Atemzug. Dann machte er ihm ein Angebot, das er nicht ablehnen konnte.

Eine Viertelstunde später war er darüber informiert, dass Matteo, dieser Hurensohn, Skyler einen Sender in den Sneakern verpasst hatte. Er war sich sicher, dass sie sich niemals von ihren Schuhen trennen würde.

Warum war ihm diese Idee nicht gekommen? Das Handy ließ sie seit Neustem überall liegen. Er hatte ihre Spur vor

Tagen verloren und nicht wieder aufnehmen können. Jetzt jedoch hatte er ein klares Signal und wusste genau, wo sie steckte. Schon allein dafür war er Matteo dankbar, er hatte ihm kostbare Zeit und unnötige Sucherei erspart. Auf diese Weise konnte die Aktion sauberer koordiniert werden, und er brauchte nicht annähernd so viele Männer.

Noch während sie zu den Fahrzeugen joggten, gab er die Koordinaten ein. Er nahm auf der Pritsche eines Vans Platz, der als Baustellenfahrzeug getarnt war. Damit würden sie weniger Aufmerksamkeit erregen und konnten so gut wie überall parken.

Das Briefing war kurz und knapp: reingehen, Skyler holen und beim Rausgehen alles abknallen, was ihnen vor die Mündung kam. Nachdem sie sich zurückgezogen hatten, wurde der Tunnel ohnehin gesprengt. Das ersparte ihnen eine Verfolgungsjagd durch die City und verschaffte ihnen Zeit. Die Aufmerksamkeit der Bullen wäre auf die Tunnel gelenkt, während sie Richtung Westen unterwegs waren.

Als sie die Katakomben in Belmont erreichten, war Julin im Kampfmodus. Ab sofort wurde nicht mehr geredet, sondern mit Handzeichen verständigt. Seine Männer kannten den Drill. Matteos nicht. Darum war es ihr Job, die Ausgänge zu bewachen und niemanden rauszulassen, der nicht zum Team gehörte. Ein letztes Mal überprüfte er seine Waffen samt der Ersatzmunition. Seine Bewegungen waren effizient. Das war nicht sein erster Kampfeinsatz und vermutlich nicht sein Letzter.

Dima hatte die Wärmekamera und ging voraus. Julin dicht hinter ihm, gefolgt von Oleg, Jim, seinem Bruder Jack sowie Matteo und Dex, die das Schlusslicht bildeten. Das war

Matteos Bedingung – mit reinzukommen und Skyler rauszuholen. Er konnte glauben, was er wollte, aber niemand, der nicht Julin Petrow hieß, würde sein Mädchen aus diesem Loch befreien.

Als es zum ersten Feindkontakt kam, fuhren sie sofort die großen Geschütze auf. Hand- und Blendgranaten wurden in die Gänge geworfen, um für maximale Verwirrung zu sorgen. Zudem teilte sich die Gruppe, damit der Gegner seine Kräfte aufteilen musste. Jack hatte ebenfalls eine Wärmekamera, die er sich samt Atemmaske aufsetzte. Nachdem Jacks Gruppe im Nebengang verschwunden war, zogen Julin, Dima und Oleg ihre Waffen und arbeiteten sich weiter vor.

Auf dem Weg durch die Tunnel leerte Julin die Magazine schneller, als er nachladen konnte. Dank der Kamera blieb ihre Sicht vom Qualm unbeeinflusst. So kämpften sie sich Meter für Meter vor. Als er den Bunker erreicht hatte, deutete Jack auf den Boden.

Und da lag sie, kämpfte mit Castello, diesem feigen Hurensohn, der es wagte, Hand an sie zu legen. Julin warf einen Wurfstern, dann noch einen, schließlich kam er über Castello wie eine Nemesis und beendete sein erbärmliches Leben.

Nachden er sein Messer aus Castellos Hals gezogen hatte, wandte er sich zu Skyler. Sie sah nicht wie eine Frau aus, die gefesselt und geschlagen worden war. In ihren Augen brannte ein Feuer, das er tief in seiner Brust spürte und das sich wie flüssiges Sonnenlicht in ihm ausbreitete. Sie hatten sie weder kleingekriegt noch gebrochen. Mit ihrem Kampfgeist könnte sie es mit all seinen Männern aufnehmen, und er wäre sich nicht sicher, wer am Ende verlieren würde.

Als sich ihre Lippen berührten, legte er seine Seele in den Kuss, sein Herz und all seine Liebe.

Vor Skyler war er noch nie verliebt gewesen, kannte das alles verzehrende Gefühl nicht, das ihn von innen heraus verbrannte. Doch es war ein gutes Brennen, und ähnelte dem in ihren Augen, die sie in diesem Moment geschlossen hatte, um sich ganz ihrem Kuss hinzugeben.

Das war der Moment als ihm klar wurde, dass er keinen Tag ohne sie verbringen wollte. Und bei Gott, er würde sie nie wieder alleinlassen.

Kapitel 38

Die nächsten Stunden erlebe ich wie in einem Wachkoma. Wir fahren Richtung Westen. Je mehr Kilometer wir hinter uns bringen, desto kleiner wird unser Konvoi. Wagen für Wagen biegt in eine andere Richtung ab, ich schätze mal um potenzielle Verfolger in die Irre zu führen.

Nachdem wir Santa Monica hinter uns gelassen haben, trennt sich auch das letzte Fahrzeug von uns, und wir folgen den Schildern Richtung Malibu.

Die Erschöpfung hat mich voll im Griff, und obwohl ich dagegen ankämpfe, nicke ich immer wieder ein. Was nach unserer Ankunft passiert ist, habe ich nur noch schemenhaft in Erinnerung.

Ich weiß, dass mich jemand gebadet und mein Haar gewaschen hat. Nicht Julin, das hätte ich nicht vergessen. Dennoch spürte ich Vertrautheit. Hinterher hat mir jemand Suppe eingeflößt, danach ist ein Arzt gekommen, der mich zusammengeflickt hat. Nachdem mein Körper mit der salzigen Brühe gefüllt war, habe ich den Kampf aufgegeben und dann war da nur noch Dunkelheit. Zur Abwechslung allerdings eine Gute.

Als ich das nächste Mal erwache, ist Donnerstagmittag. Ich habe anderthalb Tage im Bett verbracht. Julin sitzt auf der Bettkante. Ein prall gefülltes Tablett steht auf dem Nachttisch und der Duft frisch gemahlener Kaffeebohnen liegt in der Luft. Wie auf Knopfdruck erwachen meine Lebensgeister und ich setze mich auf.

„Sachte, Kleines!“ Er rutscht zu mir, nimmt mich in den Arm und zieht mich auf seinen Schoß. Ich lege den Kopf gegen sein Shirt und inhaliere seinen himmlischen Duft, eine Mischung, mit der er mich vom ersten Augenblick am Haken hatte. Julin drückt mich an sich und ich vergrabe meine Nase in seinem Nacken, umschlinge seine Mitte mit den Beinen. Er zuckt zusammen, und ich erinnere mich an die Verletzungen, die er sich im Kampf mit dem *Zerstörer* zugezogen hat. Wer weiß, was er sich gestern noch eingefangen hat.

Ich gebe es nicht gern zu, aber dies ist der einzige Ort, an dem ich im Moment sein will – in seinen Armen. Er streicht beruhigend über meinen Rücken und die Berührung hat etwas Magisches. Gott, das tut so gut.

„Gibt es etwas, das du mir sagen möchtest?“ Seine dunkle Stimme ist wie Samt.

Ich möchte mich in sie einhüllen, sie mir wie eine Decke überziehen.

„Hm?“

Ich kann sein leises Lachen eher fühlen, als hören. Seine Brust vibriert und ich kuschle mich enger an ihn.

„Ich formuliere es mal anders.“ Er legt seine Hände um mein Gesicht und schiebt mich so weit zurück, dass ich ihn ansehen muss. „Hast du etwas getan, worüber du reden möchtest?“

Damit hat er meine Aufmerksamkeit. Er spricht von Revenge. Das Virus muss sein furchtbares Werk getan haben und für einen schrecklichen Augenblick fürchte ich, es an die falsche Adresse versandt zu haben. Immerhin war ich total erschöpft und mehr oder weniger im Halbschlaf, als ich es auf die Reise geschickt habe. Im Geiste gehe ich die Schritte durch und stoße den angehaltenen Atem aus.

Keine Chance, Silvios E-Mail Adresse kann ich auch unter Vollnarkose runterbeten: NY-Ghost200West56th@retroshare.net

Ich öffne die Augen und lasse den Blick über Julins Züge gleiten.

Der Schaden, den der *Zerstörer* in seinem Gesicht hinterlassen hat ist fast vollständig abgeheilt. Seine Nase ist noch leicht geschwollen, an Stirn und Hals hat er kleinere Schnitte, die er sich vermutlich während der Befreiungsaktion zugezogen hat. Letztere hat er anscheinend unbeschadet überstanden, denn von den kleineren Blessuren abgesehen, sieht er besser aus denn je. Seine silber-blauen Augen liegen wie eine Liebkosung auf mir. Genaugenommen sieht er aus, als würde ihn etwas amüsieren. Ich, um präzise zu sein. Mein Blick gleitet von seinen lächelnden Augen zu seinem Mund, der darum bettelt, geküsst zu werden. Ich befeuchte meine Lippen, woraufhin er den Kopf in den Nacken legt und in dunkles Gelächter ausbricht. „Babe, sieh mich eine Minute länger so an und du kannst das Frühstück vergessen."

„Essen wird überbewertet." Meine Stimme klingt heiser, ein Fakt, der Julin nicht entgeht. Seine Mundwinkel wandern nach oben. Doch mein Magen macht mir einen Strich durch die Rechnung, der ein mörderisches Knurren von sich gibt. Wow. Ich hatte keine Ahnung, dass ich solche Geräusche machen kann.

Abermals lacht Julin. Er schüttelt den Kopf, beugt sich zum Nachttisch und stellt das Tablett neben sich.

Das duftet himmlisch! Als Erstes stürze ich mich auf den Cappuccino, danach mache ich mich über ein Croissant her.

Julin schneidet mir ein Blaubeer-Muffin auf und bestreicht es mit Butter. Großer Gott, es ist noch warm! Kaum bin ich mit dem Hörnchen fertig, beiße ich ein Stück Muffin ab, das er mir hinhält. Die andere Hälfte verspeist er mit zwei großen Bissen.

Nachdem ich noch einen Käse-Bagel verspachtelt habe, schließe ich die Augen und seufze glücklich. So gut habe ich mich lange nicht mehr gefühlt. Zufrieden. Ein seltsames Gefühl, an das ich mich noch gewöhnen muss. Ich sitze zwischen Julins Beinen, den Rücken gegen seine Brust gelehnt, seine Linke ruht auf meinem Bauch, mit der freien Hand füttert er mich mit Heidelbeeren, die in einem Schälchen auf dem Tablett stehen.

Das einzige, das mir zu meinem Glück noch fehlt, ist eine heiße Dusche. Kaum habe ich den Gedanken ausgesprochen, küsst Julin meinen Scheitel und steht auf.

„Wir sind unten, wenn du fertig bist."

„Wir?"

Doch er hat die Tür bereits hinter sich geschlossen. Seufzend sehe ich mich im Schlafzimmer um. Der Raum ist modern eingerichtet und in Creme und Weißtönen gehalten: die Wande, Vorhänge, das Queensize Bett. Selbst auf dem Dielenboden liegt ein dicker, cremefarbener Teppich. Zwei bodenlange Fenster bieten einen fantastischen Blick aufs Meer, dem Sonnenstand nach zu urteilen Südseite.

Das Badezimmer ist so groß wie der Wohnraum in meinem Appartement in L.A. Hier dominieren dunkelgraue Schieferfliesen. Eine Badewanne auf Klauenfüßen thront vor einem Fenster mit Blick in die Dünen. Die Dusche ist ein offener Bereich. Düsen sind in der Wand eingelassen und an der Decke hängt ein Duschkopf, so groß wie ein Kronleuchter.

Nachdem ich mich eine halbe Stunde von brüllendheißem Wasser berieseln lasse, fühle ich mich wie ein neuer Mensch. Ich schlüpfe in frische Wäsche, Jeans und ein rotes Langarmhirt mit V-Ausschnitt und rote Sneaker, Klamotten, die sich auf dem Bett materialisiert haben. Im Flur stoße ich auf eine Holztreppe, die ins Erdgeschoss führt. Von dort aus folge ich den Stimmen, die mich in die Küche bringen. Julin lehnt mit dem Rücken gegen die Kücheninsel und verspeist einen Apfel. Ihm gegenüber sitzt Matteo auf einem Hocker. Die beiden diskutieren und bemerken meine Anwesenheit nicht. Das gibt mir Gelegenheit, sie mir genauer anzusehen.

Julin trägt Jeans, ein dunkelgraues Metallica Shirt und ist barfuß. Wenn er, wie in diesem Augenblick, entspannt ist, wirkt er wie ein Wolf im Schafspelz. Er strahlt eine unbestimmte Bedrohung aus, die jeden normalen Menschen dazu veranlassen würde, auf dem Absatz kehrtzumachen und das Weite zu suchen. Doch ich bin nicht normal. Ich möchte mich in seine Arme stürzen und ihn küssen, bis er seinen Namen vergisst.

Matteos Stimme unterbricht meine Gedanken und lenkt meine Aufmerksamkeit auf ihn. Nicht zum ersten Mal frage ich mich, wie ein Jahr einen Menschen so verändern kann. Er ist nicht nur reifer, sondern auch härter geworden und erinnert mich mehr denn je an den zornigen Jungen, der mit zwölf Jahren zu uns gekommen ist und keine Nacht durchgeschlafen hat.

Apropos. Er sieht müde aus. Ein Bartschatten bedeckt Kinn und Wangen, das dunkle Haar hat er mit einem Lederband zurückgebunden. Der Undercut steht ihm gut und sieht nebenbei bemerkt ziemlich heiß aus. Wie immer trägt er Boots, Ripped Jeans und ein schwarzes Shirt. Die Abwesenheit seiner Lederjacke irritiert mich für einen Moment, bis ich mich umsehe und sie am Esstisch über einen Stuhl geworfen finde. Dort sitzt eine Frau, die Zeitung liest.

Als hätte sie meinen Blick gespürt, lässt sie das Blatt sinken. und ein sanftes Lächeln erhellt ihre Züge.

„Ich dachte du bist zurück in London!“ Keine Ahnung, warum das wie ein Vorwurf rauskommt.

„Und mir die Gelegenheit entgehen lasse, dich in meine Arme zu schließen?“ Wie um ihre Aussage zu bestätigen, schiebt sie den Stuhl zurück und breite die Arme aus, in die ich mich ohne zu zögern schmiege. Ihr zartes Parfum, gepaart mit einem leichten Mirabellen-Duft, umfängt mich.

Wie beim ersten Mal fühle ich mich an meine Mutter erinnert. Vieles aus dieser Zeit habe ich vergessen. Oder besser verdrängt. Aber an meine Mom kann ich mich noch klar und deutlich erinnern. Als ich angefangen habe, sie zu vergessen, hat Matteo mir geholfen. Ohne ihn hätte ich nicht mal Bilder von ihr. Er hat mir Fotos aus Silvios Arbeitszimmer besorgt, als ich noch nicht fähig war, Schlösser zu knacken. Das hat er mir später beigebracht.

Ich lasse mich von Esthers Umarmung umhüllen und schließe die Augen, bis mir auffällt, wie still es geworden ist.

Kurz darauf spüre ich Wärme in meinem Rücken, dann legen sich zwei kräftige Arme um mich. Doch es ist nicht

Julin, der seine Nase in mein Haar vergräbt, sondern Matteo. „Jag mir nie wieder so einen Schrecken ein, Sweetie“, murmelt er gegen meinen Hals.

„Hab ich nicht vor“, murmle ich zurück.

*

Julin gefiel nicht, wie Matteo Skyler betrachtete. Das war nicht der Blick eines Bruders für seine Schwester. Seit Matteo wusste, dass sie es nicht war, hatten sich die Dinge geändert. Zumindest für ihn. Für Skyler war er ein Vertrauter, ihr bester Freund. Um sie machte er sich keine Sorgen. Allerdings schätzte er es nicht, dass Matteo sein Mädchen wie eine Geburtstagstorte ansah. Sie gehörte ihm, und er war nicht dafür bekannt, zu teilen, was er einmal erobert hatte. Dennoch ließ er ihnen diesen Moment.

Für Skyler war es ein Familientreffen, die einzige Familie, die ihr geblieben war. Esthers Mann Gerald war auf dem Weg in die Staaten und würde heute Abend eintreffen. Nachdem Esther von der Entführung erfahren hatte, hatte sie ihren Flug storniert und dieses Haus gemietet. Malibu war ein idealer Rückzugsort, der dank der guten Infrastruktur immer noch nahe genug an L.A. lag. Skyler konnte sich hier in Ruhe erholen. Matteo hatte ihre wenigen Sachen herbringen lassen und ihr Appartement gekündigt.

Endlich mal ein Punkt, bei dem sie sich einig waren. Julin wollte Skyler nicht länger in dem Dreckloch sehen, das sie ihr Zuhause nannte. Solang es ihrer Tarnung gedient hatte, hatte er es toleriert, aber damit war es nun vorbei.

Nach dem Tango, den sie hingelegt hatte, müsste er sich eigentlich Sorgen um ihre Sicherheit machen. Doch niemand außer Jason wusste, dass das Virus ihre Kreation war. Wäre das der Fall, wäre sie nirgendwo mehr sicher. Nicht in den Staaten, nicht in Europa – nicht mal im Himalaya.

Mit einer einzigen Mail hatte Skyler die italienische Mafia über Nacht erledigt. Was immer sie ihrem Vater geschickt hatte, es hatte sich über deren Netzwerk rasend schnell verbreitet. Unfassbare Geldmengen waren an Schulen, Kinder- und Altenheime transferiert worden. An den Rentenfond der New Yorker Polizei, an Tierheime, Krankenhäuser, Forschungslabore und Vereine, die auf Spenden angewiesen waren – selbst an die Kirche.

Die Wellen schlugen bis nach Neapel, offensichtlich waren die Italiener vernetzter, als Julin angenommen hatte. Sie hatten Glück im Unglück. Wegen eines internen Serverproblems waren nicht alle Konten leer. Aber fast.

Bis vor zwei Tagen war New York City die Bank der Italiener. Jetzt war die Stadt ihr Armenhaus. Und nicht nur sie. Vegas war blank, Chicago besaß keinen Cent mehr, selbst Aktien und Wertpapiere waren transferiert worden. Das Einzige, das sie noch besaßen waren Immobilien und die wenigen legalen Firmen, die sie zum Überleben brauchen würden.

Er hatte keine Ahnung, wie Skyler das hinbekommen hatte. In Zukunft würde er es sich jedoch zweimal überlegen, bevor er sich mit ihr anlegte.

Und er brauchte eine bessere Firewall, das stand mal fest.

Kapitel 39

Weihnachten war immer eine seltsame Angelegenheit im Hause Rossi. Bei den De Lucas dagegen ist es wunderschön. Ich habe die Semesterferien genutzt und bin nach London geflogen, aber nicht allein. Claire hat mich begleitet. Nachdem ihre Eltern über die Feiertage auf die Virgin Islands gejettet sind und es danach aussah, dass sie das Fest allein verbringen muss, haben Gerald und Esther sie genauso willkommen geheißen wie mich. Ein Fakt, der Claire sichtlich gutgetan hat. Obwohl sie noch beide Eltern hat, ist sie dennoch allein. Ich dagegen habe meine Großeltern, Matteo, Claire und, nun ja, Julin.

Ich stehe im Bad von Esthers Prachtvilla und ziehe meinen Lidstrich nach. Es ist lange her, dass ich ein Kleid getragen habe. Meine Großmutter, Claire und ich waren in London shoppen. Diese Stadt ist der Knaller! Danach waren wir beim Friseur, so kommt es, dass ich wieder naturblond bin. Ich habe mir das schulterlange Haar durchstufen und ein paar Highlights setzen lassen. Doch zurück zum Kleid. Es ist ein Traum aus anthrazitfarbener Seide mit einer hauchdünnen Chiffonlage. Die Spagettiträger sind so schmal, dass man sie kaum sehen kann. Das Kleid ist eng geschnitten, und in Stilettos reicht es fast bis zum Boden. Ich liebe es.

Julin anscheinend auch. Dass wir zusammen sind, kann ich immer noch nicht fassen. Er ist gestern nachgekommen. Bei den Russen ist Weihnachten genauso ein dickes Ding wie bei uns Italienern. Seine Familie in Sankt Petersburg feiert zwar erst am siebten Januar, doch die russische

Gemeinde in den Staaten hat sich unserem Weihnachtswahn angepasst.

Julin wollte, dass ich mit zu seinem Onkel nach Seattle komme. Das halte ich jedoch für zu früh. Andrej hat meine Familie auch vor den Ereignissen gehasst. Ich möchte mir nicht mal vorstellen, was er jetzt für mich empfindet, nachdem Julin sich aus dem Mafiabusiness zurückgezogen hat.

Zugegeben, Julin hat meine Familie auch gehasst, aber das ist etwas anderes. Ich meine, ich bin rettungslos und so was von komplett in ihn verliebt. Und so wie er mich gerade ansieht, beruht das auf Gegenseitigkeit. Mit der Hitze, die er in diesem Moment ausstrahlt, könnte er die gesamte Insel mit Energie versorgen. Aber das kann er vergessen. Meine Großeltern, Claire und Matteo warten unten mit dem Essen auf uns, wir haben keine Zeit zum Spielen. Aber erklärt ihm das mal.

Er stellt sich hinter mich, legt seinen Arm um meine Taille und drückt mich gegen seinen harten Körper. Seine Lippen wandern meinen Hals entlang und hinterlassen eine heiße Spur bis zu meinem Schlüsselbein. Eine Gänsehaut überzieht meine Arme, und mein Körper summt wie immer, wenn er mich berührt.

Langsam, fast träge gleitet seine freie Hand meine Seite entlang, bis zu meiner Hüfte. Dort rafft er das Kleid und fährt mit den Fingerspitzen über meine Schenkel. Oh-oh. Meine Alarmglocken springen an, doch ich kann mich nicht bewegen. „Julin, wir werden erwartet …“, gebe ich schwach zu bedenken.

„Das hättest du dir überlegen sollen, bevor du dieses Kleid angezogen hast."

„Julin, wir können nicht … oh … das ist … ahh." Mist!

Während seine rechte Hand zu meiner Brust wandert, liegen die Finger seiner Linken zwischen meinen Schenkeln, wo sie ihre Magie entfalten. Als ich kurz vor dem Höhepunkt stehe, zieht dieser Mistkerl seine Hand zurück. Bevor ich protestieren kann hebt er den hauchdünnen Stoff meines Kleids weiter an, öffnet meine Beine mit den Knien und presst seine Erektion gegen meine Öffnung. Großer Gott! Er weiß, wie er mich in den Wahnsinn treibt. Das scheint seine Spezialität zu sein.

Keine Ahnung wann er die Träger meines Kleides über meine Schultern gestreift hat, in jedem Fall stehe ich plötzlich oben ohne da und seine rechte Hand umfängt meine Brust. „Sieh mich an, Babe", flüstert er in mein Haar.

Ich öffne die Augen und begegne seinem hungrigen Blick im Spiegel. Im selben Moment schiebt er seine Spitze in mich und drängt sich Zentimeter für Zentimeter vor. Das intensive Gefühl seiner Härte in mir raubt mir im ersten Moment den Atem, und ich muss mich an der Ablage aufstützen, während er vorsichtig in mich dringt. Das fühlt sich absolut fantastisch an!

Er liebt mich langsam, kostet jede Minute aus und schenkt mir zwei wunderbare Orgasmen. Das kann er gut. Sie sollten ihm eine Medaille dafür verleihen, eine Insel, ein kleines Land …

Dennoch ist das keine Entschuldigung dafür, dass wir eine halbe Stunde zu spät zum Essen kommen. Julin mit einem zufriedenen Lächeln, ich noch ein wenig atemlos.

Holy Moly.

Natürlich ist jedem im Raum klar was wir getrieben haben. Als einzige Entschuldigung kann ich Julins Talent in der Horizontalen anbringen sowie die Tatsache, dass ich hoffnungslos in ihn verliebt bin.

Julin hat nicht nur mein Leben gerettet. Er hat mein Herz aus seinem Käfig befreit und mir gezeigt, dass wahre Liebe frei macht. Sie kann alle Hindernisse überwinden, selbst wenn das unmöglich erscheint, wie in unserem Fall. Wir sind der Beweis dafür, dass es machbar ist.

Und wenn wir das können, kann es jeder.

Epilog

Dialer: Du hast mir immer noch nicht verraten, wie ich Revolution *tarnen kann*
BytMe: Gib deinem Virus erst mal einen Namen, der nicht nach Playstation klingt
Dialer: Keine Chance, der ist genial. Und passt
*BytMe: *augenroll**
Dialer: Ich warte …
BytMe: Wen hast du im Visir?
Dialer: Seit wann bist du so neugierig?
BytMe: Wenn du Hilfe willst, brauch ich mehr Infos
*Dialer: *seufz* Die BOA*
BytMe: Reden wir von der Bank of America?
Dialer: Kennst du noch eine andere BOA?
BytMe: Im Ernst?
Dialer: Nein, nur so zum Spaß
BytMe: Banken sind taff
Dialer: Hast du Lust, einzusteigen?
BytMe: Um den Leuten die Sparbücher abzuräumen? Nope, eher nicht
Dialer: Sparbücher sind eigentlich nicht, was ich im Auge habe
BytMe: Und was wäre das?
Dialer: Die BOA transferiert Gelder für die IS und finanziert deren Krieg
BytMe: Echt jetzt?
Dialer: Also, was ist, bist du dabei?
BytMe: Okay
Dialer: Und …?

BytMe: Streue die Bots und benutz die Assembler Codezeilen nicht zur Verwirrung, sondern mache sie zum Teil des Schlüssels. Damit strukturierst du die Dateien so um, das die Virensignatur nicht erkannt werden kann

Dialer: Shit, du bist genial!

BytMe: Ich weiß, trotzdem Danke!

Dialer: Bescheiden wie immer

BytMe: Was passiert, wenn es funktioniert?

Dialer: Kunden werden über Nacht reich, die Rente wird erhöht, Eltern bekommen mehr Kindergeld … Das Übliche, das Übliche

BytMe: Und wo ist da die Revolution?

Dialer: Wo du es erwähnst: die IS-Konten in den USA werden dicht gemacht, die Daten landen beim CIA sowie der IS-Opposition im Nahen Osten

BytMe: Cool

Dialer: Ich weiß!

Dialer: Bescheiden wie immer

Dialer: ,-)

~ * ~

Danksagung

Ich weiß schon lange, dass ich die allerbesten Fans habe, darum geht mein besonderer Dank an meine Leser und Fans sowie den engagierten Bloggern und Rezensenten, die mich teilweise schon seit Jahren begleiten. Vielen Dank für eure Treue, eure Unterstützung bedeutet mir sehr viel!

Meinen Betalesern danke ich für ihre Geduld und Liebe zum Detail, allen voran Karin! Den Apfelstrudel habe ich zwar noch nicht hinbekommen, aber ich arbeite daran ,-)

Phillip von „The Most Sophisticated of the Apes“ [soundcloud.com/ape-music] danke ich für seine einzigartigen Songs, die ich für den Buchtrailer verwenden durfte.

Ohne Jan Schaefer, der mir immer wieder aus der Patsche hilft, wäre ich jetzt vermutlich ein nervliches Wrack. Zum Beispiel, wenn ich das falsche Betriebssystem auf meinen Mac lade, der Rechner meine E-Mails frisst oder ich Word plötzlich nicht mehr laden kann. Du bist und bleibst mein SuperJan!

Ein Riesendankeschön geht zudem an das audible-Team. Ich bin total happy, dass es den Roman in Kürze auch als Hörbuch geben wird, exklusiv bei audible. Hier möchte ich besonders Frau Struck für die schnelle Entscheidung, und die unkomplizierte Zusammenarbeit danken sowie der Hörbuchsprecherin, Eni Winter, die dem Roman ihre Stimme verliehen hat.

Danken möchte ich auch meiner Lektorin, Christine Hochberger, für ihre Flexibilität und die spontane Zusage meine „Prinzessin“ unter ihre Fittiche zu nehmen.

Mein Dank gilt auch den Followern und Fans auf Facebook, Twitter, Instagram & Co. Vielen Dank fürs Liken, Teilen und Weitersagen, ich bin superhappy, dass ich so tolle Fans habe!

Jetzt trinke ich erst Mal einen Latte und überlege mir, ob es mit Skyler weitergehen soll. Ich meine, lässt sich die Mafia einfach so abspeisen, ohne herauszufinden, wer ihnen das angetan hat? Wie geht es weiter mit Skyler und Julin und was wird aus Matteo? Irgendwelche Wünsche? Dann schreibt mir:

heartbeat-books.blogspot.de
facebook.com/author.jc.thomas
twitter.com/AutorJC_Thomas

Auf meinem Blog könnt ihr übrigens Banner für euren Blog sowie kostenlose Desktop-Hintergründe runterladen. Buchtrailer findet ihr auf meiner YouTube Seite: youtube.com/user/HeartbeatBooks

Über die Autorin

Christine Thomas ist verrückt nach Latte Macchiato und American Football. Sie liebt Lakritz, lange Spaziergänge und das Meer. Eine Sache gibt es allerdings, die sie noch mehr mag, und das sind Happy Endings. Da es im wahren Leben oft zu wenig davon gibt, schreibt sie ihre eigenen.

Ihre Romane handeln von Freundschaft, Leidenschaft, Familie und der großen Liebe. Zusammen mit ihrem Schatz und einem albernen Goldfisch lebst sie abwechselnd in Köln und Frankreich.

Mehr über die Autorin unter:
facebook.com/author.jc.thomas
heartbeat-books.blogspot.de

Diesen Sommer

Der Auftrags-Thriller – von Jane Christo
(Ein Trudi Jefferson Roman)

Trudi hatte schon mal eine bessere Woche. Erst rutscht ihr Mann Floyd in der Dusche aus, und bricht sich das Genick. Dann findet sie heraus, dass sein Tod kein Unfall war, und wird kurz darauf mit seinen Gläubigern konfrontiert.

Floyd hatte nicht nur Schulden, er war ein stadtbekannter Gauner. Weder Detective Lawson, der in dem Fall ermittelt, noch Wyatt Slater, der Boss der Unterwelt, glauben, dass Trudi keine Ahnung von Floyds illegalen Aktivitäten hatte.

Trudi braucht einen Täter, um sich Detective Hottie vom Hals zu halten, und sie braucht Geld, um Wyatt auszuzahlen. Was liegt näher, als einen Thriller zu schreiben, um über Nacht ein Vermögen zu verdienen?

Mehr dazu auf: heartbeat-books.blogspot.de

Weitere Romantic Suspense-Romane von Jane Christo

Act of Passion (Teil 1)

Act of Love (Teil 2)

Als Maya nach Boston zog, hatte sie andere Pläne, als in einer Bar zu kellnern und gelegentlich als Aktmodel zu jobben. Ursprünglich wollte sie Kunst studieren und ihren Traum leben, anstatt ihn zu begraben.

Dass sich der Hotshot-Anwalt Avery in sie verliebt, stand ebenfalls nicht auf ihrer Agenda. Durch die leidenschaftliche Affäre mit dem Staranwalt gerät jedoch nicht nur ihr Gefühlsleben in Aufruhr. Als Avery einen neuen Fall übernimmt, droht die Vergangenheit sie einzuholen und ihr den Rest zu geben. Averys Mandant ist jemand, der Maya regelmäßig in Albträumen heimsucht. Jemand, den sie lieber vergessen hätte…

Die Romane sind als Buch & Audiobook erschienen.

New Adult von Christine Thomas

Rock My World – Ein heißer Sommer

Ausgerechnet auf ihrer Geburtstagsparty erwischt Jasmin ihren Freund mit ihrer besten Freundin in eindeutiger Pose. Die nächste Bombe lässt ihre Mutter platzen, die ihr mitteilt, dass sie sich von ihrem langjährigen Lebenspartner getrennt hat, um einen Medienmogul in Los Angeles zu heiraten.

Für Jasmin ist das Fass voll. Zusammen mit ihrem Nachbarn betrinkt sie sich, und schreibt einen Song über ihr vermurkstes Leben, den dieser bei YouTube einstellt. Dass er ein #1 Hit wird erfährt Jasmin erst in den USA, wo sie ein noch viel größeres Chaos erwartet, als sie in Berlin zurückgelassen hat.

Band 2, *Rock My World – Ein Typ zum Anbeißen*, ist im Mai 2016 erschienen.

Urban Fantasy von Jane Christo

BLANCHE – Die Trilogie

Es ist nicht einfach, bei einem Profikiller aufzuwachsen, der seine Seele an den Teufel verkauft hat. Doch als Blanches väterlicher Mentor stirbt, muss sie beweisen was in ihr steckt. Sie wird vom Erzdämon Beliar aufgesucht, der von ihr verlangt, dass sie die Schulden ihres Mentors bezahlt, denn dieser ist nach seinem Ableben nicht wie verabredet in der Hölle erschienen.

Beliar übt eine starke Anziehungskraft auf sie aus, und als sich der Dämon in sie verliebt, wird es kompliziert. Um Blanches Vertrauen zu gewinnen, wendet sich Beliar gegen Saetan und nimmt den Kampf mit dessen Höllenfürsten auf, während Blanche ihre eigene Schlacht schlagen muss. Die Welt, die sie kannte, existiert nicht länger, und sie muss sich entscheiden, ob sie leben, oder untergehen will. Ob sie aufgibt, oder sich ihren Gefühlen für den Dämon stellt.

10788597R00188

Printed in Germany
by Amazon Distribution
GmbH, Leipzig